KB105755

순례자들

'먹고 기도하고 사랑하라' 작가의 열두 빛깔 소설들

순례자들

엘리자베스 길버트 지음 | 박연진 옮김

솟을북

너무나 사랑하는 나의 부모님께

4월의 감미로운 소나기가 3월의 가뭄을

뿌리 깊이 꿰뚫을 때,

그리고 꽃을 피우는 다그치는 힘에

모든 줄기가 적셔질 때;

서풍 역시 달콤한 숨결을

모든 숲과 들판에 불어넣고 있을 때,

부드러운 새순에, 그리고 갓 떠오른 태양이

백궁좌의 반만큼 달렸을 때,

그리고 밤새 뜬눈으로 잠을 잔

작은 새들이 노래 부를 때,

(자연은 그렇게 그들의 마음을 자극하네);

그때 사람들은 성지순례 떠나기를 바라며……

—제프리 초서

| 차 례 |

순례자들　11

엘크의 말　35

동쪽으로 가는 앨리스　52

새 사격　74

톨 폭스　103

착륙　124

와서 이 멍청한 녀석들 좀 데려가게　138

데니 브라운이 몰랐던 많은 것들(15세)　155

꽃과 여자의 이름　182

브롱크스 터미널 청과물 시장에샘　208

'명성 자자한 자르고 붙여 불붙이기' 담배 마술　244

더없이 참한 아내　279

순례자들
Pilgrims

아버지가 그녀를 고용하겠다고 했을 때, 나는 "여자를요?" 하고 물었다. 이 목장에서 요리사조차 여자를 쓰지 않은 게 그리 오랜 옛날이 아니었다. 카우보이들이 여자들에게 총을 맞는 일이 워낙 많아서였는데, 심지어 못생긴 요리사에게도 총을 맞았다. 하물며 늙은 여자에게도 그랬다.

"여자를요?" 내가 말했다.

"펜실베이니아에서 왔다더구나. 일을 잘할 게다." 아버지가 말했다.

"어디서 왔다고요?"

크로스비 형은 이 사실을 알았을 때 이렇게 말했다. "계집애가 내 일을 한다니, 난 다른 일을 알아볼 때가 됐나 보다."

그러자 아버지가 형을 보며 말했다. "듣자 하니 넌 이번 사냥철에는 더치오븐 고개에도 한 번 안 나가고, 말에서 잠이 들거나 빌어먹을 책을 읽는 일도 없었다던데. 어찌 됐든 네 놈은 다른 일을 찾을 때가 됐는지도 모르지."

그 여자는 아버지가 평생 본 중에 가장 측은해 보이는 똥차를 타고 펜실베이니아에서부터 여기까지 어찌어찌 왔다고 했다. 그녀는 아버지에게 일자리를 부탁하며 딱 오 분만 이야기를 나누자고 했는데, 사실 오 분도 걸리지 않았다. 그녀는 팔뚝을 구부리고는 아버지더러 만져보라고 했다. 아버지는 그 여자의 팔을 만져보진 않았지만 곧바로 그녀가 마음에 들었다. 그 숱한 세월을 살아보니 이제 그 정도 사람 보는 눈은 스스로 믿을 수 있게 됐다는 게 아버지의 말이었다.

"너도 마음에 들 게다. 꼭 말처럼 관능적이야. 훤칠하고 커. 강하고." 아버지가 말했다.

"말 여든다섯 필을 키우시고도 아직도 말이 관능적이라니." 내 말에 크로스비 형도 한 마디를 보탰다. "그런 관능미는 여기선 이미 충분하지 않나요."

그녀의 이름은 마사 녹스였다. 키는 나만 했고 다리는 튼실하지만 뚱뚱하지는 않았다. 열아홉 살의 마사 녹스는 누가 봐도 평생 처음, 가게에서 가장 싼 것으로 이번 주에 막 산 티가 나는 카우보이 부츠를 신고 있었다. 턱은 워낙 커서 제대로 움직이기는 하나 싶을 정도였는데, 그래도 이마나 코가 제대로 움직이는 것으로 보아 턱도 그런 것 같았다. 치아는 입을 다물고 있을 때조차 얼굴을 압도했다. 무엇보다 등 가운데까지 내려오는 고동색 땋은 머리는 여자 팔뚝만큼 두꺼웠다.

이른 사냥철이었던 어느 날 밤, 나는 마사 녹스와 춤을 췄다. 그날 하루는 일손을 놓고 산에서 내려가, 술에 취하고 전화통화를 하고 빨래를 하고 싸움질을 하는 날이었다. 마사 녹스는 춤을 잘 추지는 못했다. 나와 춤을 추고 싶어하지도 않았다. 나와 춤을 추지 않겠다고 몇 번 얘기한 터라 나도 이미 알고는 있었다. 한참 만에야 승낙을 했을 땐 좀체 담배를 내려놓지 않았다. 그녀는 담배를 쥔 한 손을 내려뜨린 채 춤추는 데에는 쓰질 않았다. 그래서 나도 한 손으로 줄곧 맥주병을 들고 그녀와 균형을 맞추었다. 우리는 각자 한 팔로 서로를 안았다. 그녀는 춤을 잘 못 추었고 나와 춤을 추고 싶어하지도 않았지만, 어쨌거나 우리는 천천히 몸을 흔들 방법을 찾아냈다. 로데오 카우보이나 황소 기수가 오른팔을 늘어뜨리듯 우리는 그 무엇을 향해서도 손을 뻗지 않은 채 각기 한 팔씩을 내려놓았다. 그녀는 내게 좋은 춤 상대가 되어주고 있던 다른 한 팔을 마치 평생 처음 보았으며 그렇게 마주치게 된 것이 영 내키지 않는 사람처럼, 다른 어떤 곳에도 시선을 주지 않은 채 그 한쪽 팔과 맞닿은 내 왼쪽 어깨 너머만을 뚫어져라 쳐다보았다.

마사 녹스의 이런 점에 대해서는 아버지도 이미 말한 바가 있었다. "예쁘지는 않아. 그렇지만 사람을 사로잡는 법을 아는 것 같더구나."

글쎄, 그녀의 땋아 내린 머리를 만지고 싶긴 했다. 처음 봤을 때부터도 그랬고 춤을 출 때는 특히 그랬다. 하지만 나는 손을 뻗지 않았고, 들고 있던 맥주병을 내려놓지도 않았다. 마사 녹스는 아무것도 사로잡지 않았다.

그날 밤에도 그 후로도 우리는 두 번 다시 춤을 추지 않았다. 사냥철은 길었고, 아버지는 우리 모두에게 아주 고되게 일을 시켰다. 춤을 추거나 싸움질을 하며 제대로 하루를 쉴 만한 짬은 더이상 나지 않았다. 고된 주중에 어쩌다 오후 한나절이 비면, 다들 숙소로 들어가 잤다. 우리는 소방관이나 군인들처럼 침대에서도 장화를 벗지 않은 채 피곤에 절어 금세 잠들곤 했다.

마사 녹스가 내게 로데오에 대해 물었다. "크로스비 말이, 죽기에 좋은 방법이래요." 그녀가 말했다.

"내가 아는 한은 최고야."

작은 소나무 가지로 지핀 모닥불을 사이에 두고 우리는 단둘이 마주 앉아 술을 마셨다. 마사 녹스의 뒤편 텐트에는 시카고에서 온 사냥꾼 다섯이 녹초가 돼 뻗었거나 곯아떨어져 있었다. 그 주에 우리들 눈에 띄었던 엘크(현존하는 사슴 중 가장 크며 수컷은 손바닥 모양의 큰 뿔이 있다─옮긴이)를 마음껏 사냥하지 못하게 한 탓에, 사냥꾼들은 내게 단단히 화가 나 있었다. 내 뒤편 텐트에는 조리용 화덕과 음식, 마사 녹스와 내가 사용할 발포단열요와 침낭이 각각 한 채씩 있었다. 그녀는 몸을 따뜻하게 하려고 말에게 덮어주는 담요를 덮고 잤으며, 우리 둘 다 옷이 얼지 않도록 이튿날 입을 청바지를 미리 입고 잤다. 아침에 안장을 채우러 나가면 매번 말의 코언저리에 긴 바늘 같은 고드름이 매달려 있곤 했다. 사냥철이 막바지로 접어든 10월 중순이었다.

"취했니?" 내가 그녀에게 물었다.

"뭐 하나 물어볼게요. 아주 멋진 질문이에요." 그녀가 말했다.

마사 녹스의 시선이 그녀의 손을 향해 있었다. 손은 말끔했다. 별로 놀라울 것도 없는 생채기와 화상 자국이 있긴 했지만, 그녀의 손은 말끔했다.

"아저씨도 로데오 하죠?" 그녀가 물었다.

"한 번에 너무 많이 했지."

"황소였어요?"

"야생마."

"그래서 사람들이 아저씨를 벅(buck, 날뛰다라는 뜻—옮긴이)이라고 부르는 거예요?"

"그건 어렸을 때 내가 벅나이프[미국의 벅 가(家)에서 만든 휴대용 칼의 상품명—옮긴이]로 내 다리를 찔러서 그래."

"로데오 하다 떨어진 적 있어요?"

"한번은 밤에 말에 올라탔는데 아, 이놈이 날 받아주지 않겠구나, 하는 걸 타자마자 직감했어. 덤벼들었다간 날 아주 보내버리겠다 싶더군. 말을 타면서 그때 그 녀석 위에 올라탔을 때만큼 겁먹은 적이 없었지."

"그 말이 알고 그랬을까요?"

"알아? 뭘 어떻게 알아?"

"누가 올라탔고 누가 주도권을 잡았는지 파악하는 게 말이 가장 먼저 하는 일이라고, 크로스비가 그러던데요."

"그건 아버지 말이야. 도회지 사람들 겁주려고 하는 소리지. 말이 그렇게 똑똑하면 그놈들이 우릴 탈걸."

"방금 그건 크로스비가 한 말이군요."

"아니." 나는 한 잔을 더 마셨다. "이것도 우리 아버지 말이야."

"그래서, 말에서 떨어졌겠네요."

"떨어지다 손목이 안장에 걸렸어. 그 바람에 그놈 배 밑에 질질 끌려다니면서 로데오장을 세 바퀴나 돌았지. 관중들은 신나했어. 말도 신이 났고. 난 그 일로 근 일 년을 병원 신세를 졌지만."

"그것 좀 줄래요?" 그녀가 술병에 손을 뻗었다. "나도 야생마를 타고 싶어요. 로데오를 해보고 싶어요." 그녀가 말했다.

"내 말을 참 제대로 알아먹었구만. 내가 너더러 퍽도 그러라고 이 얘길 했겠다." 내가 말했다.

"아저씨 아버지는 화내셨어요?"

그 말에 나는 대답하지 않았다. 나는 자리에서 일어나, 마치 곰이 건드릴 수 없는 곳에 멀찌감치 음식을 두듯 가지에 이런저런 장비를 걸쳐놓은 나무 쪽으로 갔다. 내가 바지 지퍼를 내리며 말했다. "마사 녹스, 눈 가려. 와이오밍 로키에서 최고로 큰 놈을 풀어놓을 참이니까."

그녀는 내가 소변을 보는 동안에는 아무 말도 하지 않았다. 내가 모닥불 쪽으로 돌아가자 그녀가 말했다. "그건 크로스비가 한 말이군요."

나는 주머니에서 담배캔 하나를 찾아냈다. "아니, 아니야. 그것도 아버지 말이야." 나는 씹는담배 캔을 다리에 대고 툭툭 쳐서 담배 속을 다졌다. 그리고 몇 개를 꺼내 입에 넣었다. 그게 마지막 담배캔이었는데, 거의 바닥이었다.

"아버지가 그 말을 샀어. 말 주인을 찾아내서는 제값보다 두 배를 더 주고 사들였지. 그리고 조리장 막사 뒤로 끌고 가서 대가리를 쏴버리고 퇴비 더미에 묻었어."

"농담이겠죠." 마사 녹스가 말했다.

"아버지에게는 이 얘기 꺼내지 마."

"설마요. 안 해요."

"아버지는 매일 문병을 왔어. 워낙 피곤해하셔서 대화는 한 마디도 안 했지. 그냥 담배만 태우시더군. 아버지가 담배꽁초를 픽 내던지면 꽁초가 내 머리 위를 지나서 변기 위로 떨어졌어. 그러면 쉬익 하고 꺼지곤 했지. 나는 몇 달 동안 목에 보호대를 차고 있느라 고개를 돌려서 아버지를 볼 수도 없었어. 지루해 죽겠더군. 그때 내 삶의 유일한 이유가 내 얼굴을 지나서 변기통으로 날아가는 담배꽁초를 보는 거였어."

"그것 참 지루하네요." 마사 녹스가 말했다.

"크로스비 형은 가끔 여자들 사진을 챙겨오곤 했지."

"아무렴 그랬겠죠."

"음. 그것도 볼 만했어."

"물론 그랬겠죠. 엉덩이든 담배꽁초든 다들 아저씨한테 보여줄 게 하나씩은 있었네요."

그녀가 술을 들이켰다. 내가 술병을 집어 들어 건네자 그것까지 마셨다. 우리 주위로 눈이 내렸다. 우리가 말을 타고 들어온 날 우박이 내렸고 거의 매일 밤 눈이 왔다. 오후면 목초지에서는 커다란 눈덩이가 녹아내려 빨랫감 모양의 작은 더미를 이루었고, 말들은 그 눈더미 위를 밟고 지나갔다. 풀은 사라지다시피 했고 말들은 더 나은 먹을거리를 찾아 밤엔 목초지를 벗어나기 시작했다. 말 목에 종을 달았으므로 녀석들이 풀을 뜯는 동안에는 크고 일정한 종소리가 울려 퍼졌다. 듣기 좋은 소리였다. 나는 그 소리에 익숙해진 터라, 소리가 사라졌을 때에야 그 소리를 의식했다. 소리가 들리지 않는다는 것은 말들이 없다는 뜻이었고, 나는 그 소리가 사라지는 한밤중이면 잠에서 깼다. 그러면 우리는 말들을 따라 밖으로 나가야 했다. 녀석들이 대개 어디로 가는지 알고 있었으므로 우리는 그쪽으로 향했다. 마사 녹스도 감을 찾아가는 터였으며, 한밤중에 옷을 챙겨 입고 어둠 속에서 종소리에 귀를 기울이는 일에도 불평을 늘어놓지 않았다.

"아저씨 형 크로스비 얘긴데요, 그거 아세요?" 마사 녹스가 물었다. "그 사람은 자기가 여자를 정말 잘 안다고 생각해요."

"형은 여자를 알아. 도시에 살았거든." 내가 말했다.

"어떤 도시요? 캐스퍼? 샤이엔?"

"덴버. 형은 덴버에 살았어."

"그러셨겠죠." 그녀가 하품을 했다.

"그러니 덴버에서 여자를 알게 됐겠지."

"그렇군요."

"여자들은 형을 아주 좋아해."

"여부가 있겠어요."

"정말이야. 한번은 이런 겨울에 형이랑 같이 플로리다에 갔었는데, 우리가 유부녀들 가정을 모조리 깨고 다녔어. 그쪽엔 돈 많은 여자들이 많아. 돈 많고 심심한 여자들."

"정말 아주 많이 심심했나 보네요." 그렇게 말하며 마사 녹스가 깔깔대고 웃었다. "너무 심심해서 눈물이 날 지경이어야 했겠어요."

"크로스비 형이 맘에 안 들어?"

"너무 좋아하죠. 왜 내가 크로스비를 좋아하지 않겠어요? 크로스비는 최고인 것 같아요."

"다행이네."

"그렇지만 크로스비는 자기가 여자를 잘 안다고 생각하잖아요. 그건 못 봐주겠어요."

"여자들이 정말 형을 좋아한다니까."

"크로스비한테 언니 사진을 보여준 적이 있어요. 그랬더니 우리 언니더러 나쁜 놈들이랑 잘못 얽힌 게 한두 번이 아닐 것 같다고 하더군요. 뭐 그런 말이 다 있어요?"

"언니가 있어?"

"아그네스요. 미줄러에서 일해요."

"목장에서?"

"아니요, 목장은 아니에요. 실은, 스트립 댄서예요. 하기 싫어 죽겠다는데, 그 동네가 대학가라 그렇대요. 언니 말로는, 얼굴에 뭘 들이대든 개들은 팁을 안 준대요."

"크로스비 형이랑 잤어?" 내가 물었다.

"이봐요, 벅. 뭘 쭈뼛대고 그래요. 궁금하면 다 물어봐요."

"쳇, 젠장. 신경 쓰지 마."

"내 고등학교 때 별명이 뭐였는지 알아요? 녹스 요새였어요. 왠지 알아요? 내 팬티 안에 아무도 들이질 않았거든요."

"왜?"

"왜냐고요?" 마사 녹스가 잔가지로 모닥불을 쿡쿡 찌르다 가지를 불속에 던져 넣었다. 그녀는 커피포트를 불길 밖으로 꺼냈다. 그러고는 스푼으로 포트를 톡톡 쳐서 아직 끓고 있던 커피 찌꺼기를 가라앉혔다. "왜냐고요? 그다지 좋은 생각이 아닌 것 같아서요."

"대단한 별명이네."

"벅이 낫죠."

"그건 내가 이미 차지했어."

마사 녹스는 자리에서 일어나 텐트로 갔다. 다시 돌아왔을 때는 팔에 땔감을 가득 끼고 있었다. "뭐하는 거야?" 내가 물었다.

"불이 꺼지려고 해서요."

"그럼 꺼지게 둬. 늦었어."

그녀는 대답하지 않았다.

"난 내일 아침 3시 반에 일어나야 돼." 내가 말했다.

"그럼 잘 자요."

"그때 일어나야 하긴 너도 마찬가지잖아."

마사 녹스가 나뭇가지를 불에 넣고 자리에 앉았다. "벅, 애처럼 굴지 말아요." 그렇게 말하며 그녀는 한참 동안 술을 들이켜곤 노래를 불렀다. "엄마, 카우보이를 어린애로 자라게 하지 말아요……."

"그건 크로스비가 하는 말이군." 내가 말했다.

"부탁 하나 할게요, 벅. 여기 일이 끝나면 아저씨랑 크로스비랑 같이 나도 사냥에 데려가줘요."

"그건 아버지가 그다지 내켜하지 않을 것 같은데."

"아저씨 아버지랑 가겠다는 게 아니잖아요."

"아버지가 못마땅해할 거야."

"왜죠?"

"총은 쏴봤니?"

"물론이죠. 어렸을 때 여름에 부모님이 날 몬태나에 있는 삼촌 댁에 보낸 적이 있어요. 몇 주쯤 지나서 가족들한테 전화를 했는데, '얼 삼촌이 나무둥치에 커피통을 올려놓고 쏴보라고 했는데, 내가 여섯 번이나 맞혔어' 하고 말했죠. 그랬더니 예정보다 일찍 집으로 오게 했어요. 그 얘기가 마음에 걸리셨나 보더라고요."

"총 쏘는 걸 좋아하진 않긴 너희 아버지도 마찬가지겠네."

"아빠 걱정은 안 해도 돼요. 더 이상은." 그녀가 말했다.

"그래?"

그녀가 모자를 벗어 다리 위에 올려놓았다. 오래된 모자였다. 한때는 내 사촌 리치가 쓰던 모자였다. 아버지는 그 모자를 마사 녹스에게 주었다. 어느 날 아침, 아버지는 커피포트의 뜨거운 김을 모자에 쐬어 정수리 부분에 말끔하게 주름 하나를 잡고 모자 모양을 새롭게 바꿨다. 그 모자는 그녀에게 맞았다. 잘 어울렸다.

"잘 들어봐요, 벅." 그녀가 말했다. "괜찮은 얘기가 하나 있는데, 아저씨도 좋아할 거예요. 우리 아빠는 크리스마스트리를 길렀어요. 많지는 않았죠. 정확히 오십 그루였고 십 년을 키웠어요. 우리 집 앞마당에서요. 부엌가위로 늘 다듬어줘서 나무가 아주 예뻤어요. 키는 요만했지만요."

마사 녹스가 땅 위로 1미터쯤 손을 들어 올렸다.

"문제는 우리가 시골에 산다는 거였어요. 다들 뒷마당에 나무가 있었거든요. 그 동네에서는 크리스마스트리를 사는 사람이 아무도 없었어요. 그러니 트리 오십 그루는 돈벌이로는 그다지 좋은 생각이 아니었던 거죠. 큰돈이 되는 것도 아니었고요. 그래도 어쨌거나 아빠는 나무를 심었고 엄마는 나무를 키웠어요." 그녀가 말했다. 그녀가 다리 위에 올려놓았던 모자를 다시 썼다. "어쨌든, 아빠는 작년 12월에 장사를 시작했는데 아무도 찾는 사람이 없었어요. 그러자 아빠는 나무가 이렇게 훌륭한데 참 이상하다고 생각했어요. 그러고는 술을 마시러 나갔죠. 나는 언니랑 같이 그 빌어먹을 나무를 스무 그루쯤 베어버렸어요. 우린 스테이션왜건(접의자 방식의 좌석을 젖혀 차 뒤쪽에도 짐을 실을 수 있게 후면에 문이 달린 승용차—옮긴이)에 나무를 던져 넣었어요. 그리고 한 시간 동안 고속도로를 달려서 차를 세우고 그대로 나무를 내려놓았죠. 그 길에서 차를 세운 사람 누구라도 공짜로 나무를 가져갈 수 있게요. 그건 마치…… 글쎄, 옛 같았어요. 크리스마스 같았죠."

마사 녹스가 외투 주머니에서 담배 한 개비를 꺼내 불을 붙였다.

"그리고 집으로 돌아갔어요. 아빠가 집에 와 있었죠. 아빠는 언니를 밀어서 넘어뜨리고 날 끌고 가 내 얼굴에다 주먹을 날렸어요." 그녀가 말했다.

"그전에도 아버지가 널 때렸니?" 내가 묻자 그녀는 고개를 가로저었다.

"앞으로도 그런 일은 절대 없을 테죠."

나를 바라보는 그녀의 표정은 침착하고 차분했다. 나는 그녀가 집에서 3,200킬로미터도 더 떨어진 이곳에서 담배를 피우는 모습을 바라보았다. 그녀가 커피통을 여섯 번이나 맞혔다는 이야기가 떠올랐다. 그렇게 둘 다 말없이 한참을 있은 뒤 내가 물었다. "아버지를 죽인 건 아니지? 그렇지?"

그녀는 멀리 눈길을 돌리지도, 그렇다고 빨리 대답을 하지도 않았다. "네. 내가 죽였어요." 그녀가 말했다.

"젠장." 한참 만에야 나는 입을 열었다. "이런 제기랄."

마사 녹스가 맥주병을 건넸지만 나는 받아 들지 않았다. 그녀가 내 옆으로 와 앉았다. 그녀가 내 다리 위에 손을 얹었다.

"염병." 내가 또 한 번 말했다. "이런 염병할."

그녀가 한숨을 내쉬었다. "벅." 그녀가 말했다. "아저씨." 그녀가 내 다리를 쓰다듬더니 나를 툭 쳤다. "내가 아는 사람 중에 세상에서 제일 잘 속는 사람이 아저씨예요."

"닥쳐."

"내가 아빠를 쏘고 퇴비더미에 묻었어요. 아무한테도 말하면 안 돼요. 알죠?"

"닥쳐, 마사 녹스."

그녀가 자리에서 일어나 다시 모닥불 건너편에 가 앉았다. "그래도 멋진 밤이긴 했어요. 전 코에서 피가 흐르는 채 집 앞 도로에 누워 있었어요. 그곳에서 벗어났다는 걸 알았죠."

그녀가 다시 맥주병을 건네자 이번에는 나도 받아 마셨다. 우리는 오랫동안 아무 말도 하지 않고 맥주병을 다 비웠다. 불길이 잦아들자 마사 녹스가 땔감을 더 집어넣었다. 불에 발을 너무 가까이 대고 있었는지 신고 있던 부츠 밑창에서 연기가 나기 시작했다. 나는 뒤로 물러났지만 멀찌감치 떨어지지는 않았다. 10월에 그곳에서 몸을 따뜻하게 하기란 쉽지 않았으므로 나는 그 열기에서 너무 빨리 벗어나고 싶지 않았다.

목초지에서 종소리가 들렸다. 말들은 오가긴 해도 떠나진 않은 채 종소리를, 그 듣기 좋은 소리를 울리며 풀을 뜯고 있었다. 나는 멀리 나간 모든 말들의 이름을 댈 수 있었고 어떤 녀석이 누구 옆에 서 있는지도 짐작할 수 있었다. 녀석들은 짝을 이루길 좋아하는 나름의 방식이 있었다. 나는 각각의 말을 어떻게 타야 하고 또 그 녀석들의 어미와 아비는 어떻게 타야 하는지를 읊을 수 있었다. 저 멀리에 여전히 엘크들이 있었지만, 말들은 그들이 좋아하는 나름의 방식대로 엘크보다 낮은 지대를 오가며 더 나은 먹을거리를 찾았다. 큰뿔야생양과 곰, 말코손바닥사슴도 다들 낮은 지대로 이동 중이었다. 나는 그들의 소리에 귀를 기울였다. 그날 밤은 맑았다. 구름 한 점 없이. 다만 우리 둘의 숨결이 만들어내는 구름만이 금세 사라졌다가 다시 나타났다. 숨결 구름이 보름달에 반짝였다.

"있잖아, 말을 탈까 생각 중이었어." 내가 말했다.

"지금요?" 마사 녹스의 물음에 나는 고개를 끄덕였다. 지금, 정말 지금이라는 걸 그녀도 이미 알고 있었다. 내게 되묻기 전부터 그녀는 나를 쳐다보며 저울질을 하는 중이었다. 그 저울질이란 대체로 아버지가 정한 기본 원칙에 견줘보는 것이었는데, 아버지의 원칙은 이러했다. 일하는 중에는 절대 재미 삼아 말을 타지 말 것. 말 타기를 놀이로 삼지 말 것. 밤에는 말을 타지 말 것. 겁 없이 타지 말 것. 바보같이 타지 말 것. 위험하게 타지 말 것. 무엇보다 사냥 막사에 있을 땐 절대, 어떤 경우에도 말을 타지 말 것.

"지금요?" 하고 묻기 전에 그녀는 이미 이 생각을 했고, 우리가 지쳤고 술까지 마셨다는 생각도 한 터였다. 뒤편 텐트에서 사냥꾼들이 자고 있다는 사실 역시 그녀는 염두에 두었다. 이 모든 생각을 떠올리기는 나도 마찬가지였다.

"좋아요." 그녀가 말했다.

"들어봐." 그렇게 말하며 나는 우리 사이에 있던 모닥불을 향해 좀 더 가까이 몸을 숙였다. "오늘밤에 워샤키 고개로 갈까 생각 중이었어."

나는 그녀를 지켜보았다. 그녀가 그렇게 멀리 나가본 적이 없다는 건 알고 있었다. 하지만 수 킬로미터 사방 어느 쪽이 됐든 로키 산맥 분수령을 넘어 산맥 한가운데로 들어가는 길은 워샤키가 유일했으므로 그녀도 그곳에 대해서는 알고 있었다. 크로스비 형은 그곳을 '척추'라고 불렀다. 워샤키는 얼어붙은 좁은 길을 따라 4킬로미터 가까이를 굽이굽이 뻗어 있었다. 마사 녹스는 그렇게 멀리까지는 나가본 적이 없었다.

"좋아요. 가요." 그녀가 말했다.

"음, 그런데 말이야. 난 거기서 멈추지 않을 거야."

그녀는 내게서 줄곧 눈을 떼지 않았고 얼굴 표정도 바뀌지 않았다. 총을 쏘기에 좋은 타이밍을 주시하는 사냥꾼의 표정이었다. 잠시 후 내가 그녀에게 말했다.

"각각 말 한 필씩을 챙기고 그 말에 맞게 음식이랑 장비도 챙기자. 난 스테트슨을 탈 테니, 넌 제이크를 타. 그리고 우린 돌아오지 않을 거야."

"난 핸디를 타겠어요."

"제 거시기나 빨아대는 그 빌어먹을 점박이 놈은 안 돼."

"핸디를 탈래요." 그녀가 다시 한 번 말했다. 나는 그녀가 아버지에게 그 미친 말을 자기한테 팔라고 했다는 얘기를 잊고 있었다.

"좋아. 하지만 그놈은 이런 일에는 전혀 맞지 않아."

"사냥꾼들은 어쩌죠?"

"어쩔 줄 몰라하겠지만, 괜찮을 거야."

"어쩔 줄 몰라하겠군요."

"괜찮을 거야."

"한 무리의 순례자들이네요. 저들은 여기서는 근처에도 가본 적이 없는 사람들이에요." 그녀가 말했다.

"똑똑한 사람들이라면 내일 우리가 없어진 사실을 안 즉시 이곳을 떠나겠지. 가는 길이야 고속도로처럼 훤히 뚫려 있고. 괜찮을 거야. 그 사람들은 일러야 내일 밤 늦게 목장에 도착할 거야. 우린 곧장 말을 타면 그 시간쯤엔 140킬로미터도 넘게 가 있을 테고."

"진지하게 하는 얘기라고 말해줘요. 왜냐면 난 진짜 그렇게 할 거니까." 마사 녹스가 말했다.

"유인타 산맥까지 사오 일이 걸려. 그전에만 안 잡히면 절대 따라잡힐 일은 없어."

"좋아요. 그렇게 해요."

"제기랄. 내가 어떻게 이런 걸 다 생각해냈지. 젠장. 우린 소랑 양을 훔쳐서 아주 작은 산골짜기에서 그걸 팔 거야. 그런 곳에선 그 누구도 아무것도 묻지 않아."

"벅." 그녀가 말했다.

"그리고 유타랑 와이오밍에 있는 작은 산골마을에서 은행을 털자. 말을 타고 말이야."

"벅." 그녀가 또 한 번 말했다.

"누가 말을 타고 은행을 턴 지가 분명 백 년은 됐을 거야. 그러니 우리를 보고도 어쩔 줄 몰라하겠지. 놈들은 차로 우리를 쫓을 테고, 우린 가드레일을 뛰어넘어서 다시 산으로 들어가는 거지. 그 많은 현금을 들고 그대로 사라지는 거야."

"벅." 그녀의 말에 나는 여전히 대답하지 않았지만, 이번에는 하던 말을 멈췄다.

"벅, 아저씨 그냥 바보 쓰레기죠?" 그녀가 말했다.

"결국에는 총에 맞아 쓰러지겠지만 그전까지 너덧 달은 버틸 수 있어."

"아저씨 바보 쓰레기 맞네요. 아저씨는 아무 데도 안 갈 거예요."

"넌 내가 그렇게 못할 것 같니?"

"그런 얘기는 하고 싶지도 않아요."

"내가 못할 것 같아?"

"말 몇 마리 갖고 떠나서 우리가 죽나 안 죽나 보고 싶은 거예요? 좋아요, 그런 거라면 나도 하죠. 그렇지만 그 허튼 무법자 짓거리로 내 시간을 허비하진 말아요."

"그러지 말고, 생각해봐, 마사 녹스." 내가 말했다.

"아저씨는 그냥 머리가 나쁜 거예요. 모자라."

"어쨌든 넌 이 상황을 벗어날 수 없잖아."

내게 화를 내며 뭔가 못된 말을 뱉어낼 것처럼 나를 쳐다보았지만, 그녀는 그저 자리에서 일어나 남은 불씨 위에 커피를 들이부어 불을 껐을 뿐이었다.

"생각해보래도, 마사 녹스." 내가 말했다.

그녀가 다시 자리에 앉았다. 하지만 새삼 어두워진 탓에 젖은 잿더미 건너편에 있는 그녀의 모습이 잘 보이지 않았다.

"다시는 그런 얘기로 내 시간 허비하지 말아요." 그녀가 말했다.

"그러지 말고. 넌 이대로는 못 벗어나."

"제기랄, 그렇겠죠."

"아버지 말도 그냥 훔칠 수 있잖아?"

"핸디는 내 말이에요."

"이봐, 마사 녹스." 내가 말했다. 그렇지만 그녀는 자리에서 일어나 뒤쪽 텐트로 들어가버렸다. 해 뜨기 전 아침, 그녀가 그날치 사냥에 필요한 짐을 꾸릴 때처럼 불빛이 텐트 안을 밝혔다. 내가 안장을 채우고 있던 목초지에서도, 그녀가 랜턴을 하나만 쓰는 탓에 희미하긴 했지만, 텐트 안을 밝히는 불빛이 보이곤 했다.

나는 기다렸다. 그녀가 랜턴을 들고 텐트 밖으로 나왔다. 그녀는 화덕 옆 갈고리에 걸려 있던 말굴레를 들고 있었다. 우리는 재갈이 이슬에 얼지 않도록, 그래서 아침마다 말 주둥이에 얼음이 어는 일이 없도록, 모든 말굴레를 화덕 옆에 박아놓은 고리에 걸어두곤 했다. 그녀는 나를 지나쳐 목초지로 향했다. 늘 그렇듯 그녀의 걸음걸이는 빨랐고, 또 늘 그렇듯 그녀는 소년처럼 걸었다.

나는 그녀를 뒤따랐다. 그러다 내가 듬성듬성 박혀 있던 돌에 걸려 넘어지자 그녀가 내 팔을 붙잡았다. "너 혼자서는 떠날 수 없어." 내가 말했다.

"아니, 할 수 있어요. 난 멕시코로 갈 거예요. 한밤중에요. 이 말굴레만 가지고 나 혼자서요."

나는 아무 대꾸도 하지 않았지만, 다시 그녀가 말했다. "농담이에요, 벽."

나는 그녀의 팔을 잡았고 우리는 함께 걸었다. 길은 험했다. 어떤 곳은 젖어 있었고, 또 어떤 곳에는 얇게 눈이 쌓여 있었다. 우리는 바위에 걸려 중심을 잃고 서로를 향해 쓰러졌지만 넘어지지는 않았다. 랜턴도 그런대로 도움이 됐다. 우리는 종소리를 따라가다가 마침내 말들이 있는 곳에 도착했다. 마사 녹스가 나무 그루터기 위에 랜턴을 내려놓았다. 우리는 말을 바라보았고 말은 우리를 바라보았다. 개중에는 멀리 가버리거나 우리 옆이나 뒤로 비켜나는 녀석들도 있었다. 하지만 스테트슨은 나를 향해 다가왔다. 내가 손을 내밀자 녀석은 쿵쿵대며 냄새를 맡고 내 손 위에 턱을 올려놓았다. 그러고는 저만치로 가 다시 고개를 숙이고 풀을 뜯었다. 스테트슨의 목에 걸려 있던 종이 울렸다. 녀석이 마치 중요한 행동이라도 하는 것처럼 종이 울리고 있었지만, 그 종은 늘 그렇게 울렸고 또 그것은 아무것도 아니었다.

마사 녹스는 말들 사이에 있었다. 그녀는 우리가 늘 말들에게 해주는 말을 하고 있었다. "그래, 거기, 이제 가만히 있는 거야. 자, 진정해." 마치 녀석들이 알아듣기라도 하는 양 그런 말을 늘어놓았지만, 사실 중요한 건 목소리일 뿐이었고 무슨 말을 내뱉든 상관없었다.

그녀가 핸디를 찾아냈다. 나는 그녀가 핸디에게 굴레를 씌우는 모습을 지켜보았다. 핸디는 그녀가 굴레를 씌우도록 내버려두었다. 녀석의 등과 엉덩이에 있는 거무스름한 반점은 우발적인 뭔가처럼, 마치 실수처럼 보였다. 나는 그녀에게로 다가갔다. 그녀는 핸디에게 말을 건네며 귀에 굴레를 채우고 있었다.

"우리 아버지가 이 녀석을 백 달러에 산 거 알지? 말 주인이 이 녀석을 아주 싫어했다는데." 내가 말했다.

"핸디는 최고예요. 이 멋진 다리를 봐요."

"아버지 말로는 이렇게 작은 녀석은 이름을 '한 줌'이라고 지었어야 했대."

"'한 인물'이라고 지었어야 했겠죠." 그녀의 말에 내가 껄껄대며 웃었다. 웃음소리가 너무 컸던지 핸디가 머리를 뒤로 홱 젖혔다.

"진정해. 이제 가만히. 진정해." 그녀가 핸디에게 말했다.

"왜 인디언들이 애팔루사(말과의 포유류―옮긴이)를 타고 전투에 나가는지 아니?" 내가 물었다.

"네, 알아요."

"그 녀석들을 타고 나간 인디언들은 전쟁터에 도착했을 때쯤엔 화가 머리끝까지 치솟게 되거든."

"내가 올 여름에 그 농담을 몇 번이나 들었는지 맞혀볼래요?" 마사 녹스가 말했다.

"난 애팔루사가 싫어요. 모조리 다, 정말 싫어요."

그녀는 핸디의 옆에 서서 손바닥으로 녀석의 등을 쓸어내렸다. 그녀가 고삐와 갈기를 움켜쥐더니 잽싸게 핸디의 등에 올라탔다.

내가 6월에 가르쳐준 대로였다. 핸디가 몇 발자국 뒤로 물러서며 춤을 췄지만 그녀는 고삐를 다잡고 핸디의 목을 어루만지며 녀석을 안정시켰다.

"갈 거예요, 말 거예요?" 그녀가 물었다.

"제 거시기나 핥아대는 이 점박이 놈을 탈 수 있게 해준 보답을 나한테 제대로 안 한 것 같은데."

"여기 타요."

"안장도 없고, 또 이 녀석이 두 사람을 어떻게 태워."

"태울 수 있어요. 여기 올라타요."

"자, 가만히." 그렇게 말하며 나는 마사 녹스의 뒤에 올라탔다. 내가 미처 자리를 잡기 전에 핸디가 몸을 옆으로 흔들어댔다. 마사 녹스는 이번에는 핸디가 춤을 추게 내버려두었다가 잠시 후 녀석을 발로 찼다. 그러자 핸디가 휘청대며 몇 발자국 잰걸음을 내디뎠다. 그사이 나는 이미 마사 녹스의 허리를 감싼 채 핸디의 갈기까지 양손에 거머쥔 터였다. 그녀는 핸디가 잰걸음을 하도록 내버려두었고, 잠시 후 녀석은 속도를 늦추고 제대로 발을 내디뎠다. 그녀는 녀석이 원하는 대로 나아가도록 내버려두었다. 핸디는 랜턴이 있는 곳을 두 바퀴 휘돌며 굼뜨게 움직였다. 녀석이 킁킁대며 암말의 냄새를 맡자 암말이 빠른 속도로 녀석에게서 멀어져갔다. 나무 아래로 걸어간 핸디는 그곳에 가만히 서 있었다.

"거 말 타기 한번 젠장맞네." 내가 말했다.

마사 녹스가 이번에는 툭 치는 정도가 아니라 제대로 발길질을 하자 핸디가 다시 발을 내디뎠다. 그렇게 두 번을 더 발길질을 하자 핸디는 전속력으로 내달렸다. 그러기에 우리는 너무 취해 있었고 날은 너무 어두웠으며 목초지에는 말이 걸려 넘어질 만한 것들이 너무나 많았지만, 우리는 전속력으로 달렸다. 핸디의 목에 달린 종과 말굽이 요란한 소리를 내자 다른 말들이 깜짝 놀라 뿔뿔이 뒤로 흩어졌다. 개중 몇 마리가 종을 울리며 빠르게 우리 뒤를 쫓는 소리가 들려왔다.

마사 녹스는 고삐를 잡고만 있을 뿐 사용하진 않았다. 내 모자는 이미 달아난 뒤였고 그녀의 모자도 바람에 날려가고 없었다. 핸디가 어디에 걸려 비틀댔던지, 아님 달리기를 좋아하는 말들이 간혹 그렇듯 요상한 발길질을 해댄 탓인지, 그도 아니면 우리가 자리를 제대로 못 잡은 탓이었는지, 어쨌든 우리는 말에서 떨어졌다. 내 팔은 여전히 그녀의 허리를 감싼 채였다. 누가 먼저 떨어졌는지, 누구의 잘못인지도 알 수 없었다. 말들이 오래 머물기에는 그만한 목초지가 없었지만, 이번 사냥철에는 그곳도 쓰임새를 다한 터였다. 빗물이 흘러들고 새 풀이 돋는 내년 봄이면 목초지의 풍경도 달라지겠지만, 어쨌든 그날 밤 그곳은 단단하게 얼어 있었고 우리는 그 땅에 세게 부딪혔다. 우리 둘은 똑같이 떨어졌다. 엉덩이와 어깨가 땅에 부딪혔다. 나는 내가 다치지 않았다는 걸 알았고 그녀 역시 그러리라 짐작했다. 내가 괜찮은지를 미처 묻기도 전에 그녀가 웃음을 터뜨렸다.

"아, 이런. 빌어먹을." 그녀가 말했다.

나는 그녀 밑에 깔려 있던 팔을 빼고 엉덩이를 틀어 바닥에 등을 댔다. 그녀도 몸을 틀어 똑바로 누웠다. 우리는 랜턴 불빛에서 멀리 떨어져 있었지만 달은 크고 밝았다. 나는 고개를 돌려

내 얼굴 옆에 놓인 마사 녹스의 얼굴을 바라보았다. 그녀의 모자는 이미 날아가고 없었고, 그녀는 팔을 문지르고 있었다. 마사 녹스는 어느 곳도 아닌, 바로 위 하늘을 바라보고 있었다. 나무들 탓에, 또 날씨가 좋지 못한 탓에, 혹은 우리가 자고 있었거나 모닥불을 바라보고 있던 탓에 제대로 보지 못했던 그런 하늘이었다.

핸디가 돌아왔다. 녀석의 종소리가 먼저 들렸고, 그다음에는 그 커다란 얼굴이 우리 둘의 얼굴 위로 뜨거운 김을 내뿜으며 가까이 다가왔다. 핸디는 마치 우리가 풀이거나 녀석이 원하는 어떤 것인 양 우리의 냄새를 맡았다.

"넌 좋은 말이야, 핸디." 마사 녹스가 말했다. 그녀의 목소리는 우리가 평소 말에게 들려주는 목소리가 아니었다. 그녀의 원래 목소리였고, 그 말은 진심이었다. 나는 그녀에게 키스하고 싶었지만, 그녀는 내가 키스하길 바라지 않을 것 같았다. 그녀는 너무나 좋아 보였다. 그 얼어붙은 죽은 땅 위에서 그녀는 새로 돋아난 풀이나 열매만큼 중요해 보였고 또 좋아 보였다.

"넌 좋은 말이야." 또 한 번 핸디에게 그 말을 건네는 그녀의 목소리는 확신에 차 있었다. 핸디가 다시 한 번 조심스레 그녀의 냄새를 맡았다.

나도 하늘을 올려다보았다. 내가 한 번도 본 적이 없는 그런 별이었다. 별이 평소보다 더 가깝고 낯설게 느껴졌다. 한참을 그렇게 바라보았을 때쯤, 별 하나가 낮게 긴 선을 그리며 우리 두 사람 위로 떨어졌다. 이런 곳에서는 하늘이 맑은 날에 흔히 볼 수 있는 광경이었다. 하지만 이 하나의 별은, 여전히 불이 붙은 채로 내 머리 위를 지나던 담배꽁초처럼, 느리고 가늘게 원호를 남겼다. 혹 마사 녹스가 그 광경을 봤다 하더라도 그녀는 이미 한 손으로 핸디의 고삐를 거머쥔 뒤였을 테고, 그녀는 그 광경에 대해서는 아무 말도 하지 않을 것이었다.

엘크의 말
Elk Talk

베니는 일 년째 에드, 진과 함께 살고 있었다. 진의 동생이기도 한 베니의 엄마는 미술 강좌에 갔다 차를 몰고 집으로 오던 날 밤 제설차를 들이박아 아직도 샤이엔의 병원에 혼수상태로 누워 있었다. 사고 소식을 듣자마자 진은 여덟 살짜리 조카를 데려오는 게 어떻겠느냐고 했고, 가족들 모두 베니에게 그 편이 가장 좋겠다는 데 동의했다. 진은 누가 베니의 아빠가 어디 있는지 물으면 "지금은 힘들겠네요"라며, 마치 그가 전화를 못 받을 정도로 바쁜 사업가인 것처럼 대답했다.

진과 에드에게도 오하이오에 사는 결혼한 딸이 있었지만, 읍내에서 이곳 산골 오두막으로 이사하면서 어린아이와 함께 살리라고는 생각지도 못했다. 그런데 지금은 베니가 집에 와 있는 것이다. 진은 아침마다 베니의 스쿨버스 시간에 맞춰 차를 몰고 8킬로미터 남짓한 비포장도로를 달렸다. 매일 오후에는 같은 곳에서 다시 베니를 만났다. 속수무책으로 내리는 폭설 탓에 겨울에는 부쩍 오가기가 힘이 들었지만, 진은 어떻게든 그 길을 오갔다.

어업수렵부에서 일하는 에드는 문짝에 주(state) 마크가 그려진 커다란 녹색 트럭을 몰았다. 그는 반쯤 은퇴한 상태로, 근 몇 달 새 임신한 십대 모양 둥글고 딴딴하게 배가 나와 있었다. 에드는 집에 있을 때는 장작을 패어 쌓아두거나 오두막을 손봤다. 부부는 집 안의 온기가 새어나가지 않게 늘 뭔가 더 조치를 취했고, 허술한 곳이 겨우내 잘 버티게끔 손을 보곤 했다. 진은 7, 8월에 정원에서 딴 푸성귀를 절이거나 얼렸으며, 산책을 나갈 때면 길가에서 마른 잔가지를 주워 와 불쏘시개용으로 따로 챙겨두었다. 오두막이라 해봐야, 숲을 면한 툇간이 집 뒤로 짧게 딸려 있는 작은 공간에 불과했다. 베니가 오고 나서 진은 거실을 침실로 바꾸었고, 베니는 깃털을 넣어 만든 누비이불을 덮고 소파에서 잤다.

어느새 10월 말이었다. 에드는 잭슨에서 열리는 한 총회에서 밀렵에 관한 연설을 하느라 주말 동안 집을 비웠다. 진은 베니를 데리러 버스정류장으로 가던 길이었는데, 꽁무니에 대형 캠핑카를 매단 스테이션왜건 한 대가 속도를 내며 다가왔다. 진이 황급히 핸들을 트는 바람에 하마터면 사고가 날 뻔했다. 차 오른쪽 옆구리가 덤불을 긁었을 때는 진의 표정도 일그러졌다. 별 사고 없이 지나친 뒤에야 진은 백미러를 흘깃하며 뿌옇게 인 먼지 사이로 멀어져가는 캠핑카의 뒷모습을 살폈다.

진은 그 길에서 마지막으로 차를 본 것이 언제였는지도 기억나지 않았다. 수 킬로미터 내에 집이라고는 오직 에드와 진네뿐이었다. 차를 타고 지나가는 사람이라 해봐야 트럭을 가득 메운 사냥꾼들이나, 으슥하게 차 댈 곳을 찾는 듯싶은 십대 커플 정도였다. 캠핑카를 매단 스테이션왜건이 여기까지 올 이유는 전혀 없었다. 가족여행차 옐로스톤으로 향하다 길을 잘못 든 한 가족의 모습이 진의 머릿속에 떠올랐다. 아이들은 측은하게 뒷자리에 앉아 있고, 운전대를 잡은 아버지는 좀체 차를 세우고 길을 확인할 생각을 않는 모습이 그려졌다. 저런 속도라면 식구들을 죄다 사지로 몰아넣을 수도 있었다.

그날따라 스쿨버스가 일찍 도착한 탓에 진이 큰길에 다다랐을 때는 베니가 먼저 와 기다리고 있었다. 베니는 점심 도시락을 가슴께로 바짝 치켜든 채 제 키보다 클까 말까 한 우체통 옆에 서 있었다.

"바꿀래요." 차에 오르며 베니가 말했다. "가라테 선수로 할래요."

"벌써 의상을 준비해뒀잖니."

"진짜 의상은 아니잖아요. 그냥 어린이 야구단 유니폼이지."

"벤, 너 입고 싶다고 했잖아. 핼러윈 복장은 그걸로 하겠다고 이모한테 말하지 않았니."

"가라테로 할래요." 베니가 다시 한 번 말했다. 칭얼대지 않고, 큰 목소리로 천천히. 베니는 제 인생에서 만나는 사람들이 죄다 청력에 문제가 있거나 이제 막 말을 배우기 시작한 사람인 양, 늘 그렇게 말했다.

"어쩌지. 미안하지만 가라테는 안 돼. 지금 옷을 다시 만들긴 너무 늦었단다."

베니가 차창 밖을 바라보며 팔짱을 꼈다. 몇 분이 지나고서야 베니가 말했다. "제가 하고 싶은 건 분명히 가라테예요."

"이모 좀 도와주렴, 벤? 너무 힘들게 가지 말자. 응?"

대답 대신 베니는 어머니들처럼 체념한 듯한 한숨을 뱉어냈다. 진은 모퉁이를 돌 때마다 한껏 속도를 내며 달리던 스테이션왜건을 떠올리며 평소보다 천천히, 말없이 차를 몰았다. 집에 절반쯤 이르렀을 때 진이 물었다. "벤, 오늘 미술수업도 했니?"

베니가 고개를 가로저었다.

"안 했어? 그럼 체육은?"

"없었어요." 베니가 말했다. "음악수업 했어요."

"음악? 새 노래도 배웠어?"

베니가 어깨를 치켰다 내렸다.

"오늘 배운 노래 이모한테 불러줄 수 있니?"

베니가 아무 말이 없자 진이 다시 한 번 말했다. "오늘 배운 노래 이모한테 불러줄 수 있어? 이모가 들어보고 싶은데."

다시 침묵이 흐른 후, 베니가 청회색 풍선껌을 입에서 꺼내 점심 도시락 손잡이에 붙였다. 그리고 자동차 앞유리에 시선을 붙박은 채 시종일관 똑같은 음의 낮은 목소리로 노래를 읊조렸다. "옆집에 사는 개 이름 빙고라지요. B-I-N-G-O." 알파벳 하나하나에 신경을 써가며 베니는 또박또박 철자를 발음했다. "B-I-N-G-O. B-I-N-G-O. 빙고는 개 이름."

베니가 도시락에서 껌을 떼 도로 입에 넣었다.

그날 저녁식사 후, 진은 베니에게 어린이 야구단 유니폼을 입혀주고 야광테이프를 잘라 등번호 위에 붙였다.

"이거 꼭 해야 돼요?" 베니가 물었다.

"네가 차들을 보는 것처럼 차들도 너를 볼 수 있어야지." 진이 대답했다.

이번에 베니는 군소리 없이 고분고분 응했다. 베니는 방금 전 모자 쓰기와 글러브 끼기를 두고 벌인 이모와의 한판승에서 이미 이긴 터였으므로 이번만큼은 이모 뜻대로 하게 내버려두었다. 진이 책상서랍에서 오래된 폴라로이드 사진기를 찾아내 거실로 가져왔다.

"사진 찍어뒀다가 이모부 오시면 보여드리자." 진이 말했다. "베니 참 멋있다. 이모부도 보고 싶어하실 거야."

카메라 뷰파인더의 작은 사각형 안에서 베니를 찾아낸 진은 프레임 안에 베니가 완전히 들어올 때까지 조금 뒤로 물러났다.

"스마일." 이어 진이 말했다. "찍는다."

베니는 플래시가 터지는 순간에도 눈 한 번 깜박이지 않았지만, 마지막 순간에 가서야 진에게 호의라도 베풀듯 자세를 취하며 미소를 지었다. 두 사람은 카메라가 뿌옇고 눅눅한 사진을 더디게 뱉어내는 모습을 지켜보았다.

"끝을 조심히 잡고 있으렴." 진이 베니에게 사진을 건네며 말했다. "어떻게 나왔는지 보자."

그때 누군가가 문을 두드렸다. 깜짝 놀란 진이 황급히 자리에서 일어섰다. 흘끗 그녀의 시선이 베니를 향했다. 베니는 점차 모습을 드러내고 있는 사진을 엄지와 중지 사이에 낀 채, 불안한 듯 놀란 눈길로 그녀를 바라보았다.

"여기 있으렴." 그렇게 말하고 진은 오두막 뒤편 창가로 걸어 갔다. 이미 날이 어두웠으므로 현관 입구에 선 희미한 형체를 보려면 차가운 유리창에 바짝 얼굴을 갖다대야 했다. 또다시 문 두드리는 소리가 났다. 곧이어 무성한 오크나무를 통과하면서 좀 먹먹해진 듯한 높은 톤의 목소리가 들려왔다. "사탕 주세요!"

진이 문을 열자 어른 두 명과 작은 어린아이 하나가 서 있었다. 셋 다 갈색 방한복 차림에 원뿔 모양의 털실 모자를 쓰고 있었다. 모자에는 접착테이프로 감은 긴 나뭇가지가 묶여 있었다. 여자가 진에게로 다가서며 손을 내밀었다. "저희는 도널드슨 가족이에요. 이웃에 살아요." 그녀가 말했다.

"우린 엘크예요." 어린아이가 모자에 달린 뿔을 만지며 말했다. "이건 뿔이에요."

"그건 녹각이란다, 얘야." 엄마가 아이의 말을 바로잡았다. "들소나 염소는 뿔(horn)이라고 하고, 엘크는 녹각(antler)이라고 해."

진은 여자아이와 아이의 엄마, 그리고 그 옆에 서서 말없이 장갑을 벗고 있는 남자를 바라보았다.

"문을 열어두시면 온기가 새나갈 텐데요." 남자가 무겁지는 않지만 낮고 차분한 목소리로 말했다. "우리를 안으로 들여보내주시면 어떨지."

"아." 그렇게 말하며 진이 옆으로 비켜나자 세 사람이 집 안으로 들어섰다. 진도 안으로 들어와 문을 닫았다. 그리고 손바닥을 문에 댄 채 등을 기대고 섰다.

"음, 이게 뭐니?" 아이의 엄마가 무릎을 꿇고 베니가 떨어뜨린 사진을 집어 들며 물었다. "네 사진이야?"

"죄송해요. 정말 죄송한데, 저는 그쪽 가족을 모르겠네요." 진의 집 안에 있던 세 사람이 일제히 고개를 돌려 그녀를 바라보았다.

"우린 도널드슨 가족이에요." 진의 말에 머리가 복잡해졌는지 여자가 살짝 얼굴을 찌푸리며 말했다. "이웃에 살아요."

"우린 이웃이 없어요. 이쪽으로는 어디에도 없어요."

"오늘 막 이사를 왔습니다." 남자가 짐짓 낮은 목소리로 말했다. 여자아이는 아빠 곁에서 다리를 꼭 붙잡고 서 있었다. 남자는 딸아이의 머리 위 두 개의 뿔 사이에 손을 올렸다.

"어디로요?" 진이 물었다.

"여기서 800미터쯤 떨어진 곳에 1,200평 남짓한 땅을 샀습니다." 남자의 어조로 보아 그는 진이 이렇게 따지고 드는 것을 무례하다고 여기는 듯했다. "캠핑카에서 지내고 있고요."

"캠핑카요?" 진이 되물었다. "제가 오늘 그 차를 봤어요. 맞죠? 차도에서."

"네." 남자가 말했다.

"무섭게 속도를 내시더군요. 그러셨죠?"

"네." 남자가 말했다.

"어두워지기 전에 도착하려고 서둘렀거든요." 그의 아내가 말했다.

"이쪽 찻길에서는 아주 조심해야 돼요. 그렇게 달리시면 위험해요." 진이 말했다.

아무 대답이 없었다. 세 사람은 진이 다른 말—방금 한 말보다

엘크의 말 **41**

는 좀 더 적절한 어떤 말—을 하기를 기다리는 사람들처럼, 정중하지만 무표정하게 그녀를 쳐다보았다.

"이쪽 길 끝에 매매로 나온 땅이 있는 줄은 몰랐네요." 진의 말에 세 사람이 똑같은 표정으로 그녀를 바라보았다. 베니조차도 뭔가 의아하다는 표정으로 그녀를 쳐다보고 있었다.

"이웃이 생길 줄은 몰랐거든요." 진이 말을 이었다. "이쪽으로는 어디에도 이웃집이 없으니까." 또 한 번 침묵이 흘렀다. 그들이 대놓고 마뜩잖다는 눈길을 보내진 않았지만, 진은 어딘지 서걱대는 느낌이 들면서 마음이 불편했다.

네 살도 안 됐을 성싶은 여자아이가 고개를 돌려 베니에게 물었다. "어쨌든, 오빠는 뭐야?"

그 말에 베니는 대답할 말을 찾느라 황급히 진을 쳐다본 다음에야 여자아이에게로 시선을 돌렸다. 여자아이의 엄마가 웃으며 말했다. "네 의상이 뭔지 궁금하다는 뜻인가 봐."

"난 야구선수야." 베니가 말했다.

"우리는 엘크야." 여자아이가 베니에게 말했다. "이게 우리 눅각이야." 여자아이가 녹각을 '눅각'이라고 발음했다.

아이의 엄마가 베니를 바라보며 미소 지었다. 잇몸에 바짝 붙은 그녀의 치아는 평생 가죽을 씹으며 산 나이 든 이누이트 여인들의 이처럼 고르고 널찍했다. "저는 오드리라고 해요. 이쪽은 제 남편 랜스인데, L. D.라고 불리길 더 좋아하죠. 자기 이름을 좋아하지 않거든요. 병원에서 하는 수술 이름 같다나요. 이쪽은 우리 딸 소피아예요. 오늘을 그냥 보낼 뻔하다가 부랴부랴 이 옷을 챙겨 입혔는데 아이가 어찌나 신나하던지. 얘가 아까 오후에 이 오두막을 보곤 사탕 주세요 하러 가자고 고집을 부리지 뭐예요."

"우린 막 나가려던 참이었어요. 아이 학교에서 하는 핼러윈 파티에 가려고요." 진이 말했다.

"재밌겠어요. 어린아이들도 가도 되나요?" 오드리가 환하게 웃었다.

"아니요." 진이 서둘러 대답했다. 사실 진은 핼러윈 파티 규정이 어떤지 전혀 몰랐다.

"그럼, 오늘은 들를 때가 여기밖에 없겠네요. 이따 나가서 엘크들에게 말을 걸어볼 수는 있겠지만요." 오드리가 말했다.

"녀석들 소리 들어보셨습니까?" L. D.가 물었다.

"네?" 진이 얼굴을 찌푸렸다.

"제 말은, 엘크 소리 들어보셨습니까?"

"엘크 소리는 늘 듣습니다만. 무슨 말씀을 하시는지 잘 모르겠네요."

순간, L. D.와 오드리가 의기양양한 눈빛을 주고받았다.

"L. D.는 음악가예요. 작년 여름에 이곳 와이오밍으로 휴가를 왔는데, 이이가 엘크들이 내는 나팔 소리에 완전히 빠져들었죠. 정말 근사한 소리지 뭐예요." 오드리가 설명을 늘어놓았다.

진도 그 소리를 잘 알고 있었다. 가을이면 밤마다 숲을 사이에 두고 엘크들이 서로 나팔 소리를 내곤 했다. 엘크들이 오두막에서 얼마나 가까이에 있는지는 가늠할 수 없었지만, 워낙 명확하고 강렬해서 듣지 않으려야 안 들을 수가 없는 소리였다. 영장류가 내는 듯한 쇳소리가 길게 이어지다 굵고 낮게 그르렁대는 소리가 뒤따르곤 했다. 그녀는 어릴 적부터 그 소리를 들어왔다. 진은 말들이 그 소리를 듣고 가던 길을 멈추는 모습을 본 적이 있었다. 한껏 머리를 치켜든 말들은 가쁘게 콧바람을 뿜어내며 귀의 신경을 곤두세웠다. 그리고 소리에 집중하며 달릴 태세를 갖추곤 했다.

"L. D.는 음반을 몇 장 만들었어요. 그런데 엘크 소리가 이 사람에게 아주 큰 영감을 불러일으킨다는 것을 알게 됐죠." 오드리가 말을 이었다. "도시에서 사신 적 있으세요?"

"아니요." 진이 말했다.

"흠." 오드리가 눈동자를 굴렸다. "그게 말이죠, 도시에서는 참는 데 한계가 있어요. 분명히 한계가 있죠. 저는 불과 석 달 전에 볼일을 보러 나갈 준비를 하다 문득 그런 생각이 들었어요. 지갑에서 신용카드를 다 없애버리면 길에서 강도를 당하더라도 카드를 다시 만드는 따위의 성가신 일은 없겠구나 하고 말이에요. 그래서 더는 생각도 않고 카드를 다 없애버렸어요. 그렇게 사는 게 너무나 자연스러운 일처럼 말이에요. 그리고 그날 밤 남편에게 말했죠. '우리 떠나자. 이 미친 도시에서 벗어나야 돼.' 물론, 이이는 기꺼이 그렇게 해주었어요."

진이 베니를 쳐다보았다. 베니는 그들의 대화에 귀를 기울인 채 줄곧 말없이 서 있었다. 진은 베니가 곁에 있다는 사실을 잠깐씩 깜빡하곤 했다. 그럴 때면 죄책감이 들었다. 저녁식사 자리에서 식탁을 둘러보다 에드와 그녀 사이에서 저녁을 먹고 있는 베니를 보고 깜짝 놀랐을 때도 그런 죄책감이 들었다.

"음." 진이 안경을 코 위로 바짝 밀어 올렸다. "우리는 가야겠어요."

"들어보세요." 그렇게 말하며 L. D.가 주머니에서 납작하고 둥

근 검정색 판 한 장을 꺼냈다. 그가 원판을 입에 넣고 긴 쇳소리를 내자 겹겹이 단열재를 덧댄 진의 오두막 안 작은 거실에 엘크들의 나팔 소리가 울려 퍼졌다. 그 소리에 깜짝 놀란 베니가 펄쩍 뜀박질을 했다. L. D.가 입에서 원판을 빼고 미소를 지었다.

"아, 당신." 오드리가 움찔하며 말했다. "안에서는 소리가 너무 크잖아. 집 안에서는 나팔 소리를 내지 말아야지. 겁내지 마라." 그녀가 베니에게 말했다. "그냥 엘크 호루라기란다."

진은 예전에 한 번 이 소리를 들은 적이 있었다. 사냥 가이드를 하는 에드의 친구가 엘크 호각으로 수컷 엘크를 불러냈었다. 그가 진에게 호각 부는 걸 보여줬는데 그 소리가 너무 엉터리 같아 그녀는 웃음을 터뜨리며 이렇게 말했다. "그냥 빈터에 서서 '여기야 엘키, 엘키, 엘키' 하고 부르는 편이 낫겠어요." L. D.도 같은 호각을 갖고 있었지만 그가 내는 소리는 완벽했고, 놀라울 만큼 진짜 같았다.

베니가 진을 보며 싱긋 웃었다. "소리 들었어요?"

진이 고개를 끄덕였다. "엘크는 허가증을 받아서 사냥철에만 사냥을 할 수 있는 거 알고 계시죠?" 진이 L. D.에게 물었다.

"우리는 사냥을 하고 싶은 게 아니에요. 엘크에게 말을 걸고 싶을 뿐이죠." 오드리가 말했다.

"진짜처럼 들렸나요?" L. D.가 물었다. "연습 중이거든요."

"어떻게 하신 거예요?" 베니가 묻자 L. D.가 베니에게 원판을 건넸다.

"이걸 진동판이라고 부른단다." L. D.가 설명을 하는 사이 베니가 원판을 뒤집어 불빛 아래로 치켜들었다. "고무로 만든 건데,

입 안쪽에 넣고 공기를 불어넣어야 해. 쉽지는 않아. 삼키지 않게 조신해야 되거든. 크기가 달라지면 소리도 달라져. 이건 어른이 된 수컷들이 짝짓기할 때 내는 소리를 낸단다."

"해봐도 돼요?"

"안 돼. 입에 넣지 마. 네 물건이 아니잖니." 진이 말했다.

베니가 마지못해 호각을 다시 L. D.에게 건네자 L. D.가 말했다. "아빠한테 네 것도 하나 사달라고 하렴."

그 말에 진은 당황했지만, 베니는 정말 그러겠다는 듯 그저 고개만 끄덕였다. "네. 그럼요." 베니가 말했다.

진이 문고리에 걸려 있던 외투를 꺼내 걸쳤다. "베니, 어서. 가야 할 시간이야." 진이 말했다.

L. D.가 그의 장화 위에 걸터앉아 있던 소피아를 번쩍 들어올렸다. 접착테이프 밖으로 삐져나온 소피아의 뿔 하나가 땋은 머리처럼 아이의 등 뒤에 댕강댕강 매달려 있었다.

"소피아 귀엽지 않아요?" 오드리가 물었다.

진이 문을 연 채로 잡고 있었으므로 도널드슨 가족은 모두 현관 밖으로 나왔다. 작고 뿔이 없는 베니도 그들을 뒤따랐다. 진도 불을 끄고 집에서 나왔다. 그리고 문을 닫았다. 그녀는 작은 핸드백 바닥에서 열쇠 하나를 꺼내, 이 오두막에 살기 시작한 이후 처음으로 자물쇠를 걸어 잠갔다.

보름달에 가까운 달이 뜬 청명한 밤이었다. 눈은 아직 오지 않았고 눈이 덜 녹은 때도 아니었지만, 공기 내음이 차가운 걸 보니 내일이면 눈이 올지도 모르겠다고 진은 생각했다. 곰은 겨울잠을 자는 굴 앞에 난 발자국이 금세 가려지도록 첫 눈보라가 날릴 때까지 동면에 들어가지 않고 기다린다는 글을 읽었던 게 기억났다. 올해는 눈이 늦어져서 이 근방의 곰들이 발자국을 가려줄 눈을 기다리느라 지쳤을 거라고 진은 생각했다.

도널드슨 가족은 테라스에 서서 진의 작은 뒷마당 너머로 펼쳐진 수풀 끝자락을 바라보고 있었다.

"작년 여름에 엘크가 응답을 해온 적이 있어요. 야생 그대로의 경험이었지요. 그런 의사소통 말입니다." L. D.가 말했다.

그가 진동판을 입에 넣고 이번에는 오두막에서보다 더 크게 소리를 냈다. 진은 거슬릴 만큼 진짜 같은 그 강렬한 소리가 인간이 그곳에서 내도 되는 소리의 권한을 넘어선 게 아닐까, 하고 생각했다.

그리고 침묵이 흘렀다. 마치 나무가 그 소리에 응답이라도 할 것처럼 그들은 모두 뒤뜰 너머를 응시했다. 진은 깜박 잊고 장갑을 챙기지 않은 터라 손이 시렸다. 그녀는 어서 차로, 온기가 있는 곳으로 가야겠다는 생각에 마음이 초조했다. 진이 앞으로 손을 뻗어 베니의 어깨를 만졌다.

"가자, 베니." 진의 말에도 불구하고 베니는 그녀의 손 위에 자신의 손을 포개며 놀라우리만큼 어른스러운 태도로 낮게 속삭였다. "기다리세요." 잠시 후 베니가 말했다. "들어보세요."

진에게는 아무 소리도 들리지 않았다. L. D.가 소피아를 내려놓았다. 도널드슨 가족은 온 가족이 테라스 끝에 선 채 밤하늘이라는 바탕 위에 엘크의 뿔을 그려 넣었다. 의상을 저렇게 진짜같이 만들면 안 돼, 저러다 총에 맞을지도 몰라. 진은 생각했다. 그녀는 외투 주머니에 주먹을 찔러 넣고 몸을 부르르 떨었다.

잠시 후 L. D.가 다시 한 번 소리를 냈다. 길고 높게 끼익 하는 소리가 나더니 몇 차례 그르렁대는 소리가 이어졌다. 그리고 그들은 모두, 혹여 응답 소리가 너무 희미해 놓치기라도 할까 봐, 몸을 앞으로 숙인 채 살짝 고개를 젖히고 조용히 귀를 기울였다. 사실 그렇게까지 귀를 기울일 필요는 없었다. 만약 수컷 엘크가 나팔 소리로 응답을 해온다면 굳이 애를 쓰지 않아도 들릴 법한 소리였다.

L. D.가 다시 한 번 소리를 냈고 연이어 또다시 호각을 불었다. 마지막 그르렁대는 소리가 정적 속으로 사라질 즈음, 진의 귓가에 소리가 들려왔다. 그 소리를 가장 먼저 들은 사람은 진이었다. 다른 사람들이 그 소리가 진짜인지 신경을 곤두세우고 있을 때, 진은 이미 그 소리가 덤불 속 곰들이 내는 소리가 틀림없다고 생각했다. 그러다 저게 뭘까 하는 생각이 막 들었을 때, 숲에서 엘크가 모습을 드러냈다. 추위로 단단해진 땅 위에 수컷 엘크가 가볍지만 빠른 리듬으로 발굽을 내디디며 원을 그리고 있었다. 진의 뜰, 얼어붙은 그 검은 흙 위에 엘크가 멈춰 섰다.

"아 이런." 진이 낮게 속삭이며 재빨리 녹각의 가지 수를 셌다. 어둠 속에 실루엣을 드리우며 활짝 뻗은 엘크의 뿔이 뒤쪽 나무들, 그리고 나뭇가지의 형상과 뒤섞였다. 엘크는 가까이 다가서는가 싶더니 경고도 없이 어느새 온전히 모습을 드러내며, 의도했든 그렇지 않든, 그들과 대면했다. 분명 이 엘크는 도널드슨 가족과 대화를 나눌 생각은 아니었을 것이다. 이 수컷은 누가 제 영역에서 짝짓기를 시도하는지 알고 싶었을 것이다. 그렇게 해서 이제 수컷 엘크는 온전히 모습을 드러낸 채 바로 앞에서 그들을 바라보며 서 있었다. 하지만 오두막은 어둡고 테라스 지붕 아래로 그림자까지 드리워져 있었으므로 엘크는 그들의 형상을 알아볼 수가 없을 터였다. 냄새를 실어 나를 미풍조차 불지 않은 탓에 수컷 엘크는 도전장을 내민 상대가 있는 곳, 그 정확한 지점을 형상조차 가늠하지 못한 채 그저 뚫어져라 응시했다.

진은 소피아가 천천히 손을 뻗어 아빠의 다리를 잡는 걸 보았다. 그것 말고는 어떤 움직임도 없었다. 잠시 후, 엘크가 천천히 왼쪽으로 걸음을 옮겼다. 잠시 그대로 멈춰 있던 엘크는 다시 원래 있던 자리로 돌아갔고 그곳에서 다시 오른쪽으로 몇 발자국을 뗐다. 그렇게 양쪽으로 움직이며 엘크는 제 몸 전체를 보여주었고, 시선은 줄곧 테라스를 응시했다. 말이라면 그랬을 법도 하지만 엘크는 머리를 건들거리지도 않았고, 공격적이고 위협적인 자세를 취하지도 않았다. 그러다 천천히, 의도적으로, 다시 한 번 오른쪽과 왼쪽을 오갔다.

진이 L. D.를 바라보니 그는 입가로 손을 올려 진동판을 불려 하고 있었다. 진은 허리만 앞으로 빼 그의 팔을 잡았다. 그가 고개를 돌려 진을 바라보자 그녀는 소리를 내지 않은 채 입술로만 안 돼요, 하고 말했다.

그가 인상을 찌푸리며 진을 외면했다. 그가 숨을 들이마시자 진은 그의 팔을 꽉 잡으며 1미터 거리에 선 사람에게도 들리지 않을 만큼 조용히 말했다. "안 돼요."

L. D.가 진동판을 입에서 뗐다. 진은 그제야 마음이 놓였다. 그런데 그때 숲에서 암컷 두 마리가 나타났다. 한 마리는 다 자란 엘크였고 다른 한 마리는 아직 뼈대가 가녀린 한 살배기였다. 두

녀석의 시선이 수컷 엘크에게서 오두막으로 옮겨갔고 곧이어 두 녀석은 마치 주변을 의식하듯 천천히 마당을 지나 뜰로 들어섰다. 세 마리 엘크가 함께 서 있던 그 잠깐 동안이 진에게는 평생 느꼈던 그 어떤 정적의 순간보다도 더, 영원하리만큼 길게 느껴졌다. 상대의 형체를 가늠할 수 없음에도 불구하고 뚫어져라 앞을 응시하던 세 마리 엘크의 시선 속에서 그녀는 마치 몇몇이서 장난삼아 죽은 자와의 접신을 시도했다가 우연찮게 진짜 귀신을 불러낸 듯한 기분을 느꼈다.

엘크는 한참 만에야 돌아서서 가기 시작했다. 나이 든 두 녀석은 판단이 확실히 선 듯했지만 한 살배기는 두 차례 오두막 쪽을 뒤돌아보았다. 두 번 모두 오랫동안 돌아보는데, 진으로서는 그 속내를 읽어낼 수가 없었다. 엘크들은 숲으로 들어섰고 이내 시야에서 사라졌다. 소피아가 아주 조용히 "아빠" 하고 부를 때까지 그들은 꼼짝 않고 테라스에 서 있었다.

오드리가 고개를 돌려 진을 바라보았다. 오드리가 천천히 고개를 가로저으며 말했다. "평생 살면서요, 내가 정말 남달리 운이 좋구나 하고 느낀 적 있으세요?"

진은 대답 대신 베니의 손을 잡고 서둘러 차로 향했다. 진은 집 앞 진입로에 차를 세워둔 채 잠시 엔진이 데워지기를 기다리는 동안에도, 그녀의 집 현관 앞에 선 도널드슨 가족을 쳐다보지 않았다.

"아까 보셨어요?" 베니가 물었다. 경이로움에 찬 목소리였지만 진은 베니의 물음에 대답하지 않았다.

진은 전조등의 하향등만 켠 채, 다가오는 차나 장애물에도 개의치 않고 그저 닥치는 대로 역주행 차선을 따라 차를 몰았다. 그녀는 어느 때보다도 빨리 달리고 있었다. 그렇게 분을 쏟아내며 그들로부터 멀어질 때까지 진의 위험한 질주는 6킬로미터가 넘게 이어졌다. 그녀는 자신이 조종당하기는 했지만 한편으로는 자신도 조종에 가담했다는 사실을 깨닫고서야 속도를 늦추었다. 그들에게는 그럴 권리가 없다는 생각만 자꾸만 그녀의 머릿속을 맴돌았다. 단지 그런 일이 가능하다고 해서 그런 짓을 할 권리는 없었다. 그러다 그녀는 베니가 아직 자신과 함께, 자신의 곁에 있음을, 그리고 자신이 베니를 온전히 책임지고 있음을 기억해내고서야 마음을 가라앉히고 다시 운전대를 다잡았다.

남편이 같이 있었으면 좋았을걸 하는 생각이 잠깐 들었지만, 그녀는 이내 그 생각을 떨쳐냈다. 그렇지 않아도 그 자리에는 사람이 너무 많지 않았던가.

동쪽으로 가는 앨리스

Alice to the East

　로이의 집에서 베로나 중심부까지 이어지는 20분 거리의 도로 양쪽에는 마치 중서부 지역의 억양처럼 편평하고 한결같은 해바라기밭이 펼쳐져 있다. 지평선과 노던퍼시픽 철도 선로를 제외하면 중간에 가로놓인 것이라곤 없었고, 길도 잘 닦인 괜찮은 고속도로였다. 로이는 에마가 어렸을 때는 동쪽으로 가는 사람과 서쪽으로 가는 사람을 가르는 노란 선을 따라 자전거 타는 법을 딸에게 가르쳐주기도 했다. 그래도 얼마든지 안전했다. 그 시절엔 오가는 차가 적었고 그 적은 차마저도 수 킬로미터 전부터 보였다. 판단하고 움직이고 준비할 시간은 늘 충분했다.

　마을에서 16킬로미터 남짓을 벗어나면 대형 곡물창고가 보였다. 그 일대에서는 유일하게 이층 높이가 넘는 구조물답게 곡물

창고는 한껏 거만하게 서 있었다. 그 지점을 막 지났을 즈음, 로이의 눈에 낯선 물체 하나가 들어왔다. 그의 차가 가까이 다가서자 그 물체는 트럭으로 바뀌었다. 하얀 트럭 한 대가 비상등을 깜박이며 갓길에 세워져 있었다. 속도를 늦춰 몬태나 번호판을 확인한 로이는 평생 날마다 그 자리에 차를 댄 사람처럼 정확하게 속도를 줄여 트럭 뒤에 차를 세웠다.

차에서 내려 몇 발짝을 가서야 도랑가에 있는 그들을 발견했다. 멈춰 선 로이는 엔진을 덮고 있는 트럭 보닛 위로 천천히 손을 뻗었다. 똘깍똘깍 소리를 내는 엔진에서 온기가 느껴졌다. 두 명이었고, 십대였다. 여자아이는 서 있었다. 남자아이는 여자아이의 발치에 무릎을 꿇고 앉아 잭나이프를 들고, 여자아이가 입은 청바지의 다리 한쪽을 허벅지 중간 길이로 자르는 중이었다. 로이는 먼저 놀랐고, 그다음엔 그 장면이 연출해내는 내밀한 은밀함에 당혹했다. 두 손을 허리에 얹은 채 양다리를 살짝 벌리고 선 여자아이, 무릎을 꿇은 남자아이, 잭나이프에 반사돼 느닷없이 번쩍이는 빛, 청바지가 반바지가 되어갈수록 점점 더 드러나는 살결.

잠시 후, 여자아이가 고개를 돌려 대수롭지 않다는 듯 로이를 쳐다보았다. 검고 짧은 그녀의 머리칼은 방금 야구모자를 벗은 듯 눅진하게 결이 죽어 있었다. 입고 있던 남성용 민소매 티셔츠의 브이넥 목선에는 다리 하나를 끼워 넣은 선글라스가 걸쳐져 있었다.

"안녕하세요." 그녀가 말했다.

"차가 서 있기에. 도움이 필요한가 해서." 로이가 말했다.

그녀가 트럭을 가리켰다. "네. 갑자기 고장이 났어요."

"연료펌프가 맛이 갔어요." 남자아이가 덧붙였다.

"내가 좀 봐줄까?"

여자아이가 어깨를 추어올리며 말했다. "잠깐만요."

로이가 기다리는 사이 남자아이가 두툼한 안쪽 솔기의 마지막 부분을 잘라내자, 여자아이가 아래는 옷단이고 위는 올 나간 천 조각이 된 바지통 밖으로 다리를 빼냈다. 한쪽은 맨다리에 다른 한쪽은 긴 청바지 차림으로 그녀는 트럭이 있는 곳으로 와서 문을 열고 보닛을 열었다. 로이는 트럭 앞으로 갔다. 라디에이터그릴에 나비와 메뚜기가 납작하게 눌어붙은 채 죽어 있었다. 로이와 여자아이는 먼지가 소복이 쌓인 엔진 블록을 들여다보았다. 망처럼 얽힌 관과 호스 사이로 뻗은 가는 관 하나를 가리키며 여자아이가 말했다. "피터는 저게 망가져서 그런 거래요. 연료펌프요."

"정말 그런 거면 새로 갈아야 하는데." 로이가 말했다.

"피터도 그렇다더군요."

"이게 뭐지, 35?"

"셰비예요." 여자아이가 답했다.

"엔진 말이야. 어떤 거니?"

"35요." 트럭 근처에 있던 남자아이가 소리쳤다.

"별별 말썽이 다 생길 것 같더라니. 그래도 제길, 최소한 노스다코타는 지날 줄 알았는데." 여자아이가 말했다.

"몬태나에서 왔니?"

"네, 경계 건너자마자요. 여기 분이세요?"

"그래. 베로나 나가서 바로야." 로이가 대답했다. 그는 사람들이 시카고 나가서 바로라든가 맨해튼에서 십 분 거리라고 말하듯 이런 말을 했다는 게 어색하게 느껴졌다. 마치 베로나가 뭐라도 되는 양. 베로나 안이래야 별게 없었고 밖도 마찬가지였다. 고작해야 해바라기밭과 로이의 집 정도였다.

"도로로 못 나간 게 이틀째인데 이젠……" 여자아이가 말을 하다 말곤 로이를 보며 미소 지었다. "전 앨리스라고 해요." 그녀가 말했다. '스'를 말할 때 그녀의 이 사이로 혀가 잠깐 드러났다 사라졌다.

"난 로이야. 아가씨에게 필요한 부품을 갖고 있을지도 모를 사람이 베로나에 한 명 있긴 해요. 원한다면 데려다주지."

"피터에게 물어볼게요. 제 남동생이요."

그녀가 다시 도랑가로 간 사이, 로이는 트럭 옆에서 기다렸다. 그는 두 사람이 남매라는 말을 믿지 않았다. 피터라는 이름 다음에 '제 남동생이요'라고 말할 때에 뭔가 강조하거나 주저하는 기색이 느껴졌기 때문이었다.

앨리스가 다가서자 죽은 풀 위에 드러누워 있던 피터가 일어났다. 피터는 팔 안쪽으로 이마를 스윽 닦고는 덥다며 투덜거렸다.

"바지부터 마저 잘라. 저 아저씨가 마을까지 태워다주겠대. 누가 부품을 가지고 있을지도 모른대." 앨리스가 말했다.

피터는 주머니에서 잭나이프를 꺼내 칼날을 뺐다. 그리고 청바지의 남은 한쪽 다리를 잘라내기 시작했다. 로이는 움직이지도 않고 긴장한 기색도 없이 그저 앞을 보고 서 있는 여자아이를 바라보았다. 피터는 고개를 숙인 채 칼질에 몰두하고 있었다. 사내아이는 앨리스를 만지기는커녕 손가락 관절 하나도 스치지 않았다. 반바지 끝자락에서 풀려 나온 올만 여자아이의 허벅지를 스칠 뿐이었다. 로이는 자신도 모르는 새 그 모습을 뚫어져라 쳐다보고 있었다는 걸 깨닫고는 고개를 떨어뜨린 채 자신의 바지자락을 내려다보았다. 대칭을 이룬 두 개의 바짓단이 두툼한 신발의 끈 위까지 내려와 있었다.

피터가 바지를 다 자르자, 앨리스는 이번에도 처음 했던 것처럼 바지통 밖으로 발을 빼냈다. 그녀는 잘려 나간 바지통 두 개를 집어 들고 수건걸이에 걸린 손님용 타월처럼 어깨에 걸쳤다.

"준비되셨어요, 로이?" 앨리스가 별 스스럼없이 그의 이름을 부르며 말했다.

"물론." 로이가 고개를 끄덕였다.

피터가 어기적어기적 일어나 무릎에 묻은 흙을 떨어냈다. "그럼 가요." 피터가 말했다.

세 사람이 가게에 들어섰을 때 칼은 바 뒤에서 커피를 마시고 있었다. 로이가 칼에게 아티를 보았냐고 물었다. 로이는 내심 못 봤다고 하길 바랐다. 시원하고 어두운 가게 안을 두고 늦은 오후의 열기 속에서 누군가를 찾아다니고 싶진 않았다.

"방금 그 집 아들 녀석들이 아이스캔디 먹으러 왔었어." 칼이 말했다. "아티는 집 뒷마당에서 악어거북을 씻기는 중이라던데. 뭐 필요해?" 칼의 시선이 피터와 앨리스를 향했다.

"16킬로 남짓 외곽에서 이 친구들 차가 고장이 났어. 어쩌면 아티에게 맞는 연료펌프가 있지 않을까 해서 말이야."

"음, 그렇지. 어쩌면." 칼이 말했다. "누가 갖고 있다면 그건 아티겠지." 칼이 이번에도 피터와 앨리스를 힐끗 쳐다보았다. "이 친구들, 마침 여기서 고장이 나 다행이네. 다른 동네에서는 잘 도와주지 않거든."

"맥주 한잔 할까? 앨리스? 맥주?" 피터가 말했다.

앨리스가 고개를 저었다.

"그럼 하나만 주세요. 있는 거 아무거나요."

칼이 눈썹을 치켜올렸다. 그가 무슨 생각을 하는지는 로이도 알고 있었다. 저 사내아이가 술 마실 나이가 안 된 게 아닌가 싶어서였는데, 로이도 그의 나이를 몰랐고 몇 살이든 로이가 상관할 바는 아니었다. 그래도 칼이 모르는 사람을 손님으로 받아본 게 얼마 만인지 얼핏 궁금하긴 했다.

"금방 다녀올게." 그렇게 말하고 로이는 아티네 집으로 향했다.

마을에는 인도가 하나뿐이었다. 로이가 절반쯤 갔을 무렵 뒤따라온 앨리스가 그를 따라잡았다.

"저기, 따라가도 돼요?" 앨리스가 물었다.

로이가 고개를 끄덕였다.

"아티라는 사람 가게가 있어요? 차고?" 그녀가 물었다.

"아니. 엔진이 잔뜩 있는 마당이 있지."

"그 사람한테 없으면 어쩌죠? 연료펌프 말이에요."

"그럼 라무르로 가야겠지.

"멀어요?"

"30분 정도. 45분, 아마도."

느릿느릿 걷는 것 이상으로 속도를 내기엔 너무 더웠음에도 불구하고, 어느새 로이는 앨리스의 속도에 맞춰 걸음을 빨리하고 있었다.

"그 아저씨가 피터한테 맥주를 주지 말았어야 하는데."

"칼? 왜?"

"걔 열일곱밖에 안 됐어요."

"흠, 뭐 그 친구 가게니까."

"그렇더라도 피터한테 맥주를 팔면 안 되죠. 피터가 오후 4시에 술을 마시는 건 정말 싫단 말이에요."

두 사람이 걸어가는 동안 앨리스는 주변을 두리번거렸다. 그래봐야 볼 것도 없었다. 칼의 술집과 우체국을 제외하면, 입구에 판자가 쳐 있지 않거나 문을 닫지 않은 가게는 하나도 없었다. 베로나에는 이제 은행도 없었다. 식료품 잡화점조차 없었다.

아티의 집에 도착해 보니 테라스를 가로질러 현관문이 바닥에 눕혀 있었고, 그 옆으로는 아무렇게나 쌓아 올린 자동차 휠캡이 놓여 있었다. 로이는 앨리스가 칼의 가게에 피터랑 같이 있는 게 나을 뻔했다는 생각이 들었다. 그녀가 베로나 사람들이 다들 자기 집을 저렇게 관리한다고 생각하는 건 싫었다. 아티의 아들 녀석 하나가 집 밖으로 나오다 말고 마당에 선 로이와 앨리스를 보자 걸음을 멈췄다.

"안녕하세요, 메닝 아저씨." 아이의 인사에 로이는 미소를 지어 보였지만, 이름은 기억나지 않았다. 그 집엔 그런 녀석이 셋 있었는데, 다들 고만고만한 나이에 셋 다 집에서 자른 상고머리였다. 많이 먹고 그보다 더 많이 뛰어노는 아이들이 그렇듯 세 녀석 모두 배가 동글동글하고 땡땡했다.

"아빠 계시니? 거북이 닦고 계셔?"

"아침에 다 하셨어요. 지금은 전기톱 고치고 계세요." 아이가
말했다.

아티가 청바지에 손을 슥슥 문지르며 집 뒤편에서 걸어 나오
자, 마치 앞마당에는 한 번에 세 명만 있으란 법이라도 있는 양
사내아이는 집 안으로 사라졌다. 셋 다 착한 아이들이었다. 다들
그렇다고들 했다. 로이가 듣기로는 아이들이 아버지를 무서워한
다고 했다.

"혹시 셰비 35 연료펌프 가진 게 있나 해서 말이야. 누가 외곽
쪽에서 차가 고장이 났거든." 로이가 말했다.

아티는 흥미롭다는 듯 앨리스를 쳐다보고 있었다. "뭘 도와드
릴까?" 로이의 말은 듣지 못한 것처럼 아티가 물었다. 상황을 눈
치챈 앨리스가 다시 한 번 연료펌프가 있는지를 물었다. 그녀는
숙녀용 장갑처럼 손에서부터 팔꿈치까지를 덮은 아티의 문신과
긴 머리를 보고도 저어하는 눈치가 아니었다. 십대 때 마을을 떠
난 아티는 근 십 년이 지나 아버지의 장례식 때 세 아들과 긴 머
리, 문신을 달고 고향으로 돌아왔다. 로이는 아티를 좋아하지 않
았지만, 이젠 주유소마저 없어진 마당에 마을에서 그나마 정비공
에 가장 가까운 사람이 그였다.

"내가 딱 하나 가진 셰비 부품이 저거야." 로이가 작은 세단 한
대를 가리켰다. 차는 바퀴도 없이 땔나무 네 개로 받쳐져 있었다.
후드를 닫지 않은 지가 몇 년은 돼 보였다.

"확실해?" 로이의 물음을 그대로 무시해버리곤 아티가 앨리스

에게 어디서 왔는지 물었다.

"몬태나요."

"몬태나 어디?"

"포트펙이요. 경계 건너서."

"알지, 원주민 보호구역 근처잖아." 아티가 말했다.

"네."

"젠장. 설마 인디언 여자는 아니지?"

"아니에요."

"내가 하려던 말은, 아가씨가 인디언이면 머리가죽 단속 잘해야겠다(북미 인디언이 적의 시체에서 머리가죽을 벗겨내 전리품으로 삼았던 것을 빗댄 말—옮긴이)는 거였어. 알지?" 아티가 미소를 지었다. 미소 띤 얼굴이 부자연스럽다 못해 고통스러워 보였다. 꼭 입술 한쪽 끝에 걸린 낚싯바늘을 누가 잡아당기는 것 같았다.

"부품이 여기 없으면 라무르로 가려고요." 앨리스의 말에 로이가 흡족한 듯 그녀를 바라보았다. 그녀는 마치 자기 생각인양, 라무르가 어디인지 얼핏이라도 아는 사람처럼 그런 말을 내뱉었다.

"오늘은 아니지. 도착할 때쯤엔 문을 다 닫았을 테니까." 아티가 말했다.

그 말에는 뭐라 대꾸해야 할지 몰랐는지 앨리스가 로이를 힐끗 쳐다보았다. 피터가 끝을 삐뚤게 잘라놓은 바람에 앨리스가 입고 있던 청바지 오른쪽 바지주머니의 거무튀튀한 회색빛 면 안감이 겉감 아래로 2센티미터 남짓 삐죽 튀어나와 있었다. 동전이라도 잔뜩 든 것처럼 주머니가 묵직하게 매달려 있었다. 로이는 아티가 그걸 기회 삼아 앨리스에게 주머니에 뭐가 들었는지 물어보는 일은 없었으면 싶었다. 그는 앨리스를 바라보는 아티의 눈길이 마음에 들지 않았다.

"그럼 라무르에는 내일 가야겠네." 로이가 말했다. 그 말에 앨리스가 대답할 새도 없이 아티가 끼어들었다. "아가씨 말이야, 내가 텍사스 보몬트에서 알던 여자를 쏙 빼닮았는데."

앨리스는 아티를 쳐다보며 아무런 대꾸도 하지 않았다.

"아가씨 플루트 부는 거 아니지?" 이번에도 아티가 말했다.

"네. 안 불어요." 앨리스가 말했다.

"그 보몬트 아가씨가 플루트를 불었거든. 그래서 물어봤어. 자매일지도 모르잖아. 궁금해서 말이야. 성이 뭐랬지?"

"지스크."

"철자가?"

"z-y-s-k."

"지스크." 아티가 휘파람을 불었다. "그 단어면 스크래블 게임 (철자가 적힌 플라스틱 조각으로 단어를 만드는 보드게임의 일종—옮긴이)에서 천 점은 땄겠는걸."

"단, 진짜 단어는 아니죠." 앨리스가 말했다.

"난 충분히 진짜 같은데." 아티의 말에 로이는 당장 떠날 때가 되었다고 생각했다. 로이가 고맙다는 인사를 하고 앨리스와 함께 마당을 나서려는데 아티가 물었다. "칼의 가게로 가십니까?"

"오래 있진 않을 거야." 로이가 말했다.

"청소 끝내고 들르겠습니다."

"말했잖아. 그때쯤엔 아마 없을 거야."

"거기서 뵙자고요." 그렇게 말하곤 아티가 휠캡을 폴짝 건너뛰었다. 그는 신통찮아 보이는 망사문을 지나 집 안으로 들어갔다.

아티네 집에 다녀온 이야기를 듣자 피터는 몇 마디 욕을 내뱉고는 로이에게 말했다. "오늘밤은 아저씨 집에서 자야겠네."

"야, 무례하게 그게 뭐니." 앨리스가 말했다. 피터는 가게 반대편 끝에 놓인 주크박스로 가서 곡목을 훑었다. 주크박스의 플러그는 칼이 전자레인지를 들여놓은 뒤로는 줄곧 빠져 있었다.

"그야 환영이지, 그럼. 방은 많아." 로이가 말했다.

"트럭에 있으면 돼요. 저 녀석은 바보예요. 예의 없는 멍청이요."

로이는 앨리스가 먹을 샌드위치 하나와 자신이 먹을 맥주 한 잔을 주문했다. 술집은 도서관처럼 조용했다.

"무슨 일 하세요?" 앨리스가 물었다.

"나? 겨울에는 제설차를 몰고 여름에는 콤바인을 몰아."

"농부는 아니시죠?"

"이제는."

칼이 맥주를 내왔다. 칼은 손사래를 치며 로이가 내민 돈을 받지 않았지만, 칼이 뒤돌아서자 로이는 지폐를 접어 냅킨꽂이 밑에 밀어 넣었다.

"하시는 일은 마음에 드세요?" 앨리스가 물었다.

"그럼. 제설차를 몰 때는 늘 차가 고장 난 사람을 발견하거든."

앨리스가 소리 내어 웃었다. "그 사람들도 구해주셨어요?"

"잡지 한 뭉치씩을 늘 지니고 다니는 게 내가 하는 일이지."

"잡지요?"

"도와줄 사람이 올 때까지 차에 앉아서 잡지를 읽으라고 하거든. 뭔가 할 일을 주는 거지. 그렇지 않으면 초조한 마음에 밖으로 걸어 나가게 돼. 그러다 죽지."

"걷다가."

"눈밭에서."

"지루해서. 지루해서 죽는 거예요. 우와. 우리가 만약 오늘 걷기 시작했다면 무지 더웠을 거예요."

"언제든 차에 있는 편이 낫지." 로이가 말하자 앨리스가 고개를 끄덕였다.

"결혼하셨어요?" 앨리스가 물었다.

"집사람은 2년 전 겨울에 심장마비로 먼저 갔어."

앨리스가 으레 하듯 안됐다는 말을 하지 않았으므로 로이도 평소처럼 괜찮다는 말을 할 필요가 없었다.

"전 간호사가 될 거예요. 아마도요." 앨리스가 말했다.

"그래?"

"네. 플로리다에 가서 간호학교에 다니려고요. 피터는 제가 가서 잘 지내는지 보고, 또 제가 돈이 필요하면 일도 할 겸해서 따라가는 거예요."

"그거 괜찮구나."

"엄마가 피터더러 가라고 하셨죠."

"아."

"자녀도 있으세요?"

"딸이 하나 있지. 서른두 살 된."

"이 근처에 살아요?"

"미니애폴리스에서 일해. 카탈로그나 신문에 나오는 모델이야."

"당연히 예쁘겠네요."

"그렇단다."

"저도 그런 거 하고 싶은데, 전 코가 너무 커요."

"난 그 방면은 잘 몰라서."

"돈도 되게 많이 벌겠어요."

"그렇지."

"자주 찾아오나요?"

"그다지. 제 엄마 죽고 난 뒤로는 그러네." 로이가 말했다.

"제가 정말 멋진 직업이 뭔지 알려드릴게요. 사진사예요." 앨리스가 말했다.

"그쪽으로는 별로 아는 게 없어."

"저도 잘은 몰라요." 앨리스가 고개를 돌려 피터와 주크박스, 그리고 높이가 꽤 되는 목제 금전등록기를 쳐다보았다. "그 아티라는 남자 정말 대단하던데요."

"나는 그 친구 아버지를 알지."

"그 사람 형편없죠?"

"글쎄."

"그 사람 보니까 오빠 생각이 나더라고요. 우리 큰오빠요. 문신이며 뭐며 다. 우리 집 남자애들이 싹 다 바보이긴 한데, 사실 큰오빠는 머리가 모자라다고 할 정도예요. 무슨 일이 있었냐면요, 큰오빠가 군대에 가서 독일에 있을 땐데, 고향에 있던 오빠 여자

친구가 임신을 한 거예요. 큰오빠는 나간 지가 다섯 달인데 이 여자가 갑자기 애를 가진 거죠. 그래서 이 여자가 어떻게 했느냐면요, 편지를 썼어요. '네가 너무 보고 싶어. 네 아기를 갖고 싶어'라고요. '네 아기를 가지면 그 애를 보며 널 떠올릴 수 있으니까 난 외롭지 않을 거야' 라는 말도 썼죠. 여기서 알아둬야 할 게 있는데, 큰오빠는 줄곧 이 여자랑 결혼하고 싶어했어요. 그러고는 이 여자가 야한 잡지랑 빈 머스터드 병을 오빠한테 부쳤죠. 이걸 어떻게 말해야 될지 잘 모르겠지만, 그 병에다가 그걸 해서 자기한테 보내라면서요. 그럼 자기가 임신을 할 수 있다고요. 이해가 되세요?"

"응." 로이가 말했다.

"그래서 이 바보천치 오빠가 시키는 대로 했어요. 그러고는 여자친구가 아이를 가졌다고 답장을 하자 그걸 그대로 믿었죠. 이게 믿어지세요?"

"그게 아가씨 큰오빠란 말이지?" 로이가 물었다.

"네. 멍청이죠. 세상 사람들이 다 알 속임수잖아요. 널 속인 거라고 다들 이야기했는데도 오빠는 지금까지 그 여자를 믿고 있어요. 심지어는 **나도** 그건 속은 거라고 말했는데, 여전히 그 여잘 믿고 있다니까요. 오빠는 지금도 그 애가 자기 자식이라고 생각해요. 독일에서 그 병에 뭘 넣어 보냈든, 그게 며칠이 걸려서 도착했든 그걸로 정말 아기가 만들어진 것처럼 말이에요."

로이는 무슨 말을 해야 할지 몰라 고개를 끄덕였다.

"죄송해요. 듣기 거북한 얘기를 해서." 앨리스가 말했다.

"괜찮아."

"그렇지만 우리 식구들이 얼마나 멍청한지는 짐작이 가실 거예요. 그러니까, 우리 집 남자애들이요."

"음. 대단한 얘기구나."

"그럴 리가요."

그때 가게 안으로 아티가 들어왔다. 그는 말총처럼 머리를 묶고, 이니셜이 새겨진 녹색 야구모자를 쓰고 있었다. 남방에는 흰 똑딱단추가 달려 있었는데, 햇빛이 비치는 곳을 지날 때마다 대칭으로 박힌 진주처럼 희미하게 반짝였다.

"보아하니 새 친구가 생겼나 보군." 아티가 앨리스 옆에 자리를 잡고 앉으며 칼에게 말했다. "멀리 몬태나에서 손님이 오셨네."

"오늘 자네 아이들이 왔었어." 칼이 말했다.

"녀석들이 말썽이라도 부렸나요?"

"자네한테 거북이가 생겼다고 하더군. 그게 다야."

"녀석들이 말썽 부리면 얘기하세요.

"그보다는 날 초대해서 수프라도 한번 대접하는 게 어때?" 칼이 말했다. 아티가 앨리스에게 물었다. "거북이 좋아해요?"

"거북이요? 키워본 적 없는데요."

"내가 아가씨를 초대할 수도 있겠군. 아가씨가 좋아할지도 모르잖아."

앨리스가 로이에게로 시선을 돌리며 말했다. "우리 둘째오빠는 주드인데요, 그 오빠도 천재는 아니에요. 어디로 내빼서는 3년 동안 감감무소식이었어요. 죽은 줄 알았죠. 그러다 어느 날 오후에 엄마가 전화를 받았는데……."

"벌써 인생사로 들어간 겁니까?" 아티가 로이에게 물었지만, 앨리스는 이야기를 계속했다.

"엄마가 전화를 받았는데 오빠였대요. 오빠가 '엄마, 안녕' 그랬죠. 오후에 잠깐 나갔던 사람처럼 말이에요. '엄마, 안녕. 나 지금 뉴저지 모병 센터에 있는데, 여기 있는 멋진 숙녀 분 말이 입대 신청을 하면 하루 세 끼에 새 옷도 준대. 그래서 말인데, 엄마.' 그러면서 오빠가 그러대래요. '내 사회보장번호가 뭐야?'"

"번호가 뭐였는데?" 아티가 물었다.

"그렇게 해서 오빠는 입대 신청을 했어요." 아티를 무시하고 앨리스가 말을 이었다. "엄마 말이, 우리 오빠같이 멍청한 애들한테는 군대가 유일한 피난처래요. 나랑 같이 플로리다로 가는 게 아니었다면 아마 피터도 결국 군대로 갔을 거예요."

"나도 플로리다에 가봤어. 그곳 고기잡이배에서 일했거든. 분홍색 집에서 살았지. 바닷가 바로 앞에 있는." 아티가 말했다.

"그래요." 앨리스가 말했다.

칼이 샌드위치를 내오자 앨리스는 반을 먹은 후에 다시 이야기를 꺼냈다. "사랑니가 나고 있어요. 사랑니 나셨어요?" 앨리스가 로이에게 물었다.

"응." 아티가 말했다. "못된 계집년처럼 아프던걸. 그렇지만 고통 없이는 지혜도 없는 법이지.(사랑니를 가리키는 영어 단어 'wisdom teeth'에서 'wisdom'은 지혜를 뜻한다 — 옮긴이)" 아티는 추위에 엔진이 쿨럭대듯 한 차례 거칠게 웃음을 뱉어내고는 앨리스에게 물었다. "왜 머리를 짧게 했니?"

"이게 좋아요." 앨리스가 말했다.

"아가씨는 긴 머리를 해야지."

"남자는 짧아야 하고요." 앨리스가 몸짓으로 아티의 말총머리를 가리켰다.

"아가씨 말에 뼈가 있네. 응?"

"그게 무슨 말인지 전 잘 모르겠네요."

"네가 똘똘한 계집애인지도 모르겠다, 라는 뜻이란다."

어느새 피터가 바에 와 있었다. 너무 순식간에 와 있어서 로이는 피터가 줄곧 그들 뒤에 서서 기다리고 있었던 것처럼 느꼈다.

"우리 누나한테 그따위로 말하지 마." 피터가 말했다.

마치 기계에서 배출물을 토해내듯, 이번에도 아티는 딱 한 번 웃음을 뱉어냈다. "빌리 더 키드(Billy the Kid, 미국 서부의 무법자이자 범죄자로, 21명을 살해한 총잡이로 유명하다 —옮긴이)가 납셨군. 터프 가이." 아티가 중얼거렸다.

"꺼져, 형씨. 우리 누나한테 말걸지 말랬잖아." 피터가 말했다.

그때 앨리스의 말이 로이의 귓가를 스쳤다. "이런 세상에." 무슨 일이 벌어질지를 예상한 듯, 앨리스가 바 스툴에서 잽싸게 몸을 일으켜 옆으로 비켰다. 로이의 반사신경은 앨리스만큼 빠르질 못했다. 피터의 주먹이 아티에게로 날아들자 아티의 몸이 로이의 어깨에 세게 부딪혔다. 피터가 방어할 생각도 않고 말없이 그 자리에 서 있는 사이, 다시 몸을 일으킨 아티는 머리를 한 번 세게 흔들고는 쓰고 있던 모자를 매만졌다. 몸에 익은 정확한 감각으로 아티는 피터의 얼굴 한가운데를 향해 주먹을 날렸다. 그는 피터가 완벽한 대각선을 그리며 뒤로 나가떨어져 바 모퉁이에 머리를 찧는 모습을 빤히 지켜보았다. 오후 내내 이곳에서 난 어떤 소리보다 크게 쿵 하는 소리가 들렸다. 그렇게 끝이 났다.

앨리스가 먼저 다가가 살핀 사람은 로이였다. 로이로서도 뜻밖이었다. 남동생 위를 넘은 앨리스는 아티가 넘어지면서 부딪힌 로이의 어깨 부위로 손을 뻗었다.

"괜찮으세요?" 앨리스가 묻자 로이가 고개를 끄덕였다.

"죄송해요." 앨리스가 로이에게 말했다.

"아가씨 남동생이 입 닥치고 있었어야지." 아티가 말했다.

"저한테 말걸지 않았으면 좋겠네요. 절 그냥 내버려두면 정말 좋겠어요." 앨리스는 낮게 깔린 목소리로 말하며 아티 쪽으로는 눈길조차 주지 않았다.

그 모습을 보던 칼이 악의도 흥분도 없이 한 마디를 건넸다. "아티, 자넨 이제 집에 가게 될 거야." 그것은 마치 일 년 전 로이의 의사가 내뱉던 어투 같았다. "조만간 소금은 그만 드시게 될 겁니다." 로이의 아내도 딸 에마에게 곧잘 그런 어투를 쓰곤 했다. "오늘 아침엔 따뜻한 코트가 필요하게 될 거야." 조용한 명령이었다.

그러자 아티는 꼭 제 아버지가 꾸짖기라도 한 것처럼, 속으로는 씩씩대면서도 고분고분 술집을 나섰다.

칼이 피터 옆에 무릎을 꿇고 앉아 말했다. "이 친구는 괜찮을 거야. 그냥 재수 없게 부딪힌 것뿐이야."

"정말 죄송해요." 앨리스가 다시 한 번 사과하고는 물었다. "얘 좀 어디로 옮길 수 있을까요?"

"우리 집으로 가자." 로이가 말했다. 자리에서 일어선 순간 다리가 심하게 떨려와 로이는 깜짝 놀랐다. 걸음을 옮기기까지 그는 잠깐 기대어 서 있어야 했다. 피터를 들어 올린 세 사람은 그를 반쯤 짊어지다시피 하며 출입구와 계단을 지나 로이의 차로 향했다.

"뒷자리에 태워." 로이가 지시하자 앨리스가 말했다. "그런데 얘 코가…… . 여기저기 피를 묻혀놓을 텐데요."

"괜찮아."

피터를 차 안으로 밀어 넣자 그가 잠시 눈을 뜨고 앨리스의 얼굴에 힘겹게 시선을 고정하며 말했다. "엄마가 그랬는데…… ."

"입 닫아, 피터. 그냥 닥치고 있어줄래?" 앨리스가 피터의 말을 가로막으며 말했다. 로이는 앨리스가 울음을 터뜨릴지도 모르겠다고 생각했지만 그녀는 울지 않았다.

"자네 예상보다는 훨씬 더 많은 일이 생겼군, 로이." 칼이 웃으며 말했다.

"이 모든 일에 대해 어떻게 사과드려야 할지 모르겠어요." 앨리스가 또 한 번 사과했지만, 로이는 그저 그녀를 조수석 쪽으로 데려가, 피터에게 그랬듯 그녀가 차에 타는 것을 도왔다.

로이가 차를 몰았다. 그들은 베로나를 벗어나 서쪽으로 향했다. 태양은 퇴장의 의식이랄 것도 없이, 아무런 색깔도 남지 않고 그냥 저절로, 이제 막 져버린 뒤였다. 어스름이 내려앉았지만 여전히 더웠다. 앨리스는 또다시 사과했고, 로이는 그녀의 잘못이 아니라고 말했다.

"우리 집 남자애들은 다 바보예요. 하나같이 다요. 엄마 말이, 쓰고 난 티슈를 어떻게 처리해야 하는지 아는 애는 우리 집에서 저 하나뿐이래요."

"오빠랑 남동생이 몇이냐?" 로이가 물었다. 로이는 이런 상황에서 아무 생각 없이 질문을 한 게 아닌가 싶었지만, 곧바로 앨리스의 대답이 돌아왔다.

"다섯이요. 스티브, 레니, 주드, 피터, 에디." 앨리스가 말했다.

"그리고 너."

"그리고 저요. 피터랑 어린 에디만 빼면 다 군대에 있어요. 에디는 고작 여섯 살이에요. 오빠랑 남동생들은 제대로 하는 게 없어요."

두 사람은 말없이 해바라기밭을 지났다. 로이는 해바라기가 아침엔 늘 동쪽을 바라보고 해거름에 서쪽을 바라본다는 말을 할까 말까 주저했다. 어쩌면 앨리스가 그 얘기에 관심이 있을지도 모른다고, 혹은 노스다코타에서 길을 잃었을 때 그 얘기가 도움이 될지도 모른다고 생각했다. 하지만 앨리스가 대화를 하고 싶어하지 않는 눈치였으므로 그 말은 속에만 담아두었다. 도랑에 주차된 흰 트럭을 보고서도 말없이 지나친 뒤에야 앨리스는 다시 입을 열었다.

"제 막내동생 에디는 작년에 죽을 뻔했어요. 거의 죽을 뻔했죠. 그날 에디가 이웃집에 가 있었는데, 그 집에 불이 났거든요. 다들 집 밖으로 나왔는데, 소방관이 에디가 있던 방에 들어가보니 에디는 침대 밑에 들어가 있었어요. 산소마스크를 보고는 괴물이 소방관을 뒤따라온다고 생각했대요." 그녀가 말했다.

"참 안타까운 일이구나."

"결국엔 잘 해결됐어요. 소방관이 발견한 덕분에 무사했거든요. 그렇지만 사람들이 무슨 일이 있었는지를 저한테 얘기했을 때, 제 동생이 얼마나 멍청한 애인가 하는 생각부터 들더라고요. 고작 여섯 살짜리라는 건 저도 알지만, 그렇게 불이 났는데 소방관을 보고 숨어버리다니……. 그게 말이에요, 만약에 에디가 죽었다면 멍청하단 생각은 안 했을 거예요. 보고 싶다는 생각만 들었겠죠. 그러니까, 진짜 죽는 거랑 죽을 뻔한 거랑은 많이 다른가 봐요."

'네 나이 때는 그렇게 생각할 수도 있지' 라는 말이 거의 튀어나올 뻔했지만, 그 말은 로이 자신에게도 쓰라린 말이 될 것 같아 아무런 대꾸도 하지 않았다.

익숙한 도로를 지나는 동안, 로이는 사람들이 어린 시절을 보내며 자랐지만 이제는 폐허로 남은 빈집들을 생각했다. 지금은 떠나간, 죽거나 거의 죽은 거나 마찬가지인 이들이었다. 로이에게는 그 두 가지가 별반 다르지 않았다. 그가 아는 많은 마을들이 그렇듯, 베로나도 거의 죽다시피 한 터였다. 그는 결국 심장마비로 목숨을 잃기 전, 두 번을 거의 죽을 뻔했던 아내를 떠올렸다. 신발도 신지 않고 외투도 걸치지 않은 채 1월의 눈길을 밟고 차고까지 내려온 아내는 거실 탁자에 칠을 새로 하고 있던 로이에게 "나 추워" 하고 말했다. "나 추워." 그 말을 하고 아내는, 거의가 아니라 정말, 죽었다. 지금 로이는 어깨에 멍이 든 채, 아내를 위해 구입한 차의 뒷자리에는 정신을 잃고 쓰러진 남자아이를 태우고 옆자리에는 딸의 절반 나이인 여자아이를 태운 채, 그 역시 죽음에 아주 가까운 듯한, 거의 죽은 게 아닐까 하는 기분을 느꼈다.

마치 그의 생각을 줄곧 좇아오고 있었던 것처럼 앨리스가 옆자리로 몸을 틀어 그의 손을 잡았다. 그녀의 손길이 이내 엄마의 손길이자 연인의 손길이자 또 딸의 손길처럼 다가왔다. 이런 느낌이 너무나 오랜만이었던 탓에 로이는 한숨을 내쉬며 앞으로 고개를 떨구었다. 그는 눈을 감았다. 앨리스가 운전대로 손을 뻗자 그는 그대로 내버려두었다. 길은 곧고 안전하게 뻗어 있음을, 지금은 그녀에게 운전을 맡기는 편이 낫다는 것을 로이는 알고 있었다.

"괜찮아요." 그렇게 말하며 앨리스가 핸들로 손을 뻗어 전조등을 켰다. 아직 어둡진 않았지만, 노스다코타의 텅 빈 평원을 가로지르는 그들의 모습을 지켜보고 있을 누군가나 동쪽으로 차를 몰고 가는 누군가에게는 이 불빛이 그들을 잘 보이게 해줄 터였다.

새 샤격

Bird Shot

개스하우스 존슨은 정오가 조금 안 돼 태너 로저스를 데리러 왔다. 그는 로저스네 현관문을 두드린 후 기다렸다. 기다리는 사이 그는 테라스를 오가며 나무로 직접 만든 물건들을 유심히 들여다보았다. 뒤에는 그의 개 스나이프가 따르고 있었는데, 녀석은 등에 총알이 박힌 사람처럼 다리를 절룩거렸다. 태너의 모친 다이앤이 현관문으로 나왔다. 그녀는 아름다운 금발을 뒤로 질끈 묶고 있었다.

"다이앤." 개스하우스가 말했다.

"개스하우스."

"오늘 비둘기 사격에 태너를 데려갈까 해."

다이앤이 눈살을 찌푸렸다. 그는 대답을 기다렸지만 그녀는 말이 없었다.

"녀석이 좋아할 것 같아. 태너가 비둘기 사격을 보고 싶어하지 않을까." 그가 말했다.

"태너는 안 가요." 다이앤이 말했다.

"그래도 태너를 데려갔으면 하는데. 애 아빠를 위해서 말이야."

"그 애는 한 번도 간 적 없어요. 제 아빠랑도요."

"그게 어쨌다고. 이 집의 규칙이야?"

"그럴지도요."

"그러지 말고, 다이앤."

"지긋지긋해요, 정말. 비둘기 사격이라면 아주 넌더리가 난다고요."

"예전엔 좋아했잖아."

"그런 적 없어요. 한 번도 좋아한 적 없어요."

"예전에 당신도 갔었잖아."

"예전엔 갔었죠. 그렇지만 좋아한 적은 없어요.

"에드가 좋아했잖아."

"태너는 안 가요." 다이앤이 다시 한 번 말했다. "그 애는 관심도 없어요."

"거기 가면 에드를 좋아하는 사람들이 있어. 아들인데 아빠를 좋아하는 사람들을 만나봐야지. 그런 사람들을 만나는 게 녀석에게도 좋아."

다이앤은 아무 말도 하지 않았다.

"오늘은 내가 에드 대신 뛰려고. 에드 자리를 영구히 대체할 사람을 찾을 때까지는. 그러니까 내 말은, 에드가 괜찮아질 때까지 말이야." 개스하우스가 말했다.

"참 친절하시네요."

"내가 사격을 꽤 하거든. 우리 어렸을 땐 나도 솜씨가 끝내줬지."

"훌륭하네요."

"물론, 나는 에드가 아니지만."

"오늘은 비둘기를 몇 마리나 죽일 계획인가요?"

"많이. 빌어먹을 비둘기 놈들을 아주 떼로 잡을 생각이야. 태너도 꼭 그렇게 하도록 할게." 개스하우스가 웃으며 말했다.

다이앤이 지쳤다는 듯 고개를 끄덕였다.

"젠장, 내가 당신 외투 하나 만들 만큼 잡아올게." 개스하우스의 말에 그제야 다이앤이 미소를 지었다. 개스하우스의 입이 벙그레 벌어졌다. "어때, 다이앤? 아들을 데려가게 해주면 우리가 끝내주게 근사한 비둘기털 코트를 안겨줄 텐데."

다이앤이 그의 뒤에 있던 스나이프를 바라보았다. 스나이프는 바닥에 누우려 애를 쓰고 있었다. "개는 어쩌다 저렇게 된 거예요?" 그녀가 물었다.

"늙어서 그래."

"꼴이 엉망이네요. 꼭 차에 치인 녀석처럼."

"그냥 늙어서 그래."

"거긴 개를 데려갈 데는 못 돼요. 개든, 애든 마찬가지죠. 거기선 개가 총에 맞을 수 있으니까." 다이앤이 말했다.

"아니, 비둘기가 총에 맞지. 개나 애를 쏜 사람은 아직 아무도 없었어."

"에드가 떨어진 새를 쫓다 개를 쏜 적이 있어요."

"난 전혀 모르는 얘긴걸." 개스하우스가 손수건을 꺼내 코를 풀었다.

"개스하우스, 들어올래요?" 다이앤이 말했다.

"아니, 귀찮게 하진 않을게."

테라스 계단 가까이에 장화 한 켤레가 놓여 있었다. 스나이프가 장화 옆에 누운 채 제 꼬리를 씹고 있었다. 고동색을 띤 스나이프의 머리가 장화처럼 두툼했다. 녀석은 꼬리를 씹으면서 멍한 표정으로 다이앤을 쳐다보았다.

"저 녀석 몇 살이죠?" 다이앤이 물었다.

"열한 살."

"우리 태너랑 같군요."

"당신 아들이 내 개보다는 허리가 더 꼿꼿해야 할 텐데 말이야."

다이앤의 얼굴에 또 한 번 미소가 떠올랐다. 두 사람은 서로를 바라보았다. 잠시 후 그녀가 물었다. "에드 보러 병원에 갔었나요?"

"오늘 아침에."

"그 사람이 집에 가서 내가 잘 있는지 보라던가요? 그래요?"

"아니."

"그 사람이 태너랑 같이 있어주라던가요?"

"아니."

"그 사람이 뭐래요?"

"에드? 그 친구가 그러더군. '자네 아침 첫 담배 맛이 좋은 줄 알지? 절개수술을 세 번 받은 다음에 피우는 첫 담배 맛을 보고 그런 소리를 하게.'"

이번에 다이앤은 웃지 않았다. "나한테도 같은 농담을 하더군요. 난 담배를 안 피우는데도 말이죠." 그녀가 말했다.

"나도 안 피워. 씹지."

"흠, 난 마시죠." 다이앤이 말했다.

개스하우스가 자신의 손을 내려다보았다. 그는 한참 동안 엄지 손톱을 쳐다보았다. 다이앤이 말했다. "턱수염에 뭐가 묻었네요. 부스러기인지 뭔지."

개스하우스가 슥 문질러 묻은 걸 떼어냈다. "토스트겠지."

"보풀 같았어요."

"태너는 뭐하고 있어? 그러지 말고, 다이앤. 진짜 비둘기 사격이 펼쳐지는 생생한 현장에 같이 가지 않겠냐고 당신 아들한테 한번 물어봐주는 게 어때?"

"포기를 모르는군요, 개스하우스. 그게 당신이죠."

"어서, 다이앤. 그 녀석 지금 뭐해?"

"당신한테서 숨어 있어요."

"녀석이 좋아할 거야. 총에 맞지만 않는다면……." 그가 말했다.

"가기 싫어할지도 모르죠." 다이앤의 말에 개스하우스가 대꾸했다. "물어봐. 그냥 가서 물어봐."

잠시 후, 태너 로저스와 개스하우스 존슨은 개스하우스의 트럭을 타고 마을을 가로질렀다. 태너는 두꺼운 겨울 외투에 빨간 헌팅캡을 쓰고, 발등에서 목까지를 긴 끈으로 얽어맨 장화를 신고 있었다. 낯을 가리는 성격 탓에 태너는 한참이 지나고서야 혼자 내내 궁금해하던 질문을 개스하우스에게 던졌다.

"불법 아니에요? 비둘기를 총으로 쏘는 게?"

"아니. 비둘기 사격은 불법이 아니란다. 비둘기 사격수한테 **돈을 거는 게** 불법이지." 개스하우스가 말했다.

"아빠는요?"

"너희 아빠? 아니, 너희 아빠는 돈내기는 안 했어. 비둘기 사격만 했지. 다들 총잡이에게 돈을 건단다. 그거 아니? 다들 네 아빠한테 돈을 걸었어. 네 아빠가 몇 마리나 맞히나를 두고 말이다. 네 아빠는 돈을 걸 필요가 없었지."

"아저씨는요?"

"나야 정신 나간 놈 모양 걸었지. 넌 어때?"

태너가 어깨를 들썩였다.

"지금 얼마나 가지고 있냐?"

태너가 보푸라기가 엉킨 잔돈을 주머니에서 한줌 가득 꺼냈다. "18달러요."

"다 걸려무나." 개스하우스가 껄껄대고 웃으며 소리쳤다. "곱절로 만들어!" 그가 운전대를 손으로 내리치며 말했다. "두 배로 만들어! 세 배로 만들어! 하!"

스나이프가 낮게 '으르렁' 하는 사냥개 소리를 내며 한 차례 짖었다. 개스하우스가 고개를 돌려 태너를 바라보고는 돌연 진지하게 물었다. "뭐라고 했니?"

"아니요. 아저씨 개 소리인데요." 태너가 말했다.

개스하우스가 허리를 숙이고 앞유리를 소매로 문지르며 말했다. "애야, 너한테 장난친 거란다. 내 개가 짖는 소리지. 나도 알고 있어." 그가 말했다.

"물론이죠. 저도 장난이었어요." 태너가 말했다.

"그렇지. 우리 둘 다 농담한 거야. 그렇지?"

"그럼요, 그렇죠." 태너가 말했다.

마을을 빠져나오는 길에 개스하우스는 엽총의 총알을 사러 마일스 스피백이 운영하는 잡화점 앞에 차를 세웠다. 마일스는 계산대 뒤쪽에 있었는데, 냉랭한 인상에 나이가 들어 보였다. 그가 개스하우스가 말한 총알을 찾아왔다.

"마일스!" 개스하우스가 소리쳤다. "내가 오늘 에드 로저스를 위해 총을 쏠 걸세. 자네도 한번 올라와봐야 하지 않겠나. 재미있을 걸세, 마일스! 내 끝내주는 사격 솜씨를 보게 될지도 몰라."

마일스는 뒤에서 누군가 나올 사람이 있기라도 한 양 천천히 가게를 둘러보았다. "젠장, 개스하우스. 보다시피 여기엔 나밖에 없어. 못 가는 거 알잖아."

"그렇지만 오늘은 내가 총을 쏜다고, 마일스! 가게 문을 일찍 닫을 만한 일 아닌가. 내가 한때는 솜씨가 끝내줬다니까."

마일스는 그랬었는지 생각해보았다.

"에드 아들 알지?" 개스하우스가 커다란 손을 태너의 머리 위에 올렸다.

"난 자식이 다섯이란다. 막내가 태어난 지 갓 두 달이 됐어. 제왕절개를 했단다. 제왕절개 수술 하는 거 본 적 있니?" 마일스가 태너에게 물었다.

"이런 젠장, 마일스. 얜 아직 애야." 개스하우스가 말했다.

"거기 관을 묶는 거야. 그럼 애를 또 낳진 못하겠지. 그게 꽤 볼 만해. 네 마누라가 그러고 벌리고 누워 있는 꼴이 말이다. 여자들 안에는 예쁘게 생긴 아주 조그만 장치가 있지. 혹시 본 적 있니? 그 작은 관 본 적 있어?"

"세상에, 마일스. 얘가 봤다고 하면 자네도 놀라지 않겠나?" 개스하우스가 말했다.

"아주 물건이야. 그보다 작고 대단한 물건은 본 적 없을 게다."

"나가자, 태너." 개스하우스가 말했다. "이런 정신 나간 사람을 봤나!" 입구로 걸어 나가는 두 사람의 등에 대고 마일스가 외쳤다. "대단한 여자라고, 우리 마누라는!"

"내가 한 가지 얘기해줄까?" 가게 밖으로 나오자 개스하우스가 말했다. "저 친구는 하도 멍청해서 두 눈을 동시에 깜박일 줄도 몰라."

다시 차에 오른 개스하우스는 주머니에서 엽총 총알 상자를 꺼내 주의 깊게 라벨을 읽어 내려갔다. "빌어먹을." 개스하우스가 말했다. "뭔 소린지 모르겠네." 그가 상자를 뒤집어 다시 라벨을 읽었다.

잠시 기다린 후 태너가 물었다. "아저씨 총은 어떤 거예요?"

"12구경이야." 그가 태너를 건너다보며 말했다. "그게 어떤 건지 너도 아니?"

"우리 아빠 총은 2연발식 18구경이에요."

"16구경이란다." 개스하우스가 총알 상자를 다시 주머니에 넣으며 태너의 말을 바로잡아주었다. "에드의 총은 2연발식 16구경이야. 꽤 오래전이구나. 솔직하게 말하마. 아저씨는 총을 쏴본 지가 더럽게 오래됐어."

개스하우스는 한숨을 내쉬고는 또 한 번 운전대를 내리쳤다. "흠! 그래서 뭐! 심지어 이건 내 총도 아니야! 딕 클레이의 총이지! 하!"

바닥에 있던 스나이프가 또 한 번 으르렁댔다.

"전 아무 말도 안 했어요." 태너가 말했다.

"하!" 개스하우스가 자신의 무릎을 내리쳤다. "하! 농담도 할 줄 아네! 농담도 해!"

개스하우스는 트럭에 시동을 걸고 주차장을 빠져나왔다. 그가 말했다. "네가 농담을 좋아하니 잘된 일이야. 왜냐면 오늘 우린 아주 재미있을 거거든. 내가 장담하마. 거기 가면 어떨지 궁금한 게 있거든 뭐든 물어보렴."

"왜 사람들이 아저씨를 개스하우스(Gashouse)라고 불러요?" 태너가 물었다.

"방귀 때문이지." 그가 주저 없이 말했다. "내 방귀는 톱밥제조기나 쇄빙기 못지않거든. 요즘엔 예전보다는 나아지고 있지만. 이젠 유제품을 안 먹거든."

"우리 아빠도 그렇게 불러요?"

"그래."

"우리 엄마도요?"

"태너, 그건 이를테면 합의 같은 거야. 너 합의가 무슨 뜻인지 아니?" 개스하우스가 말했다.

"아니요."

"음, 날 그렇게 부르는 게 바로 합의야." 개스하우스가 말했다.

다음 신호에 멈춰 섰을 때, 개스하우스가 창문을 내리고 인도에 있던 빨간 머리 여자를 향해 소리쳤다. "이봐요, 거기! 거기, 팬케이크 아가씨!"

빨간 머리 여자가 미소를 지으며 사탕 포장지 같은 머리칼을 휘릭 쓸어 넘겼다.

"이봐요, 거기! 거기, 감자튀김 아가씨! 이봐, 애플파이 아가씨!"

여자는 개스하우스를 향해 키스를 날리고는 계속 걸음을 옮겼다.

"이따 봐! 귀염둥이!" 그가 소리쳤다.

개스하우스 존슨이 창문을 올리고 태너에게 말했다. "저기 가는 여자가 내 여자친구다. 저 여자가 오십이라는 게 믿어지니? 누가 짐작이나 하겠어?"

"저 아줌마 학교에서 봤어요." 겸연쩍은 듯 태너가 말했다.

"그랬을 수도 있겠네." 개스하우스가 말했다. "그럴 법한 게, 저 친구가 가끔 임시교사로 학교에서 애들을 가르치기도 하거든. 저 여자 근사하지 않니? 어때? 인물이 좋아. 나이는 짐작도 못했지. 그렇지? 저 여자가 윗도리만 벗지 않으면 말이다. 안 그래?"

태너는 얼굴을 붉힌 채 몸을 숙이고 스나이프의 머리를 토닥였다. 자리에서 몸을 일으킨 스나이프가 기분이 좋았는지 숨을 할딱거렸다. 스나이프의 입에서 뜨겁고 텁텁한 김이 새어나왔다.

두 사람은 말없이 차를 타고 달렸다. 마을을 벗어난 두 사람은 쓰레기장과 공동묘지와 농장을 지났고, 한쪽에 소방차가 주차되어 있는 옥수수밭도 지나쳤다. 도로는 비포장길로 바뀌었다. 두 사람은 도랑 위에 넓게 덧댄 쇠격자 위를 요란스레 지나쳤다. 개스하우스는 여기서도 더 차를 몰아 옅은 안개가 내려앉은 길로 올라갔다. 급히 왼쪽으로 운전대를 꺾어 탄광로로 들어서는가 싶더니 이번에는 길이 파인―타이어가 지나간 자국인지 물길에 파인 홈인지 모를―길 위를 천천히 달렸다. 숲길이 갑자기 끊기자, 어느새 두 사람은 납작한 접시처럼 평편하게 펼쳐진 바위와 진흙 길 끝에 다다라 있었다. 버려진 노천 채굴장이 거친 무덤처럼 내던져져 있었다.

드라이브인(영화관이나 식당 등에서 차에 탄 채로 서비스를 이용하는 것―옮긴이) 차들처럼 가지런히 줄지어 선 트럭 몇 대가 이미 그곳에 도착해 있었다. 사내들은 작은 무리를 이뤄 이야기를 나누고 있었다. 그들은 발로 돌을 툭툭 차댔고, 사내들의 그 진흙투성이 발 옆에서는 그들이 데려온 개들이 어지럽게 주위를 휘젓고 다녔다. 개스하우스와 태너는 트럭에서 내렸다. 스나이프가 고통스러운 몸짓으로 그 뒤를 따랐다.

"이봐! 돈을 걸어!" 개스하우스가 딕 클레이에게 말했다.

"그럴 수가 없어." 딕이 말했다. "새가 없어. 윌리스네가 문이 닫혔대."

"누가 그랬대? 대체 누가 문을 닫은 거야?"

"그거야……" 딕이 주저했다. "관할 관청에서."

"흠, 엉덩이 한 대 걷어차인 것 같은 이런 기분은 별론데?" 개스하우스가 말했다.

"그렇게 됐어." 딕이 어깨를 들썩였다.

"이십 년 동안 없던 일이야. 관청에서 윌리스네를 닫아버렸다고? 그래? 빌어먹을. 그 염병할 관청이 **어디야?**" 개스하우스가 말했다.

사내들이 서로를 쳐다보았다. 개중 한 사내가 기침을 하더니 말했다. "그냥 당국 쪽 어디 직원이 자기 할 일을 한 거지."

"죄 없는 노땅들이었어. 어쩌다 경찰 쪽 사람들이 뜬 거야." 또 다른 사내가 말했다.

"비둘기 사격은 불법이 아니에요." 태너가 말했다.

사내들이 태너를 쳐다보았다.

"개스하우스? 에드 로저스 아들인가?" 딕 클레이가 조용히 물었다.

"물론." 이번에도 개스하우스는 그 큰 손을 태너의 머리 위에 올렸다.

"개스하우스. 에드는 아들을 여기 데려오는 걸 바라지 않아," 딕이 말했다.

"그렇지 않네, 딕. 여기 보내지 않으려던 사람은 **다이앤**이야."

"어떻게 한 거야? 애를 납치라도 했나?"

"초대를 했지. 여기 올라와서 내가 아빠 자리를 대신하는 걸 보라고 초대했어. 내가 이 녀석 아빠를 위해서 새 사격에 나서는 걸 와서 보라고 말이야." 개스하우스가 말했다.

사내들은 서로를 바라보았고, 신고 있던 장화를 내려다보았으며, 자신들이 데려온 개를 쳐다보았다.

"난 비둘기 사격을 하려고 여기 왔으니까, 젠장, 비둘기를 쏴야 하지 않겠나. 내가 윌리스를 불러내겠네. 어떻게 된 건지 알아야겠어. 이게 다 무슨 일인지 말이야. 관청에서 문을 닫다니. 내가 손쓸 방법이 없는지 알아봐야지." 개스하우스가 말했다.

"사실 말이야, 알아보고 말고 할 문제가 아닐세. 입원한 에드를 위해서는 아무도 오지 않을 테니까. 지금으로서 비둘기 사격은 취소된 거나 마찬가지야." 딕이 말했다.

"그렇지만 **내가** 에드를 위해 사격을 할 건데." 마치 문제를 해결한 양 개스하우스가 미소를 띠며 말했다. "**내가** 에드를 위해 할 거야. 평소에 에드 로저스에게 돈을 걸던 친구들이 나한테라고 돈을 안 걸 이유가 없지."

딕은 아무 말도 하지 않았다.

"이런 젠장, 딕. 자넨 오늘 내가 사격하는 걸 알았잖아. 자네의 그 빌어먹을 총까지 빌려주지 않았나, 딕."

"하나 말해주지. 친한 친구니까 하는 말이네. 사실, 개스하우스, 관청에서 윌리스네 창고 문을 닫은 게 아니야. 사실은 그래." 딕이 말했다.

사내 중 몇몇이 별일 아니라는 듯 자기 트럭으로 발길을 돌리기 시작했다.

"딕? 염병, 저 친구들 어딜 가는 거야?" 개스하우스가 말했다.

"이봐, 얘기할 게 있어. 난 그저 들은 말을 전하는 것뿐이네. 내 말은 아니야. 다른 사람들이 하는 얘기지. 내가 몇몇 사람들에게 자네가 에드를 위해 사격을 할 거라고 했더니, 그 친구들 말이 그럼 이번 사격은 취소하는 게 어떻겠느냐고 하더군. 자네한테 돈을 걸어봐야 뭐하겠느냐고 말이야. 다른 사람을 찾을 때까진 집에나 있겠다고 했어." 딕이 말했다.

두 사내는 조문을 온 사람이나 뭘 감독하는 사람처럼 아무 말 없이 서 있었다.

"그래." 한참 만에야 개스하우스가 입을 열었다. "그래, 그래, 그렇단 말이군. 그렇다고 누굴 탓하겠나. 그렇지 않니, 태너? 그렇지?"

월리스 리스터의 창고에는 비둘기 수십 마리가 있었다. 비둘기는 새장에 들어 있었고, 새장 안에는 빠진 깃털이며 똥 덩어리가 그대로 있었다. 그 모든 비둘기들이 단체로 내는 꾸르륵거리는 소리는 걸쭉한 뭔가가 끓기 직전에 나는 소리 같았다.

"딕 클레이 말이 자네가 오지 않을 거라던데." 월리스 리스터가 개스하우스 존슨에게 말했다. "에드를 위해서는 말이지. 그 친구 말이 한동안 비둘기 사격이 취소될 거라더군."

"보시다시피, 이렇게." 개스하우스가 말했다. "저도 알고 있습니다. 그렇지만 이 친구 태너는 제가 자기 아빠를 위해 총 쏘는 걸 보고 싶어하지 않을까 싶네요. 아시다시피 태너 아빠가 병원에 있지 않습니까."

"거야 알지."

"비둘기 사격을 보는 게 이 아이에게는 특별한 일이 아닐까요. 다들 아빠를 높이 평가한다는 취지에서 말입니다. 그러니 아빠를 위해 제가 총 쏘는 모습을 보고 싶어하지 않을까요. 제가 얘 아빠를 대단히 존경한다는 뜻에서요. 얘 엄마에 대해서도 마찬가지고요."

비둘기 사내가 쪼그려 앉더니 태너를 바라보며 말했다. "아버지

일은 안타깝게 됐구나." 윌리스는 늙은이였다. 그래도 여전히 얼굴은 매끈하니 상처도 없었다. 다만 낫 모양의 작은 상처가 있었는데, 뺨에 난 그 분홍빛 상처는 화강암 결정 조각처럼 반짝였다.

"고맙습니다, 하고 말해야지." 개스하우스가 태너를 툭 치며 말했다.

"고맙습니다." 태너가 말했다.

윌리스가 계속 쪼그려 앉은 채로 말했다. "이 녀석, 너 오늘 머리가 아주 제멋대로구나." 윌리스가 작업복 가슴팍에 달린 주머니에서 빗을 꺼내 태너에게 건넸다.

"괜찮아요." 태너가 말했다.

윌리스는 태너에게서 눈을 떼지 않고 기다렸다.

"아까 빗고 왔어요." 태너가 말했다.

"제멋대로 뻗쳤대도. 남자애들도 항상 깔끔하게 하고 나녀야 해."

"어제 머리가 젖은 채로 잤어요. 빗어도 소용없어요."

윌리스는 여전히 빗을 건넸다. 이번에도 개스하우스가 태너를 툭 쳤다. "이 아저씨 빗으로 빗어보는 게 어떠냐?"

태너가 윌리스 리스터의 손에서 빗을 받아 들고 머리를 한 번쓱 빗었다. 그러고는 윌리스에게 빗을 돌려주었다.

"빗을 빌려주셨으니 고맙습니다 해야겠지?" 개스하우스가 말했다.

"고맙습니다, 아저씨."

"천만에, 애야." 윌리스가 말했다. "이제 좀 단정해 보이지 않니?"

윌리스가 자리에서 일어나 개스하우스를 바라보았다. "여기서 뭘 원하는 겐가?"

"새요."

"돈을 걸겠다고 온 사람이 없지 않나. 오늘은 사격이 없을 걸 세."

"내기꾼은 필요 없습니다. 새만 있으면 됩니다. 여기서 쏘려고 요." 개스하우스가 싱긋 웃으며 말했다.

윌리스는 아무 말이 없었다. 개스하우스가 발을 쿵쿵 구르며 크게 웃자 비둘기들이 일제히 구르르 소리를 질러댔다. "아니! 제 말씀은, 여기서는 아니죠! 여기 새장에 든 채로 어르신 비둘기를 쏘겠다는 말씀은 아닙니다. 이 녀석도 제가 새장에 든 새를 쏘는 걸 보겠다고 여기 오진 않았으니까요! 마당에 나가서 몇 마리 쏠까 합니다. 새 사격이 어떤 건지 이 녀석이 알 수 있게요." 개스하우스가 웃음을 멈추고는 주머니에 든 손수건을 꺼내 코를 풀었다. 윌리스가 개스하우스와 태너를 번갈아 쳐다보았다. 태너는 두 손으로 머리칼을 꾹꾹 누르고 있었다. 윌리스가 빈 새장의 철장을 훑고 있는 스나이프를 바라보았다.

"몇 마리나? 그 소박한 모험을 펼치는 데 몇 마리면 되겠나?" 윌리스가 물었다.

개스하우스가 손수건을 주머니에 넣고는 다시 지갑을 빼 20달러짜리 지폐 한 장을 꺼내 들었다. "20달러에 네 마리 어떻습니까? 그렇게 해주시겠습니까?"

윌리스는 기분이 상한 눈치였다. "네 마리? 네 마리가 뭔가? 쥐들이 한 주에 잡아먹는 놈만 해도 그보다는 많네." 윌리스가 이번에는 태너를 바라보았다. "애야, 넌 몇 마리를 죽이고 싶으냐?"

"저요?" 태너가 어쩔 줄 몰라하며 개스하우스를 바라보았다.

"총은 제가 쏠 겁니다, 어르신. 다시 한 번 말씀드리지요. 제 말은, 전 이 녀석에게 제 아비가 어떻게 하는지를 보여주고 싶습니다. 어떻게 해서 아빠가 그렇게 유명해졌는지 보여주고 싶어요." 개스하우스가 말했다.

"몇 마리나?" 윌리스가 물었다.

"한 마리만 죽이면 될 것 같은데요, 아마도."

"빌어먹을, 개스하우스. 한 마리는 **그냥 갖게**. 한 마리가 나한테 무슨 대수라고?"

개스하우스가 엄지손톱을 물끄러미 들여다보았다. "문제는, 제가 한 놈을 죽이려면 몇 놈은 쏴야 해서……."

"젠장, 사람하고는."

"부탁합니다, 어르신. 워낙 쏜 지가 오래돼서 그래요. 처음 한두 놈은 빗나갈 수도 있으니까요." 개스하우스가 잠깐 멈췄다가 다시 말을 이었다. "아시다시피, 제가 끝내주게 쏘지 않았습니까. 왕년에는 제가……."

"세 마리를 주지." 윌리스가 개스하우스의 말허리를 자르며 말했다.

"제가 한때는 끝내주게 쐈습니다."

"세 놈 중에 한 놈은 맞혀야 하네. 할 수 있겠나?"

"젠장, 그러길 바라야죠." 개스하우스가 말했다.

윌리스가 스나이프를 넘어 가장 가까운 새장으로 향했다. 스나이프는 새장이 그레이비소스(육류를 철판에 구울 때 생기는 즙에 후추,

소금, 캐러멜 등을 넣어 만든 소스—옮긴이)라도 되는 양 줄곧 철장을 핥고 있었다. 윌리스는 걸쇠를 열고 한 번에 한 마리씩, 다리와 날개를 잡고 새를 꺼냈다. 오물 찌꺼기가 날리며 우왕좌왕하는 무리 속에서 그가 인상을 찌푸리며 비둘기를 꺼내 올렸다. 그는 두 마리를 교과서처럼 한 팔에 하나씩 끼고, 나머지 한 마리는 태너에게 건넸다. "날개가 아래로 향하게 잡고 있어. 치고 나가지 못하게 말이다." 윌리스가 잡는 방법을 알려주었다.

태너는 윌리스를 따라 사육장 밖으로 나갔다. 비둘기 때문에 몸이 더러워지기라도 할 것처럼, 태너는 제 몸에서 비둘기를 멀찌감치 떨어뜨린 채 조심스레 들고 갔다. 개스하우스가 총을 가지러 트럭에 간 사이 태너와 윌리스는 마당에서 기다렸다. 윌리스 앞에 앉아 있던 스나이프가 잔뜩 기대에 찬 눈빛으로 비둘기를 바라보았다.

"이 녀석, 무슨 생각인 거냐? 내가 너 줄 비스킷이라도 들고 있는 것 같으냐?" 윌리스가 말했다.

그러고는 두 사람 모두 말이 없었다. 윌리스 리스터와 둘만 남겨지자 태너는 딱하리만치 초조해했다. 태너의 정강이 중간까지 높고 두껍게 자라난 마당의 풀이 축축하게 젖어 있었다. 금세 비가 올 듯도 하고 몇 달 내리 비가 안 올 듯도 한, 잿빛 하늘이었다. 요람처럼 받쳐 든 태너의 두 손보다 조금 큰 크기의 비둘기는 뜨겁고 두툼했다. 태너의 옆에 선 윌리스는 곤히 잠든 사람처럼 무겁게 숨을 내쉬었다. 한참 만에야 윌리스가 낮게 깔린 목소리로 말했다. "내가 너 줄 비스킷이라도 들고 있는 것 같으냐, 이놈? 무슨 생각을 하는 거야?"

엽총과 총알을 들고 개스하우스 존슨이 돌아왔다. 그가 장전을 하기 위해 풀밭에 무릎을 꿇자 윌리스가 말했다. "도대체 무슨 총알을 쓰려는 건가? 여기서 곰이라도 잡을 심산이야?"

개스하우스는 총알 박스를 쳐다만 볼 뿐 아무 대꾸도 없었다.

"그건 새 사격용이 아닐세, 이 사람아. 그걸로 새를 쏘겠다니, 운이 따르지 않고서는 저놈들을 찾을 수조차 없겠군. 비둘기를 갈가리 다 찢어놓을 셈인가."

개스하우스가 총알을 장전하고 자리에서 일어섰다.

"정말 그 수류탄을 쓸 작정인가?" 윌리스가 물었다.

"그게 말입니다." 개스하우스가 말했다. "솔직히 말씀드리면 전 어떤 총알이든 개의치 않습니다. 그저 이 새를 죽이고 집에 가고 싶을 뿐이니까요." 개스하우스가 총을 어깨에 올린 후 기다렸다.

"너 같은 남자애들이 비둘기 사격장에서 뭘 하는지 아니? 네 또래 아이들이 여기서 늘 하는 일이 있지. 어린 남자애들이 하는 일인데 너도 할 수 있겠니?" 윌리스가 태너에게 말했다.

"그럼요." 태너가 말했다.

"그게 어떤 일이냐면 말이다, 총잡이가 하늘에서 새를 떨어뜨리는 순간을 기다렸다가 떨어지는 녀석을 쫓아가는 거야. 만약 그놈이 숨이 붙어 있다면, 녀석을 죽여야 해. 목만 한 번 비틀어 주면 된다. 쉬운 일인데, 할 수 있겠니?"

태너가 손에 든 살진 비둘기를 바라보았다.

"그게 남자아이들이 하는 일이야." 윌리스가 말했다. "좋아, 그럼. 저 친구 뒤에 가 서거라. 저 어설픈 솜씨로 네 빌어먹을 머리

통을 날려버리지만 않는다면 말이다.”

태너가 개스하우스의 뒤로 가 섰다.

“좋아, 어디 해보자.” 윌리스가 말했다.

윌리스가 팔에 끼고 있던 비둘기 한 마리를 꺼내 공중으로 던졌다. 비둘기가 세 사람의 머리 위로 낮게 날갯짓을 했다.

“기다려, 아직이야.” 윌리스가 개스하우스에게 말했다. “좀 더 높이 날게 해.”

비둘기가 날았다. 날아오른 비둘기는 마당 끝 나무를 향해 일직선을 그리며 그들에게서 멀어졌다. 개스하우스가 첫 발을 쏘자 엄청난 포성과 함께 그의 몸이 태너가 있는 곳까지 나가떨어졌다. 새는 숲으로 계속 날아갔다. 여전히 두 번째 비둘기를 팔에 낀 채로 윌리스가 개스하우스를 바라보았다. 개스하우스는 웃자란 젖은 풀밭 위에 앉아 어깨를 문질렀다.

“좋아, 준비됐나?” 윌리스가 말했다.

“총이 골잡이처럼 발길질을 하네요. 곧장 엉덩방아를 찧게 날려버리니.” 개스하우스가 말했다.

“그건 포탄일세. 자세를 더 단단히 잡게. 준비됐나?” 윌리스가 말했다.

개스하우스가 일어나 총을 들어 올렸다. 윌리스가 두 번째 비둘기를 던져 올리자, 이번 새도 첫 번째 비둘기와 똑같은 방향을 그리며 날아올랐다.

“지금이야!” 윌리스가 소리쳤다.

총을 쏘았지만 빗맞았고, 다시 쏘았으나 또 빗맞았다. 나무까지 날아간 비둘기가 그들의 시야 밖으로 사라졌다. 스나이프는 포성에 신경이 거슬린 듯 태너의 발치에 누워 으르렁댔다. 윌리스 리스터가 마당 끝을 뚫어져라 쳐다보았다.

"뭐 하나 물어보겠습니다. 이리되면, 어르신 새들이 결국에는 사육장으로 되돌아옵니까? 결국에는? 두 마리를 쓸데없이 날리는 일은 없었으면 해서요." 개스하우스가 말했다.

윌리스가 태너를 보며 말했다. "내가 신호를 주면 들고 있는 비둘기를 공중으로 던져. 너무 세게 던지진 마. 준비됐니? 지금! 지금이야!"

태너가 양손을 펴 손을 들어 올렸다. 새는 조금 움직이는가 싶더니 다시 제자리였다.

"어서." 윌리스가 속삭였다.

태너가 손을 움찔하자 비둘기가 앞쪽으로 기우뚱하더니 태너의 손바닥을 벗어났다. 잠시 나는가 싶더니 윌리스 리스터 앞에 놓인 바위 위에 내려앉았다.

"훠이!" 윌리스가 새에 대고 모자를 흔들었다. "훠이!"

비둘기는 다시 1미터쯤을 날다 이번에는 풀밭에 내려앉았다. 윌리스가 욕을 하며 새를 집어 올렸다. "병든 놈이군." 그렇게 말하며 윌리스는 태너에게 비둘기를 건넸다. "가서 다른 놈을 가져와라. 이 녀석은 빈 새장에 넣어두고."

태너는 물기가 묻은 묵직한 새를 들고 다시 사육장으로 갔다. 빈 새장이 눈에 띄자 태너는 자신을 등지게 해서 비둘기를 내려놓았다. 비둘기는 태너가 내려놓은 그 위치에서 움직이지 않았다. 태너는 스나이프가 핥아 축축해진 철장 문을 닫았다. 다른 새장에서는 서로 밟고 밀며 자리다툼을 하느라 비둘기들이 이리저리 오가고 있었다. 비둘기 수가 가장 적은 새장을 찾아낸 태너가 천천히 손을 뻗어 한 놈의 다리를 거머쥐자 비둘기가 미친 듯이 퍼덕였다. 태너는 잡은 놈을 도로 내려놓았다. 그는 눈을 감고 다시 한 번 손을 뻗어 이번에는 날개를 잡고 비둘기를 새장 밖으로 빼냈다. 파닥이는 몸뚱이를 재킷 아래에 찔러 넣은 태너는 뭘 훔쳐서 쫓기는 사람처럼 내달렸다.

개스하우스 존슨과 윌리스 리스터는 태너가 오는 모습을 지켜보고 있었다. 태너가 가까이 오자 개스하우스가 말했다. "잘했다." 윌리스가 비둘기를 받아 들었다.

"준비됐나?" 그렇게 말한 뒤 윌리스가 저만치 높이 비둘기를 던져 올렸다. 새가 원을 그리며 날아올랐다.

"지금이야, 지금!" 윌리스가 말했다.

개스하우스가 한 발을 쏜 순간, 새가 떨어졌다. 풀밭 아래로 일직선이 그려졌다. 쫓아 나간 발에 우연히 챈 덕분에 스나이프가 비둘기를 찾아냈다. 비둘기는 아직 살아 있었다. 총을 쏜 곳에서 그리 멀지 않은 지점이었다. 세 사람은 서둘러 걸음을 옮겼다. 비둘기는 날개가 사라져 있었다.

"집어 들어." 윌리스 리스터가 말했다. 개스하우스에게도, 스나이프에게도 아닌 태너에게 하는 말이었다.

"어서, 집어. 목만 한 번 비틀면 돼." 윌리스가 말했다.

태너는 대답은커녕 움직일 수조차 없었다.

"네 **아빠는** 말이다, 이런 식으로 한 번에 스무 마리씩 떨어뜨린단다. 어떠니, 얘야?" 개스하우스가 말했다.

"젠장." 윌리스가 떨어진 새 옆에 웅크리고 앉았다. 그는 손으로 새 모가지를 감싸줄 높이만큼만 비둘기를 들어 올려 목을 비틀었다. 그러자 평온을 찾기 위해서건 저항의 의지에서건 비둘기도 나름대로 버둥거리다가 목이 꺾였다. 윌리스가 비둘기를 바닥에 떨어뜨렸다.

"떨어져." 윌리스는 스나이프에게 말한 뒤, 작업복에 손을 닦았다.

세 사람은 다시 트럭으로 향했다.

"마지막 비둘기를 못 맞혔으면, 사육장 구석에라도 대고 총을 쏠 작정이었습니다. 제가 사육장 한 귀퉁이라도 맞힐 수 있는지 보려고 말입니다! 하!" 개스하우스가 말했다.

"총 조심하게." 윌리스가 날카로운 목소리로 개스하우스에게 말했다. "천치 모양 자네 다리통 날려먹지 말고."

"왕년엔 말이죠, 저도 총깨나 쐈습니다." 개스하우스가 껄껄 웃으며 말했다. "물론, 이십 년 전이긴 하지만요. 그때도 형편없긴 마찬가지였는데 지금은 싹 잊어버린 걸 수도 있고요. 하!"

윌리스 리스터가 시선은 다른 곳을 향한 채 태너에게 말했다. "비둘기 사격에서는 말이다." 그가 침착한 어조로 말했다. "총잡이가 새를 떨어뜨리면 목을 비트는 일은 항상 사내아이들이 맡았단다."

태너가 고개를 끄덕였다.

"그게 소년들이 하는 일이야. 항상 사내아이들이 그 일을 해왔지." 윌리스가 말했다.

"맥주 마시러 가시겠어요?" 개스하우스 존슨이 윌리스에게 물었다.

"아니."

"넌 어떠니, 태너? 소다수 마실래?"

"아이는 집에 데려다주게." 윌리스가 말했다. "소다수를 마시고 싶어하는 사람도 없잖은가."

개스하우스 존슨이 태너를 데리고 집으로 돌아갔을 때, 다이앤 로저스가 아침에 입고 있던 원피스는 막 빤 채로 부엌 싱크대에 걸려 있었다. 뭔가가 녹아내리듯, 두툼한 면 원피스에서 아래 놓인 그릇들 위로 일정하게 물이 똑똑 떨어졌다. 다이앤은 슬랙스(느슨하고 헐렁한 바지―옮긴이)로 갈아입은 터였다. 그녀는 식탁에 앉은 개스하우스와 그의 발치에 자리를 잡은 스나이프를 바라보았다.

"내가 대단한 사격의 명수라고 엄마한테 얘기해야지." 개스하우스가 태너에게 말했다.

"대단한 **괴짜**겠지." 다이앤이 개스하우스의 말을 바로잡았다.

"왜 이러실까, 다이앤. 꽤 볼 만했다고."

"돈은 땄어?"

"난 돈을 건 게 아니야. 총을 쐈지."

"태너에게 물었어요."

"돈내기는 안 했어요." 태너가 말했다.

"잘했구나."

"돈내기는 아무도 안 했어." 개스하우스가 말했다. "우리 말고는 사람도 없었는걸. 에드를 존경하는 마음에서 그랬던 거지." 개스하우스가 몸을 앞으로 빼 다이앤 앞으로 손가락을 내밀며 말했다. "**존경심**에서. 사람들은 에드를 생각하는 마음에서 사격을 취소했어."

세 사람은 무겁게 서로를 쳐다보았다. 그러다 다이앤이 웃음을 터뜨렸다. 그녀는 냉장고에서 자신과 개스하우스가 마실 맥주를 꺼내왔다. 태너에게는 주스를 따라주었다.

"그건 그렇고, 당신 총 솜씨는 얼마나 형편없었어요?" 다이앤이 물었다.

"내 솜씨도 괜찮아. 우리가 새들을 맞혔거든."

"어디서요?"

"윌리스 리스터가 세 마리를 내주더군."

"네 마리예요." 태너가 말했다.

"그래." 개스하우스가 어깨를 으쓱했다. "우리가 네 마리를 쐈지."

"세 마리요." 태너가 말했다. "한 마리는 많이 아팠어요."

"그저 재미 삼아 사격을 한 거예요?" 다이앤이 물었다.

"당신 아들한테 아빠가 뭘 하는지 보여주려고 한 거지."

"한 마리가 죽었어요." 태너가 말했다.

개스하우스가 입고 있던 티셔츠 자락을 손바닥까지 끌어당겨 맥주 뚜껑을 돌려 땄다. 그러고는 뚜껑을 주머니에 챙겨 넣었다.

"다이앤. 윌리스 리스터가 당신 사촌이라는 말 태너에게 한 적 있어?"

"아니요. 내가 어렸을 때 엄마가 늘 그러셨죠. '네 사촌 윌리스가 너한테 뽀뽀하게 내버려두지 마라. 녀석이 네게 손을 대려거든 엄마한테 말해.'" 다이앤이 말했다.

"그건 거짓말이잖아."

"개스하우스, 당신이 직접 들은 것도 아니면서 뭘 안다고 그래요." 다이앤이 말했다.

"알 수 있었을지도 모르지."

"윌리스 리스터 얘기는 하고 싶지 않아요."

"태너. 내 첫키스 상대가 네 엄마였다고 내가 말했니?" 개스하우스가 말했다.

"그건 아니죠. 그리고 애한테 다시는 그런 얘기 하지 말아요." 다이앤이 말했다.

"하!" 웃음을 터뜨리며 개스하우스가 식탁을 내리쳤다. 너무 세게 내리치는 바람에 태너의 유리잔 안에 든 주스가 파르르 떨렸다.

"요즘 만나는 여자는 있어요? 어떤 불쌍한 여자예요?" 다이앤이 물었다.

"응, 있어."

"금발?"

"갈색."

"갈색이요?"

"갈색이야."

"눈동자는 푸른색?"

"갈색."

"음. 평소에 좋아하던 스타일은 아니네요."

"피부색도 갈색이야."

"어때요?"

"피부가 꽤 짙은 갈색이지."

"음." 다이앤이 맥주 한 모금을 길게 들이켰다. "예쁘겠네요."

두 사람 모두 웃음을 터뜨렸다.

"그런대로 괜찮아. 당신 같지는 않지." 개스하우스가 말했다.

"나도 더는 아니에요. 이제는. 나도 나이가 너무 들었어요."

"무슨 소리야. 젠장, 말도 안 되는 소릴. 당신이랑 같이 앉아 있으면 언제나 좋아, 다이앤. 당신이랑 같이 앉아 있는 건 늘 좋아."

"흠, 돈은 좀 모았어요?" 다이앤이 말했다.

"은행에 오천 달러가 있어."

"지난번에 말했던 것처럼?"

"저기 앉아서 말했었지."

"당신, 작년 가을에 에드한테서 그만큼 빌려갔잖아요."

"응, 그랬지."

"난 잘 모르겠네요. 방금 전에 오천 달러를 빌린 사람이 금세 또 오천 달러를 갖게 되다니. 내가 듣기에 그 돈은 모은 돈이 아닌 것 같은데요. 아직 안 쓴 거지."

"어쩌면." 개스하우스가 말했다.

"그 돈 다 여자한테 쓰진 말아요."

"왜 이래, 다이앤."

"내가 당신을 알잖아요."

"제발 좀 그러길 바랄게."

"그 여자, 당신을 개스하우스라고 불러요?"

"그 여자는 날 레너드라고 불러. 레-너드……" 개스하우스가 세 음절을 길게 끌었다.

"그 여자 몇 살이에요?"

"스무 살." 눈도 꿈쩍 않고 개스하우스가 말했다. 다이앤이 대답이 없자 그가 말을 보탰다. "다음 주면 스물한 살이 돼."

잠시 기다렸다 그가 다시 말을 이었다. "정확히 말하면 다음 주 목요일이야. 그렇습니다, 이제 스물한 살이 됐어요."

다이앤이 한쪽 다리를 안쪽으로 끌어당기며 물었다. "개스하우스, 그 여자 이름이 뭐예요?"

순간 그가 멈칫했다.

"도나." 개스하우스가 말했다.

다이앤은 아무 말도 하지 않았다.

"실은, 그 여자를 위해서 큰 파티를 열 생각이야." 개스하우스가 이야기를 계속했다. "그녀와 그녀의 친구들을 위해서 말이야. 그 여자 학교 친구들이랑. 제기랄, 여자애들이 어떤지 당신도 알지."

"개스하우스." 다이앤이 다정한 목소리로 말했다. "나한테는 어떤 거짓말을 해도 괜찮아요."

"다이앤—." 그가 다시 말을 꺼내려 했지만 다이앤은 우아하고 가벼운 제스처로 그의 말을 끊었다. 아무 말 말라는 위엄이 느껴졌다.

그들은 아무 말도 하지 않았다. 어린 태너 로저스는 줄곧 한쪽 다리를 의자 위에 올린 채 젖은 장화의 신발끈을 풀고 있었다. 태너는 눅눅하게 젖은 짧은 가죽끈으로 매듭 묶는 법을 연습했다. 복잡한 매듭을 짓기에는 끈이 너무 짧았으므로 태너는 세 단계로 이어지는 간단한 매듭짓기를 순조롭게 반복하는 중이었다. 토끼

한 마리가 나무를 끼고 돌았다가 구멍으로 들어가면, 잽싸게 줄을 팽팽히 당겨주는 식이었다. 다이앤이 매듭짓기를 하는 아들의 손을 바라보았다. 자리에서 일어나 과도를 가지고 온 다이앤이 다시 의자에 앉았다. 그녀는 손바닥이 위로 향하게 양손을 식탁 위에 올려놓았다.

"그 지저분한 앞발 이리 내렴." 다이앤이 말했다.

태너가 오른손을 내밀었다. 다이앤이 거침없이 아들의 손을 잡았다. 과도를 손에 쥔 다이앤은 아들의 손톱 밑에 가는 갈색 띠처럼 낀 때—분홍빛 피부가 있는 곳에는 닿지 않았다—가 후드득 부서져 나올 정도로만 정확히 힘을 줘서 태너의 엄지손톱 밑을 파냈다. 그녀는 무릎에 대고 칼을 슥 문지르고는 다음 손톱, 그다음 손톱, 또 그다음 손톱을 긁어냈다. 개스하우스 존슨은 그 모습을 지켜보았다. 태너도 자리에 그대로 앉은 채 다이앤이 손톱을 정리하는 모습을 지켜보았다. 태너는 묶어놓은 매듭 위로 왼손을 왔다 갔다 했다. 스포츠맨의 매듭이자 가장 무난한 매듭이기도 한 태너의 매듭은 앞으로도 줄곧 그렇게 묶여 있겠지만, 비상상황이 생기거나 더는 쓸모가 없어졌을 때는 한 번만 휘릭 당겨줘도 풀릴 것이었다.

톨 폭스
Tall Folks

'루디 너트 헛'이 '톨 폭스 태번'과 길 하나를 사이에 두고 한 창 잘 나가던 시절에는 매일 밤 이 집에서 저 집으로 옮겨가는 취 객들의 행렬이 끊이질 않았다. 마치 두 집이 원래는 한 집인데, 퍼스트 애비뉴 고속 4차선으로 생뚱맞게 쪼개진 듯했다.

톨 폭스 태번의 주인은 엘런이었고, 루디 너트 헛은 그녀의 남 편 토미의 가게였다. 두 사람은 15년을 부부로 지내다 13년간 별 거했고 잠자리를 안 한 지는 2년째였으나, 이혼을 하느니 마느니 에는 딱히 관심이 없었다. 토미는 엄청난 술꾼이었다. 그의 가게 에서 쫓겨나는 건 있을 수 없는 일이었는데, 주먹다짐을 하든 맞 아서 나자빠지든 땡전 한 푼 없든 나이가 어리든 아무 상관 없었 다. 토미는 가능한 한 모든 허락을 선사했다. 한편 엘런은 끝내주는 바텐더들을 선사했다. 엘런의 가게 바텐더들은, 다는 아니지만 몇몇은 상당한 미인이었다. 미인이 아닌 바텐더들은 손님과 순식간에 마음이 통한다거나, 재치가 뛰어나거나, 손님들에게 되레 위안이 될 만큼 알코올중독이거나 해서 나름대로 장점이 있었다. 친절한 손님맞이를 위해서 엘런은 늘 바텐더 중 한 명은 이름을 잘 기억하는 사람으로 두었다. 성질이 못된 바텐더도 꼭 한 명은 있었는데 그런 타입에 열광하는 이들도 있기 때문이었다. 뚱뚱한 사내더러는 '홀쭉이'라 부르고, 꼴불견 취객은 손수 끌어내고야 마는 못된 계집애들을 좋아하는 사람들도 있기 마련이다. 엘런은 5분 안에 사랑에 빠지는 게 불가능한 아가씨라면 바텐더로 들이지 않겠다는 주의였다. 엘런은 이 특별하면서도 없어서는 안 될 사랑을 이어주는 중매쟁이 역할에 아주 능숙했고, 토미 역시 마찬가지였다.

루디 너트 헛에는 핀볼과 다트가 있었다. 톨 폭스 태번에는 당구대가 있었다. 이 집에 화장실 휴지나 담배가 없는 날은 저 집에 휴지나 담배가 있었다. 무더운 여름이면 취객들은 두 집 사이에 놓인 퍼스트 애비뉴 찻길을 누구네 집 뒷마당처럼 건너다녔다. 그들은 달리는 자동차가 그네, 미끄럼틀, 모래상자와 다를 바 없이 아무런 해도 끼치지 않는 것처럼 굴었으며, 이 두 쌍둥이 주점을 교외 마을 어디에나 있을 법한 동네 마실터쯤으로 여겼다.

그러다 토미가 8개월간 가겟세를 내지 못하면서 루디 너트 헛이 문을 닫았다. 그해 가을 내내, 술을 마시다 바깥바람을 쐬러 나갔던 엘런의 가게 손님들은 맞은편 가게가 문을 닫은 것을 보고 초조함에 어쩔 줄을 몰라하며 금세 안으로 다시 들어오곤 했다.

12월이 되자 루디 너트가 다시 문을 열었다. 입간판에는 손글씨로 '월터스 토플리스'라고 쓰여 있었다. 검게 칠한 앞유리창에는 '세상에서 가장 예쁜 아가씨들'이라는 안내문이 걸렸다. 문에는 그보다 작게 '세상에서 가장 예쁜 아가씨들'이 걸려 있었으며, 마지막으로 그보다 더 작게 나붙은 짧은 메모에는 월터스 토플리스가 매일 정오에 문을 연다는 내용이 적혀 있었다.

엘런에게는 앨이라는 조카가 있었다. 엘런이 앨을 배관공으로 고용했으므로, 그는 싱크대 배수구에서 썩어가는 레몬 조각을 파내거나, 화장실 변기를 제자리에 박아 넣는 일 등을 책임지고 있었다. 젊은 사내들은 때로 당구 게임이 기가 막히게 풀린 날을 기념하고자 화장실 벽에서 변기를 뜯어내곤 했다. 앨은 얼굴도 잘생기고 말을 섞기도 편한 타입이었다. 만약 그가 젊은 여자였다면 톨 폭스 태번의 바텐더로 제격이었다. 이런 타입의 예쁜이는 노조 사람들이 특히 좋아하므로 엘런은 그에게 목요일 저녁 해피아워(손님이 붐비지 않는 이른 저녁 시간대로, 이 시간에는 저렴한 가격으로 술을 판다—옮긴이) 시간대를 줬을 것이다. 그럼 목요일 해피아워에는 목수와 트럭 운전기사들이 매주 엘런네로 와 이 예쁜 아가씨에게 기꺼이 팁을 줬을 것이다. 토미가 떠난 후 엘런은 대부분의 시간을 앨과 함께 보냈다. 그녀가 월터스 토플리스를 둘러보기 위해 마침내 찻길을 건넜을 때도 앨은 그녀와 함께였다.

그날 밤 그녀가 월터스 토플리스에 들어섰을 때 술집에 있던 손님들은 다 그녀가 아는 얼굴들이었다.

"내 사람들이군." 그녀가 앨에게 말했다.

"토미네 사람들이기도 하고요."

"토미는 더 이상 이 사람들을 자기 사람이라곤 못할 것 같은데?"

가게는 여전히 루디 너트 헛 때의 모습 그대로였으나, 핀볼 기계가 있던 자리에는 작은 무대가 들어서 있었다. 무대 뒤에는 널찍한 거울이 있었고, 앞쪽엔 긴 가로대가 세워져 있었다. 그곳에서 스트리퍼 한 명이 춤을 추고 있었다. 마약에 찌든 록스타 모양 엉덩이가 조막만 하고 허벅지보다 무릎이 더 굵은 삐쩍 마른 아가씨였다. 엘런도 그녀를 알았다.

"약쟁이 앰버잖아." 엘런이 말했다.

앰버가 앨을 향해 미소 지으며 가슴팍을 흔들었다. 그녀의 가슴은 흉곽에 붙은 유두가 전부였다. 앨도 미소 지어 보였다.

"오싹한데요." 앨이 말했다.

"쟤, 전엔 우리 가게에 와서 하루 종일 럼앤콕을 마셨어. 화장실에서 주사 놓는 걸 잡으려고도 했었는데, 내가 들어만 가면 번번이 양치질을 하고 있더라고."

"한 건 할 뻔했네요."

"그럴 뻔했지."

"화장실엔 푸른 등을 달아야 해요. 패스트푸드 가게에 가면 그렇게 하잖아요. 그래야 약쟁이들이 혈관을 못 찾아서 주삿바늘을 꽂지 못하거든요."

"그건 좀 못됐다."

"난 푸른색 등 좋아해요. 방 조명이 푸른색이면 내 불알이 안 보이거든요." 앨이 말했다.

"집어치워. 무슨 말도 안 되는 소릴." 엘런이 말했다. 스탠드바 뒤로 수영복 차림의 아가씨가 한 명 있었다. 엘런은 모르는 여자였다. 머리칼이 검고 가르마를 탄 그 아가씨는 색 바랜 수영복을 입고 있었다. 신축성 있는 넓은 줄무늬가 들어간 흔하고 실용적인 원피스 타입의 수영복이었다.

"저 여자는 샌들을 신어야 할 것 같은데요." 앨이 말했다.

스탠드바 뒤에는 그녀와 함께 다른 사내도 한 명 있었다. 그가 얼굴을 돌리자 엘런이 말했다. "월터?"

맥주 상자를 나르는 중이던 그가 상자를 스탠드바 위로 옮겨 앨 앞에 놓았다. 지저분하게 자란 긴 잿빛 수염이 꼭 예언자나 노숙자들의 수염 같았다.

"잘 지냈습니까, 헬런." 월터가 말했다.

"엘런." 엘런이 그의 말을 바로잡았다. 월터는 아무런 대꾸도 없었다.

"이 집이 이젠 당신네 가게라는 말은 나한테 꺼내지도 말아요, 월터."

월터는 여전히 대꾸가 없었다.

"여기서 대체 뭘 하고 있는 거죠? 아무도 이게 당신네 가게란 말은 않던데."

"간판에 써 있지 않습니까."

"그 월터가 당신인 줄은 몰랐죠."

"다른 월터가 또 있답니까?"

"저는 앨입니다. 엘런 아줌마 조카예요." 앨이 인사했다.

두 사내는 맥주 상자를 사이에 둔 채 서로 악수를 나눴다.

"월터." 엘런이 말했다. "이 가게 이름 말인데요, 그게 난 잘 모르겠단 말이에요. 적어도 월터스 토플리스 '바' 라고는 해야 하지 않나요. 월터스 토플리스는 '월터가 토플리스다' 같잖아요. 당신이 웃통을 벗어젖힌 것처럼 들려요(topless: 상반신, 특히 가슴을 드러낸 여성의 차림새—옮긴이)."

"맞습니다."

"그런 것 같군요." 엘런이 주위를 휘 둘러보았다. "토미가 당신한테 가게를 팔았단 말은 안 했어요."

"바로 접니다."

"뜻밖이네요."

"왜 뜻밖인지 모르겠군요. 간판에 분명히 적혀 있는데요."

"월터?" 엘런이 말했다. "누구한테 말한 적은 없지만요, 난 늘 당신이 청교도라고 생각했어요."

앨이 웃음을 터뜨렸고, 엘런도 웃었다.

"회당에서 내가 술 한잔 사지요. 당신 조카한테도 말입니다." 월터가 말했다.

"고맙습니다, 선생님." 앨이 말했다.

"맥주랑, 스카치 좋은 걸로 두 잔이요. 고마워요." 엘런이 말했다.

월터가 상자에서 맥주 두 병을 집어 들고 셔츠 안쪽에서 병따개를 꺼내 들었다. 병따개가 묵직한 십자가 목걸이처럼 체인에 매달려 있었다. 그가 아직 덜 시원해진 맥주를 따서 앨과 엘런 앞에 내밀었다.

월터가 스카치를 가지러 스탠드바 끝으로 가자 앨이 말했다.

"열두 살 이후로 누구를 '선생님'이라고 불러보긴 처음이에요."

"월터가 스트립바를 한다니 말도 안 돼." 엘런이 작지만 힘을 실어 말했다. "여자라면 질색을 하는 사람이야. 여자가 바텐더라며 우리 가게에는 발길 한 번 않던 사람인데. 세상에, 이런 기막힌 농담 같은 일이 있니."

월터가 스카치 두 잔을 들고 돌아왔다. 엘런은 술잔을 비우고 잔을 거꾸로 뒤집어 바 위에 올려놓았다. 앨은 스카치 향을 맡고는 조심스레 잔을 앞에다 내려놓았다.

"바텐더는 누구예요?" 엘런이 물었다.

"로즈. 내 딸아이요." 월터가 말했다.

월터와 엘런은 말없이 서로를 물끄러미 바라보았다.

"와, 제가 일자리 부탁을 드릴까 했는데, 로즈가 계속 일을 하겠군요. 아마도요." 앨이 말했다.

"딸이 셋 있습니다." 엘런에게서 눈을 떼지 않은 채 월터가 말했다. "셋 다 여기서 일하죠."

"그거 마실 거니?" 엘런이 앨에게 물었다. 앨이 고개를 내젓자 그녀가 앨의 술잔을 들이켜고는 자신의 잔 옆에 내려놓았다. "정말 재밌네요, 월터." 엘런이 말했다. "그게 당신이란 말을 토미가 하지 않은 거요. 참 재밌어요. 어쨌거나 행운을 빌어요. 알죠?" 엘런이 20달러짜리 지폐 한 장을 주머니에서 꺼내 맥주병 밑에 밀어 넣었다. "로즈는 우리가 여기 왔을 때 늘 우릴 행복하게 해줘야 해요." 그녀가 말했다. 월터는 다른 곳으로 갔다.

무대에서는 약쟁이 앰버의 차례가 끝이 났다. 그녀는 바닥에 앉아 긴팔 남자 셔츠의 단추를 채워 올렸다. 몸집이 3학년짜리처럼 작아 보였다. 월터가 테이프를 교체하고 볼륨을 맞추자 또 다른 아가씨가 무대 위로 올라왔다. 빨간 머리를 정수리에서부터 땋아 내린 여자였다. 그녀는 동작이랄 것도 없이 브래지어를 벗더니 달리기 준비운동을 하듯 발가락을 잡고 몸을 위아래로 가볍게 움직였다.

"우린 저 젖꼭지들하고는 경쟁이 안 되겠어." 엘런이 말했다.

"그렇다 마다요."

"정말 바보 같잖아. 이런 걸 보자고 길 건너까지 올 사람이 누가 있겠어?"

"없을 거예요." 앨이 말했다.

"그래도 사람들이 원하는 게 저런 별 볼일 없는 젖꼭지라면, 우린 경쟁이 안 돼."

"폴리가 가끔 옷을 벗잖아요." 앨이 말했다.

"그렇지. 그런데 술에 절었을 때나 그렇지. 그러고는 울면서 사람들 기분을 망쳐놓잖니. 저런 거랑은 달라. 게다가 폴리는 월요일 밤에만 일하고."

"그러네요."

"월터가 우리 가게 바텐더들을 데려다 여기서 춤을 추게 하면 어쩌지?"

"그런 일은 없을 거예요."

"누가 폴리의 윗도리를 벗겨서 폴리가 그걸 즐기는 듯이 보이게 한다면 말이야……. 그건 볼 만하겠다. 응?"

"그런 거라면 남자들이 돈을 내겠죠." 앨이 말했다.

덩치가 어마어마한 사내 하나가 들어서자 엘런이 그를 향해 손을 흔들었다. 그가 다가와 엘런 옆에 앉았다.

"와이드 데니스. 반가워." 엘런이 말했다.

와이드 데니스는 엘런에게 키스를 하고 자신이 마실 맥주 한 병과 엘런에게 줄 스카치 한 잔을 주문했다. 그녀가 그의 머리를 가볍게 쓰다듬으며 미소 지었다. 와이드 데니스는 머리통이 두툼하고, 머리색은 오래된 부표처럼 희끗했다. 두 눈은 멀찌감치 떨어져 있었는데, 마치 매 순간 구석구석을 죄다 살피기라도 하는 양 바깥쪽을 향해 두서없이 눈동자를 굴리곤 했다. 그의 몸에서는 베이비파우더와 침 냄새가 났다. 그래도 그는 세상에서 그 일을 할 수 있는 사람은 그 말고는 딱 두 사람뿐일 것 같은 컴퓨터 관련 일을 할 만큼 똑똑했고, 벌이가 좋았다.

"이제 이 집이 월터네 가게인 거 알아?" 엘런이 물었다.

"방금 알았어."

"난 늘 월터가 청교도라고 생각했어." 엘런이 말했다.

"난 늘 그에게 예수님을 독실하게 믿는 친구가 있을 거라고 생각했지." 와이드 데니스가 말했다.

엘런이 깔깔대며 웃었다. "윌리 기억나? 월터 형."

와이드 데니스가 눈동자를 굴렸다.

"그 사람 주먹을 통째 입에다 쑤셔 넣곤 했잖아. 기억나?" 엘런이 말했다.

"그 빌어먹을 주먹을 몇 번인가 내 입에다 틀어넣곤 했었지."

"전 그 사람 몰라요." 앨이 말했다.

"봤다면 알 거야. 대형 철제 쓰레기통에 대고 남의 머리통을 쾅쾅 쳐댈 위인이거든. 어찌나 큰 소리로 떠들어대는지." 와이드 데니스가 말했다.

"더럽게 말이 많지. 윌리가 이야기하는 걸 듣고 있으면 스쿨버스 뒤에서 오도 가도 못하고 갇힌 기분이라니까. 이 집안에서 누군가 스트립바를 연다면 그건 월터가 아니라 윌리였어야 하는데 말이야." 엘런이 말했다.

와이드 데니스가 잔돈 꾸러미에서 1달러짜리 지폐 한 장을 꺼내 무대로 향했다. 그가 빨간 머리 댄서에게 돈을 건넸다. 그가 돈을 받아 드는 그녀에게 뭐라고 중얼대자 빨간 머리가 깔깔대며 웃었다. 엘런은 맥주 두 병을 더 주문했다. 로즈가 맥주병을 가져오자 엘런이 물었다. "보통 저렇게 돈을 줄 때 아가씨들한테 무슨 말을 해요?"

로즈가 어깨를 으쓱하곤 다른 곳으로 갔다.

"저 아가씨 참 말 많기도 하네. 꼭 제 삼촌 윌리처럼 말이야." 엘런이 말했다.

"보통은 예쁘다고 하죠. 춤이 끝내준다거나 뭐 그런 말들을 해요." 앨이 말했다.

"기분 좋은 말이네."

"아줌마도 옛날엔 스트립쇼 했었잖아요. 어땠는지 기억하실 텐데."

"이런 데서는 아니었지. 전문적으로 한 것도 아니고. 톨 폭스 초창기에 좀 했어. 사람들 오게 하려고." 그렇게 말하며 엘런은 스카치 잔을 들이켰다. "먹히긴 했어. 정말 그랬지. 그때 왔던 사람들 중엔 지금도 우리 가게에 오는 손님들이 있어. 사실, 개중엔 지금 여기 있는 사람들도 있고. 그때 누가 나한테 돈을 쥐어줬는지는 기억나지 않지만."

"우리 토미는 어떻게 지내?" 앨 뒤에 있던 누군가가 물었다. 엘런이 조카 주위를 두리번거리다 미소를 지었다.

"안녕, 제임스."

"안녕, 엘리."

"어디 갔었어, 제임스? 보고 싶었는데."

제임스가 무대를 향해 손을 흔들었다. 다른 댄서가 무대에 올라와 있었다. 키가 큰 흑인 여자가 눈을 감은 채 몸을 흔들고 있었다. 그들 모두 한동안 그녀를 바라보았다. 그녀는 지금 어디에 있는지를 잊고 마치 혼자 있는 사람처럼 천천히 몸을 흔들고 또 흔들었다. 그들은 한참 동안 그녀를 지켜보았다. 그녀는 몸을 흔드는 것 말고는 딱히 하는 게 없었지만, 다른 뭔가를 보려고 조바심을 내는 사람도 없었다. 빨간 머리 아가씨가 주섬주섬 자기 물건을 챙겨 흑인 여자 뒤로 무대를 가로질렀다.

"이런, 세상에. 저거 보여?" 제임스가 말했다.

"어떤 거요?" 앨이 물었다.

"전부 다! 모조리!" 제임스가 웃으며 말했다. 그는 앞니 하나가 없었다. 어느 날 밤엔가 토미가 제임스를 쓰러뜨리는 바람에 바닥에 입을 부딪쳐 이가 나간 터였다.

"여기서도 노래 부르게 해줘?" 엘런이 물었다.

제임스가 고개를 가로저었다. 그는 한때 톨 폭스 태번의 담배 자판기 조명 아래에서 노래를 부르곤 했다. 엘런이 주크박스를 끄고 왁자지껄한 무리를 향해 조용히 하라며 윽박을 지르면, 다들 제임스에게 귀를 기울였다. 그는 분실물 보관함에서 찾아낸 양복과 정장 양말, 샌들로 의상을 갖춰 입곤 했다. 그는 냇 킹 콜 (미국의 유명한 재즈 가수—옮긴이)을 닮았지만 냇 킹 콜보다 노래를 잘했다. 담배자판기 아래로 떨어지는 조명은 그의 얼굴에 딱 적당할 만큼의 그림자를 드리웠다. 사람들은 눈물을 흘리기도 했다. 술에 취하지 않은 사람들까지도 울었다.

"우리 토미는 어떻게 지내?" 제임스가 또다시 물었다.

"하도 뚱뚱해져서 봐도 안 믿길걸."

"덩치야 항상 컸지."

"지금은 사제 같아. 술고래인 건 여전하고."

"술고래 사제네요." 앨의 말에 제임스가 껄껄대고 웃으며 그를 껴안았다. 제임스는 가죽 비슷한 코트를 입고 있었는데, 꼭 자동차 시트 조각으로 만든 것 같은 모양새였다. 갈색과 회색, 그리고 좀 더 짙은 갈색 조각이 짜깁기된 외투였다.

"토미가 참 그리워." 제임스가 말했다.

"우리도 제임스가 그리워. 시간 내서 들러."

무대에서 몸을 흔들던 아가씨를 보며 제임스가 고개를 끄덕였다.

"길 건너에도 아직 아가씨들이 있어, 자기야." 엘런이 말했다.

제임스가 이번에는 고갯짓조차 하지 않자 엘런이 앨의 귀에 대고 속삭였다. "내 사람들을 되찾고 싶어." 앨이 그녀의 손을 꼭 잡았다.

엘런은 자리에서 일어나 화장실에 갔다. 화장실은 늘 그렇듯 예전 모습 그대로였다. 소변기 위에는 아직도 "내가 네 엄마랑 잤다"라고 적혀 있었고, 그 아래에는 다른 펜으로 "집에 가세요, 아빠. 취하셨어요"라고 적혀 있었다.

립스틱을 바른 엘런은 평소처럼 비누와 종이타월을 쓰지 않고 손을 씻었다. 거울 아래에는 십 년은 된, 이곳에서 가장 오래된 낙서가 적혀 있었다. "토미가 가장 마음에 드는 점 세 가지. 첫째, 그는 여기에 없다." 둘째, 셋째 이유는 적혀 있지 않았다.

"하." 엘런이 큰 소리로 외쳤다.

몇 차례 누군가 조용히 노크를 했고, 한 번은 급하고 세차게 문을 두드리는 소리가 들렸지만 그녀는 오랫동안 화장실에 있었다. 한참 만에야 밖으로 나왔을 때, 머리칼이 검은 아가씨가 문 앞에 서 있었다. 두 사람은 서로를 향해 미소 지었다.

"로즈." 엘런이 말했다.

"전 샌디예요. 로즈는 저희 언니고요."

"자매가 닮았네."

"둘 다 여기서 일해요."

"그렇다고 하더군요. 가내수공업 같네요. 포도주 가게처럼 말이에요." 그 말에 샌디가 아무 말도 하지 않자 엘런이 다시 말했다. "난 엘런이에요."

"알아요."

두 여자는 서로를 바라보았다. 샌디는 로즈와 마찬가지로 수영복 차림이었지만 짧은 바지를 덧입고 있었다.

"장사는 어때요?"

"아주 좋아요. 그쪽은요?" 샌디가 물었다.

"우리도 아주 좋아요." 엘런은 거짓말을 했다.

"잘됐네요. 정말 잘됐어요." 엘런이 웃으며 말했다.

"화장실 가려던 참이에요?"

"그냥, 이를테면 여기 서 있었어요."

"우리 조카 앨 알아요?" 엘런이 스탠드바 쪽을 가리켰다. "저 친구가 여기서 제일 귀엽죠."

"정말 그러네요." 샌디가 말했다.

"며칠 전인가 저 애가 그러더군요. 내가 저 녀석 유모차를 밀어줄 때부터 나를 사랑했다고."

"우와."

"사람들이 여기 있는 아가씨들과도 사랑에 빠지나요?"

"글쎄요. 아마도."

"그렇지 않은 것 같아요. 그저 보는 걸 좋아하는 게 아닐까."

"그래도 상관없지 않을까요." 샌디가 말했다.

"아가씨 아버지는 여자들을 좋아하지조차 않죠. 이런 말 해서 실례이긴 하지만."

"우린 좋아하세요."

"아가씨랑 아가씨 언니들?"

"네."

"약쟁이 앰버도 좋아하나요?"

샌디가 깔깔대며 웃었다.

"앰버를 비웃지 말아요. 착한 애예요. 플로리다 출신인데, 딱한 아이라……. 뭐라 말하기가 힘드네요. 예전에 우리 가게에 캐서린이란 바텐더가 있었는데, 그 애도 그렇게 걸었어요. 그 애가 일하는 날엔 사람들이 그 휘청거리는 걸음걸이를 구경거리 삼아 우리 가게에 들르곤 했죠. 아가씨 아버지는 아니었지만. 우리 술집을 전혀 좋아하지 않았거든요." 엘런이 말했다.

"아버지 가게가 마음에 드세요?" 샌디가 물었다. 그렇게 물으며 샌디는 웃어 보였다.

"이봐요, 샌디. 그건 말이죠." 엘런이 말했다. "썩 좋진 않아요. 알죠?"

"그럼요." 샌디가 말했다. "전 이제 들어갈까 봐요." 샌디가 화장실을 가리키자 엘런이 길을 비켜주었다.

"그래야죠." 엘런이 말했다.

엘런은 다시 앨이 있는 자리로 돌아가 자신과 앨이 마실 스카치를 더 주문했다. 와이드 데니스는 아직 그 자리에 있었고, 자동차 시트 외투를 입은 제임스도 그 자리에 앉아 약쟁이 앰버와 이야기를 나누고 있었다.

"이 집 마음에 안 들어. 이런 델 누가 오는 거니?" 엘런이 앨에게 말했다.

"저도 별로예요." 앰버가 말했다. 앰버는 여섯 팩들이 음료나 이식용 장기를 실어 나를 때나 쓸 법한 작은 냉장박스에서 샌드위치를 꺼내 먹고 있었다. 그녀는 럼앤콕인 듯한 술을 마시고 있었다. "이 집은 최악이에요."

"여기가 좋다는 사람이 아무도 없네." 엘런이 말하자 앨이 그녀의 손을 꼭 잡았다. 그녀가 앨의 목에 키스했다.

"앨은 다정하기도 하지." 앰버가 말했다.

"예전에 자기네 가게에서 일하던 그 바텐더 기억나? 빅토리아였나?" 제임스가 엘런에게 물었다. "아주 되바라졌었는데, 그 아가씨."

"수요일 밤에 일했죠." 앨이 말했다.

"화요일 밤이었어. 이건 내 말을 믿어도 돼." 제임스가 말했다.

"맞아요. 화요일이었어요." 앨이 고개를 끄덕였다.

"젠장, 그 아가씨 참 보고 싶네."

"썩 괜찮은 바텐더였죠." 엘런이 말했다.

"정말 좋은 시절이었지. 그때를 빅토리아 시대라고 부르곤 했었잖아? 빅토리아가 아직 일하고 있을 때 말이야."

"그랬죠."

"그 아가씨 다시 데려와. 우린 그거면 돼."

"그럴 수가 없어요."

"그땐 톨 폭스가 성스러운 곳이었지. 그 끝내주는 아가씨가 직접 만들어준 술을 마셨으니 말이야."

"지금은 초등학교에 다니는 애가 있어요." 엘런이 말했다.

"사람들이 더는 그런 아가씨들을 못 만들어내. 정말 그래."

"늘 그런 아가씨들을 만들어내죠. 줄곧 만들어내고 있어요. 그중 하나가 지금 우리 가게에 있고요. 그런 끝내주는 아가씨가 못내 그립다면 말이죠." 엘런이 말했다.

"누구요?" 앨이 물었다. "매디? 매디는 아니죠. 아무렴."

"내가 늘 이렇게 마시진 않는다고요." 느닷없이 약쟁이 앰버가 말했다. "그거 알아요? 어떤 때는 2주나 안 마신 적도 있어요."

그 말에 다들 조용히 앰버를 쳐다보았다.

"그래, 자기야. 아주 잘한 거야. 잘했어." 엘런이 말했다.

"그럼요. 그까짓 거." 앰버가 말했다.

스탠드바 뒤에서 월터가 다시 카세트를 갈았다. 그러자 새로운 댄서가 무대로 올라왔다.

"우와." 앨이 말했다.

"알아. 말 안 해도 알지." 제임스가 말했다.

그녀는 금발이었지만 눈썹은 짙은 색이었고 원래부터 금발은 아니었다. 짧은 머리칼을 동그란 얼굴 옆으로 곧게 빗어 내리고, 망사스타킹에 가터벨트를 하고 있었다. 1940년대풍의 커다랗고 묵직한 하이힐을 신은 그녀는 짧고 고풍스런 분홍색 가운을 입고 있었고 가운 끈은 앞으로 묶여 있었다. 풍선껌을 씹고 있던 그녀는 음악이 시작되자 앨을 내려다보며 풍선을 불었다.

"이런 세상에." 앨이 말했다.

"벽에 사진이라도 걸어두고 싶은 아가씨군." 와이드 데니스가 말했다.

가운을 걸친 채 잠시 춤을 추던 그녀가 가운을 벗었다. 그녀는 벗은 가운을 개어 수줍은 듯 발치에 내려놓았다. 맨가슴을 드러 낸 채 그녀가 스탠드바 쪽을 바라보며 일어섰다. 그녀의 젖꼭지 는 마치 케이크 장식처럼 자그맣고 완벽했다.

"아름다워." 엘런이 앨에게 속삭였다.

"엘런, 난 저 아가씨를 스푼으로 떠먹을 거예요. 정말요."

"저 아가씨가 찐만두쯤 되나 보네. 그래?" 엘런이 말했다.

만두 아가씨가 움직였다. 그녀가 풍선껌과 스타킹, 발개진 작은 팔로 동작을 취했다. 커다랗고 묵직한 하이힐과 배와 허벅지로도 몸짓을 선보였다. 모든 시선이 그녀에게 집중되었다.

"내 기분이 어떤지 알아?" 앨런이 앨에게 물었다. "꼭 페이스트 리를 보고 있는 것 같아. 내 말 알지? 빵집 창가에서 말이야."

"맛있겠다." 앨이 진지하게 말했다. "맛있겠어요."

"저 아가씨 위에다 치즈라도 녹일 기세군."

"유제품 진열대에 가면 튜브에 넣어서 파는 비스킷 있잖아요. 아시죠? 계산대에서 튜브를 힘껏 내리치면 팡, 하고 비스킷이 튀어나오는." 앨이 말했다.

"응."

"저 여자는 그 튜브에서 튀어나온 것 같아요."

만두 아가씨는 자기 자신을 바라보며 거울 앞에서 춤을 췄다. 거울에 비친 자신의 손 위에 손을 올리고 거울에 비친 자신의 입술에 입을 맞추었다.

"저게 바로 스트립쇼지. 끈적끈적한 거울." 와이드 데니스가 말했다.

"저 여자가 거울에 묻힌 게 뭔지 아세요? 버터예요." 앨이 말했다.

"저 아가씨가 입술에 칠한 건 립스틱이 아니네. 프로스팅(케이크, 페이스트리, 쿠키 등에 입히는 달콤한 혼합물—옮긴이)이야." 엘런이 말했다.

앨이 웃으며 엘런을 힘껏 끌어당기자 그녀가 앨의 어깨에 팔을 둘렀다.

"저 아가씨한테 팁이라도 주세요." 앨이 말했다.

"그건 아니지."

"귀여울 것 같은데. 저도 같이 갈게요. 저 아가씨도 좋아할 거예요. 우릴 성생활이 좋아질지 모르니 이런 데 가보라는 정신과 의사의 권유를 듣고 온 부부쯤으로 생각하지 않을까요."

"내가 어떻게 스무 살짜리를 꼬드겨서 결혼까지 했나 궁금해하겠네."

엘런이 앨의 목에 얼굴을 묻었다. 그의 목은 따뜻하고 짭짤했다. 와이드 데니스가 무대로 올라가 그 큰 덩치를 가로대에 기댔다. 그는 마치 베란다나 유람선에 기대어 서서 거대하게 펼쳐진 기분 좋은 경관을 바라보며 풍광을 즐기는 사내 같았다. 그가 주머니에서 1달러짜리 지폐를 한 번에 한 장씩 꺼내 검지와 중지 사이에 끼우고는 기분 좋게 치켜들었다. 안무 동작에 맞춰 그 돈을 받아 든 만두 아가씨는 그 종이에 나중에 꼭 전화를 걸 번호라도 적혀 있는 양 한 장씩 가터벨트에 돈을 찔러 넣었다. 와이드 데니스와 함께 있는 그녀의 모습은 마치 그녀 자신의 완벽한 축소판처럼 조금 작아 보였다.

"돈이 남아 있는 한 데니스는 저기 있겠지?" 엘런이 물었다.

"참 예쁜 애야. 맘에 들어요." 약쟁이 앰버가 말했다.

만두 아가씨가 허리를 숙여 와이드 데니스의 커다란 머리를 잡았다. 그녀가 데니스의 두 눈썹 위에 각각 한 번씩 입맞춤을 했다.

"저 아가씨 맘에 드네." 제임스가 말했다.

"저도요." 앨이 말했다.

"맘에 들어. 나도 저 아가씨가 좋아." 엘런이 말했다.

엘런이 마지막 스카치잔을 들이켜며 말했다. "우리에겐 나쁜 소식이야. 이 집 자체가 참 나쁜 소식이야. 그렇지?" 엘런이 앨을 보며 미소 짓자 앨이 술에 취한 고운 입술로 그녀에게 키스했다. 친척 아주머니에게 할 법한 키스 그 이상이었다. 그는 마치 한동안 키스를 계획 중이었던 사내처럼 키스했고, 엘런은 키스를 받기도 하고 돌려주기도 했던 그간의 긴 과거사를 통해 배운 경험을 총동원하듯 우아하게 앨의 입맞춤에 답했다. 그녀는 제대로 목도 가누지 못하는 젖먹이 아기라도 된 것처럼, 편안하게 마음을 달래주는 앨의 손길이 뒤통수를 감싸도록 했다. 엘런에게 그의 입술은 기분 좋을 만큼 따뜻한, 괜찮은 스카치 한 잔 같은 맛이었다.

엘런과 앨이 한참 만에야 톨 폭스 태번으로 돌아왔을 때는 가게 문을 닫을 시간이었다. 성질 못된 바텐더 매디가 마지막 취객을 쫓아내는 중이었다.

"집에 가! 가서 네 마누라들한테 싹싹 빌기나 해!" 그녀가 소리쳤다.

엘런은 매디에게 그날 밤 장사가 어땠는지 묻지 않고 손님들 누구와도 인사를 나누지 않은 채, 스탠드바 뒤로 걸어 들어가 분실물 상자를 집어 들었다. 그런 다음 앨과 함께 안쪽 방으로 들어갔다. 엘런은 분실물 상자에 들어 있던 외투를 당구대 위에 펼쳤다. 앨은 머리 위로 낮게 드리운 등을 껐고, 두 사람은 누군가의 옷가지를 얇은 매트리스 삼아 당구대에 깔고 그 위로 올라갔다. 엘런은 눅눅한 재킷을 베고 허리를 죽 폈고, 앨은 그녀의 가슴에 머리를 기댔다. 그녀는 탁한 빛깔이 도는 앨의 머리칼에 입을 맞추었다. 창문도 환풍구도 없는 어두컴컴한 그 방에서는 담배꽁초와 분필 먼지 냄새가 났다. 꼭 학교에서 나는 냄새 같았다.

그렇게 한참 후, 한 시간도 더 지나 앨이 조심스레 자신의 위로 올라오자 엘런은 그의 등을 포근하게 꼬옥 감쌌다. 하지만 그렇게 하기 전까지 두 사람은 마치 노인네처럼 서로의 손을 맞잡은 채 어둠 속에서 한참을 가만히 누워 있었다. 그들은 못된 바텐더 매디가 마지막 취객을 톨 폭스 태번에서 쫓아내는 소리에 귀를 기울였고, 매디가 청소를 하고 가게 문을 닫는 소리에도 귀를 기울였다. 가게가 한창 잘 나가던 시절에는 밤마다 엘런이 팔을 활짝 벌리고 "내 사람들! 내 사람들!" 하며 춤을 추곤 했었다. 그러면 사내들은 마치 강아지나 학생들처럼 그녀의 발치로 몰려들었다. 그들은 제발 문을 닫지 말아달라고 그녀에게 애원했다. 날이 밝아 와도 여전히 길 건너편에서 사내들이 들어서며 문을 닫지 말아달라고 그녀에게 애원했다. 그때는 그랬었다고, 엘런이 앨에게 말하자 그가 고개를 끄덕였다. 그 커다란 방의 어둠 속에서 앨이 가볍게 고개를 끄덕이고 있음을 그녀도 느낄 수 있었다.

착륙
Landing

나는 석 달을 샌프란시스코에서 살면서 고작 한 사람, 테네시 출신의 레드넥(redneck, 남부 출신의 교양 없고 가난한 백인 노동자를 경멸조로 이르는 말―옮긴이)하고만 잤다. 그 정도는 고향에서도 가능했을 테고, 그랬다면 그 많은 월세도 굳었을 터였다. 많이 배우고 성공한 남자들이 넘쳐나는 도시에서 나는 처음 눈에 띈, 존 디어(미국의 농기구 제조사로, 회사의 사슴 로고가 들어간 티셔츠나 야구 모자 등도 판매한다―옮긴이) 모자를 쓴 남자를 따라갔다.

술집에서였는데, 그가 눈에 띈 건 그 많은 비즈니스맨들 사이에서 그 남자만 사뭇 달라 보였기 때문이었다. 그는 체크무늬 셔츠에 흰 양말을 신고 앉아 있었다. 맥주를 마시고 있었고, 맥주병 옆에는 씹는담배 캔 하나가 놓여 있었다. 내가 싫어하는 한 가지를 꼽으라면, 그건 담배를 씹는 남자다. 나는 그의 옆으로 가서 앉았다.

"이름이 뭐예요?" 내가 물었다.

"바로 나한테 직행했네요." 그가 말했다.

"이름 한번 더럽게 기네요." 내가 말했다. 나는 맥주를 하나 주문하고 바에 앉았다. 그의 이름은 딘이라고 했다.

"난 줄리예요. 샌프란시스코에선 뭘 하시죠, 딘?"

"엉클 샘(Uncle Sam, 미국 정부를 일컫는 말―옮긴이)이 여기서 복무하라더군요."

술집에서 군인을 만나자고 이 먼 캘리포니아까지 온 건 아니잖아, 하고 나는 생각했다. 싸구려 시계에 스포츠머리를 한, 어쩌면 내 고향보다 작은 마을 출신일 시골 남자나 만나자고 이 멀리 캘리포니아로 온 건 아닌데, 하는 생각이 들었다.

"그래서, 군대에서 하는 일이 정확히 뭔가요, 딘?"

"비행기에서 뛰어내립니다." 느릿느릿 말하는 품새가 짐짓 빈정대는 투로 들렸다. 그가 어떠냐는 듯 나를 쳐다보았다. 오랫동안 침묵이 흘렀다.

"음." 한참 만에야 내가 말했다. "재미있겠네요."

딘은 잠시 동안 눈을 떼지 않고 나를 바라보았다. 그가 앞에 놓인 냅킨을 펼쳐 내 머리 위로 가져가더니 냅킨을 손에서 놓았다. 한쪽 귀퉁이에 '피어스 스트리트바'라고 적힌 초소형 낙하산이었다. 펄럭이며 아래로 떨어지던 냅킨이 내 담뱃갑 위에 내려앉았다.

"당신은 떨어지고 또 떨어져요. 그러다 착륙하게 되죠." 그가 말했다.

나는 한 모금을 길게 들이켠 후, 젖은 병뚜껑 위에 균형을 잘 맞춰 맥주병을 올려놓았다. 무릎 뒤쪽이 뻣뻣하게 조이는 느낌과 배가 살짝 당기는 느낌이 들기 시작한 터였다.

"카우보이 부츠 갖고 있어요?" 내가 그에게 물었다.

"왜요?"

"그쪽이 신은 신발이 마음에 들어 미칠 지경은 아니거든요. 흰 양말에 정장구두 신은 게 바보 같아 보여서요. 그 청바지 아래로 카우보이 부츠가 보였더라면 훨씬 괜찮았을 텐데."

딘이 껄껄대며 웃었다. "물론, 가지고 있죠. 오늘밤에 나랑 같이 기지로 가면, 당신을 위해 카우보이 부츠를 신을게요."

"여자들 듣기 좋은 말 하는 덴 그다지 시간을 허비하지 않는 편인가 봐요?" 그렇게 물으며 나는 맥주병을 손으로 감쌌다. 그 위로 딘이 손을 포갰다.

"손이 참 예뻐요." 그가 말했다.

"막 마시려던 참이었어요." 그렇게 말하는 내 목소리가 왠지 너무 낮고 떨리는 것 같다는 생각이 들었다.

우리는 내 손 위에 포개진 그의 손과 병을 잡고 있는 내 손을 바라보았다. 내가 말했다. "그쪽도 손이 예쁘네요. 크지만 예뻐요." 내 손마디에 닿는 그의 굳은살이 느껴졌다. "사람들 말이 손이 큰 남자는 거시기하다고들 하죠." 내 말에 딘이 활짝 미소를 지었다.

"거시기한 게 뭔데요?"

"장갑도 크다고요."

딘의 트럭을 찾기는 쉬웠다. 피어스 스트리트에 있는 차 중 유일하게 테네시 번호판을 단 픽업트럭이었고, 술집 바로 건너편에 세워져 있었다.

"이걸 이 멀리 캘리포니아까지 끌고 왔어요?"

"그럼요. 이틀 만에 온걸요."

앞좌석에서는 빈 도넛 박스가 놓여 있었고, 조수석 유리창은 반쯤 열린 상태로 꼼짝을 하지 않았다. 바닥에는 고리처럼 생긴 식스팩 세트 플라스틱 포장재와 패스트푸드 봉투, 빈 카세트 케이스가 뒹굴고 있었다. 차에 타는 순간 발밑에서 뭔가 깨지는 느낌이 들었다.

"뭐였죠?" 딘이 물었다. 내가 카세트 케이스에 붙은 라벨을 읽었다.

"행크 윌리엄스 주니어 히트곡 모음 2집. 기가 막히네요."

"그게 어때서요? 컨트리뮤직 한 번도 안 들어봤어요?"

"그랬다면 좋겠네요."

딘이 차에 시동을 걸고 피어스 스트리트를 빠져나갔다.

"줄리, 어디 출신이라고 했죠?"

"USA, 중심가요." 내가 말했다.

"남부 쪽 억양이 있는 것 같은데."

"그럴지도."

"얼른 이쪽으로 와봐요." 딘이 자기 옆을 두드리며 말했다. 나는 최대한 바짝 그에게 다가갔다. "당신한테 팔을 두르고 싶은데, 기어를 바꿔야 돼서 안 되겠네요." 그가 말했다.

나는 떨어져 나가 홈이 팬 기어 손잡이 위에 놓여 있던 딘의 손을 끌어당겨 그의 팔을 내게 둘렀다.

"우리 2단으로 해서 부대까지 쭉 가는 건가요?" 그가 물었다.

"기어는 내가 바꿀게요." 나는 그렇게 말했다. 우리가 차는 몬 방법은 이러했다. 나는 한 손은 기어에 올리고 다른 한 손은 딘의 왼쪽 허벅지에 올려둠으로써 그가 언제 클러치 페달을 밟아야 하는지 알려주었다. 또 얼굴은 그의 가슴께에 둠으로써 그의 숨결을 느끼고 셔츠에 달린 똑딱단추를 볼 수 있었다. 딘은 내 어깨에 손을 올리고 운전을 하다 내 겨드랑이 옆 갈비뼈를 거쳐 마침내 내 가슴 위로 손을 올렸다.

한동안 말이 없다가 딘이 입을 열었다. "얘기 좀 해봐요. 무슨 말 좀 해봐요."

나는 그의 귀에 입술을 대고 손으로는 그의 허벅지를 쓸어 올렸다. 그가 눈을 감았다.

"앞을 봐야죠." 내가 속삭이자 그가 웃으며 눈을 떴다. 그의 목에 있는 혈관이 보였다.

"그쪽 침대는 좁아요, 넓어요?" 내가 묻자 딘이 조용히 말했다. "좁아요."

"그쪽이 물 빠진 청바지를 입고, 바지 아래로는 카우보이 부츠가 드러나게 신은 모습을 보고 싶어요. 난 당신 침대에 누워서 당신이 윗도리를 벗은 채로 엉덩이 아래로 낮게 걸린 청바지를 입고 카우보이 부츠를 신은 모습을 보고 싶어요. 그리고 당신은 가만히 나를 바라보는 거예요. 알겠죠?"

시선은 앞으로 향한 채로 딘이 침을 꿀꺽 삼키며 고개를 끄덕였다. 나는 그의 귀에 키스했다.

"그렇게 하면 정말 멋질 거예요." 내가 말했다.

이튿날 아침에 눈을 뜨자, 이리저리 뒤엉킨 내 티셔츠와 브래지어, 치마더미를 피해 금백색 머리칼에 전투복 바지를 입은 남자가 왔다 갔다 하는 게 보였다. 그의 왼쪽 뺨에는 사마귀가 하나 있었는데, 크기며 색깔이 꼭 비비탄 같았다.

딘과 나는 반쯤 잠에서 깬 터였다. 우리는 아래위로 포개져 있었다. 그의 가슴과 배를 쿠션 삼아 내 등이 놓여 있었고, 나의 머리칼은 그의 얼굴과 입에 닿아 있었다.

"딘?" 그 낯선 남자가 나를 바라보며 딘을 불렀다. "일어났냐?"

"안녕, 헌트." 내 목 뒤에서 딘이 말했다.

"이 여자 누구야?"

"이쪽은 줄리야. 줄리, 이쪽은 헌트. 내 룸메이트."

"안녕." 내가 말했다.

룸메이트 헌트는 대꾸가 없었고, 그래서 그와 나는 한동안 더 서로를 쳐다보았다. 그는 턱 정중앙에 길게 팬 상처가 있었고 코끝에는 그보다 작은 팬 상처가 또 있었으며, 미간에는 깊게 골이 파여 있었다. 마치 누군가가 그의 얼굴을 반으로 쪼갤 요량으로 표시해뒀다가 미처 일을 마무리하지 못한 듯했다.

따끔거리는 군대 담요 아래에서 딘이 손가락을 펴고 내 허벅지 사이로 손을 밀어 넣었다. 그러고는 그런 채로—서늘했고 옴짝달싹할 수도 없었다—내버려두었는데, 달리 상태가 변화할 여지 또한 많은 자세였다.

"헌트, 어제 어디서 잤어?" 딘이 물었다.

"TV 의자에서."

"그럴 리가."

"그랬어."

"그럴 필요는 없었는데." 딘이 내 다리 사이에 있던 손을 조금 높이 들어 올렸다.

헌트는 싱긋 웃어 보였지만 중풍 걸린 사람 모양 한쪽 얼굴로만 미소를 지었다. "새벽 3시쯤 숙소에 왔는데, 둘이 **쌕쌕**대는 소리가 나서 문은 **똑똑** 안 했어."

딘이 껄껄대며 웃었다. 나는 담요가 벗겨지지 않게 조심조심 몸을 돌려 딘을 마주 보았다.

"당신 룸메이트가 좋아 미칠 지경은 아니야." 내가 딘의 귀에 대고 속삭이자 그가 아까보다 더 크게 웃었다.

"줄리가 너 마음에 안 든다는데, 헌트." 딘이 말했다.

"내가 방금 마돈나 뮤직비디오를 봤는데," 딘의 말에는 꿈쩍도 않고 헌트가 말했다. "왜 너도 알지, 마돈나가 남자 남방셔츠 입고 마이클 잭슨처럼 자기 거시기 움켜잡는 비디오."

"응, 알아." 딘이 말했다.

"섹시하지?"

"으음."

나는 딘의 쇄골을 피해 그의 가슴팍에 편히 머리를 올려놓을 수 있게 자세를 잡았다. 그리고 딘의 배꼽 아래 난 부드럽고 가는 털을 손가락으로 따라 내려갔다.

"난 TV나 더 보러 갈게. 그 비디오 또 틀어줄지 모르잖아. 여러 번 틀어주곤 하니까." 헌트가 딘과 나에게 말했다.

"으음." 딘이 말했다.

"혹시 내가 또 들어오게 되면, 노크를 할까?"

"좋을 대로."

헌트가 나가자마자 내 위로 올라온 딘이 내 허벅지를 끌어당겨 자기 엉덩이를 감쌌다. 나는 그의 머리 뒤로 깍지를 꼈다.

"아, 자기야." 딘이 말했다. "우리가 다시 깨다니 너무 기쁜걸."

"그래서, 자긴 내 룸메이트가 마음에 안 들어?" 딘이 물었다. 우리는 베이커스 비치 끝에 트럭을 세우고 차 안에서 맥주를 마셨다. 바닷가에는 사람이 둘뿐이었고, 우리는 그 두 사람이 프리스비(플라스틱으로 만든 원반―옮긴이)를 주고받는 모습을 바라보았다.

"저 사람들이 물에 빠지면 해변은 우리 차지가 될 텐데." 내가 말했다.

딘의 트럭에서 우리가 방금 먹은 햄버거 냄새가 났다.

"해변은 저 사람들더러 가지라고 해." 딘이 말했다. "어쨌거나 수영을 하기에는 너무 춥잖아. 우리가 주차장을 차지해서 다행이야." 그는 새끼손가락을 병에 끼워 넣고, 마치 최면이라도 걸듯 얼굴 앞에서 천천히 병을 돌렸다. "이렇게 하다가 손가락이 낀 적도 있다."

"참 똘똘한 짓이네, 응?"

그가 뽕 소리를 내며 손을 빼고는 새끼손가락을 치켜들었다. 나는 허리를 굽혀 그의 손가락을 깨물었다.

"맥주 맛 나?" 그가 물었다.

"그다지."

딘이 나를 끌어당겨 내 입술을 혀로 가볍게 핥았다. "너한테서 나는 맛이 좋아."

나는 그에게 키스한 후 등받이에 몸을 기댔다. "응, 네 룸메이트는 별로야." 내가 말했다. 나는 계기판 위에 다리를 올리고 양다리 사이로 수영하는 사람들을 바라보았다. "그건 그렇고, 그 사람은 고향이 어디야? 앨라배마?"

"웨스트버지니아."

"그래? 흠, 그 사람 별로야. 우리 마을 남자들이 생각나거든. 그 사람이 어떤 사람인지는 안 봐도 훤해."

"그래?"

"으음." 나는 손가락 끝으로 딘의 다리털을 아래에서 위로 쓸어 올렸다가 다시 부드럽게 쓸어내렸다. 딘은 윗도리는 없이 반바지만 입고 있었고, 카우보이 부츠를 신고 있었다. "헌트는 바퀴 높이가 1.8미터쯤 되는 트럭을 가지고 있을 거야. 분명해. 허리띠 버클에는 이렇게 쓰여 있겠지. '남부는 다시 일어선다.' 그리고 언젠가는 여자애를 임신시킬 텐데, 사촌지간일지도 몰라. 두 사람은 헌트 같은 애를 여러 명 낳겠지. 얼굴에 버짐이 핀 애들 한 무더기가 진흙파이를 먹고 있을 거야."

딘이 소리 내어 웃었다. "그럼 넌 어떤 남자가 좋아?" 그가 손바닥 위에 병을 올려놓고 균형을 잡았다.

"대학생, 변호사. 알잖아." 내가 말했다.

딘이 흥미롭다는 듯 고개를 끄덕였다. "뭐 하나 물어보자. 집 떠나고 나서 그런 남자들 많이 만났어?"

나는 침착하게 그를 바라보았다. "내 말은 단지, 내가 그런 남자에게 끌린다는 거야."

딘이 다시 고개를 끄덕였다. "그래서 나 같은 남자한테는 안 끌린다?"

"응, 안 끌려."

딘이 맥주병을 계기판에 올려놓고 부드럽게 나를 밀쳤다. 나는 그대로 자동차 의자에 드러누웠다.

"그건 아닌 것 같은데." 그렇게 말하며 그가 내 팬티를 치마 밑으로 내렸다. 발목을 지나 팬티가 벗겨졌다. 딘은 치마를 허리께로 걷어 올리고 내 다리 사이로 머리를 밀어 넣었다. 그가 내 허벅지 안쪽에 키스를 하기 시작했다.

"젠장, 너무 좋아." 몇 분 후 내가 그렇게 말했을 때 딘이 나를 올려다보았다.

"고 입술에서 나오는 말본새가 아무래도 시골 여자 같단 말이야."

"네 입술도 보통은 아니야."

시간은 자정이었고 우리는 인터내셔널 팬케이크 하우스에 있었다.

"기념일 축하해." 그렇게 말하며 딘이 밀크셰이크 잔을 치켜들었다. "우리 하루 종일 같이 있었네."

"웨이트리스가 썩 훌륭하지는 않네." 그렇게 말하며 나는 물컵을 들어 올렸다. 축배를 위해서가 아니라 잔을 다시 채우기 위해서였다. "삼십 분째 이 얼음을 빨고 있잖아."

"십 분." 딘이 내 말을 바로잡았다.

"흠, 어쨌든. 이런 건 웨이트리스가 알아서 해야지. 훌륭한 웨이트리스라면 말이야."

"넌 웃을 때 눈꼬리가 이렇게 돼." 딘이 손가락으로 밀크셰이크를 찍어 테이블 위에 반달을 그렸다. "이렇게 말이야."

딘의 짧은 수염 탓에 입가 언저리가 따끔따끔 아팠다. 섹스 후에 엉덩이를 붙이고 앉아 있기도 고역이었다. 딘이 터키옥색 비닐의자에 머리를 기대고 눈을 감았다.

"벌써 지친 거야?" 내가 묻자 딘은 형광등을 향해 눈을 뜨지 않은 채, 미소를 지으며 고개를 저었다.

"아닙니다. 한 번 더 할 준비가 되어 있습니다."

"거짓말. 아까 보니까 카우보이처럼 걷던걸."

웨이트리스가 내 물잔을 채웠다. 우리는 한동안 말이 없었다. 잠시 후, 한 번에 잔을 다 비우고 헛기침을 하고서야 나는 이렇게 말했다. "음…… 딘, 널 알게 돼서 참 좋았어."

딘이 의자에서 머리를 떼고 몸을 일으켜 나를 바라보았다. 위스키 술통 바닥에 있는 숙성된 술처럼 그의 눈동자가 호박색을 띠었다.

"어디 가?" 그가 물었다.

"꼭 그렇진 않아. 아님, 그럴 수도 있고. 샌프란시스코에 머물 수도 있지만 곧 떠날 수도 있어. 한 곳에 너무 오래 머물고 싶진 않거든. 알지?"

딘은 대답하지 않고 기다렸다.

"아님 로스앤젤레스로 갈 수도 있고." 그렇게 말하며 나는 딘의 얼굴에서 디저트 진열대로, 다시 화장실 문 쪽으로 눈길을 돌렸다. "시애틀에 갈까도 생각 중이었어. 아니면 포틀랜드나."

"내일이라도 떠날 계획이야?" 딘은 당황한 얼굴이었다. 나는 눈동자를 굴렸다.

"딘, 난 이런 얘기로 싸우고 싶지 않아."

"싸우자는 게 아니야. '널 알게 돼서 좋았어' 라는 말이 무슨 뜻인지 궁금한 것뿐이야."

"딘, 넌 괜찮은 남자야. 알지? 그렇지만 난 누구랑 사귀거나 그러고 싶진 않아. 네가 나한테 애정을 쏟는 모습 같은 건 보고 싶지 않아."

"뭐?"

"그러자고 내가 이 먼 곳까지 온 건 아니니까."

"그래?"

"그래."

나는 단풍시럽병으로 손을 뻗었다. 병을 거꾸로 뒤집자 안에 든 갈색 액체가 용암처럼 천천히 흘러내렸다.

"딘, 우린 공통점이 하나도 없어. 넌 복무를 마칠 테고, 그 후엔 아마 테네시로 돌아가겠지. 그럼 돼. 너한텐 잘된 일이야. 그런데 내겐 그렇지가 않아. 결국엔 테네시에서 결혼하는 걸 원한 건 아니니까."

"난 그러자고 한 기억이 없는데."

"무슨 뜻인지 알잖아."

"아니, 모르겠어."

나는 테이블 건너편으로 손을 뻗었다. 그는 마치 웨이트리스에게 빈 접시를 내맡기듯, 내가 손을 잡게 내버려두었다.

"딘." 내가 말했다. "들어봐. 옆집에도 있는 걸 얻겠다고 3,200킬로미터가 넘는 길을 가는 건 너무 멀잖아. 그렇지?"

딘은 바로 대답을 하진 않았다. 그가 한참 만에야 입을 뗐을 때 그 목소리는 나를 비난하고 있지 않았다. "줄리, 피어스 스트리트 바에는 네가 뭘 원하는지 알아챈 남자들이 많았어. 그게 네가 원하는 것이었다면, 왜 내 옆에 앉았지?"

나는 그의 손을 놓고 내 무릎 위로 손을 가져갔다. 눈을 떨구자 딘의 방바닥에서 묻은 먼지 탓에 소맷자락이 더러워진 게 보였다.

"난 널 잘 알아……." 나는 딘이 나에게 그러했듯 딘에게도 내 솔직한 마음이 전해졌으면 하는 마음에서 말을 꺼냈지만 이내 말꼬리가 흐려지고 말았다.

"아니. 아니야, 줄리. 넌 날 반도 몰라."

"글쎄. 난 안다고 생각하는데."

"그렇게 생각한다면 실수하는 거야. 넌 날 전혀 몰라. 아무것도. 달리 생각한다면 오산이야."

테이블을 사이에 두고 우리는 서로를 바라보았다. 딘의 표정은 침착하고 솔직했다. 이러자고 이 먼 캘리포니아까지 온 게 아니었다는 생각이 들었지만, 나는 아무 말도 하지 않았다.

나는 웨이트리스가 디저트 진열대에서 높고 하얀 케이크를 잘라 조심스레 한 조각을 접시에 담는 모습을 지켜보았다. 그녀는 흘끗 뒤돌아보더니 엄지손가락으로 살짝 아이싱을 찍어 입에 넣었다. 또 다른 웨이트리스는 화장실 청소에나 쓸 법한 솔로 커다란 커피통 안을 닦고 있었다.

"뭐해?" 한동안 시간이 흐른 후 딘이 물었다.

"아무것도." 내가 말했다. "쳐다보고 있었어."

그가 가볍게 미소를 지었다.

"왜?" 내가 말했다.

"그냥." 딘이 더 크게 미소를 지었다. "그냥, 네가 벌떡 일어나 내빼버릴 것 같진 않아 보여서."

"내가 안 그럴 것 같아?"

딘이 어깨를 으쓱했다. "난 그냥 기다리는 거야. 그게 다야."

"그래." 내가 말했다. "그래."

웨이트리스는 손님들을 자리에 앉히고, 음식을 내오고, 앞치마 주머니에 팁을 찔러 넣으며 이리저리 레스토랑 안을 오갔다. 주방 뒤에서 누군가가 대걸레를 들고 나와 바닥에 흐른 것들을 닦아냈다. 점장은 낱말 맞추기를 하며 목이 긴 유리컵에 담긴 우유를 홀짝홀짝 들이켰다. 나는 그들을 바라보았고, 딘은 조용히 건너편에 앉아, 기다렸다.

이 남자는 얼마나 오래 여기 앉아 있을까? 나는 생각했다.

하지만 딘은 일어나 나가지 않았고, 나도 그랬다.

와서 이 멍청한 녀석들 좀 데려가게

Come and Fetch These Stupid Kids

주방장의 요리용 와인을 마신 마지와 펙은 주차장으로 가 그곳
에 세워진 모든 차의 앞유리에 버터를 바른 후 체포됐다. 늦은 밤
이었다. 9월 하순이었으므로 관광 시즌이 끝난 지는 한참이었다.
그날 저녁, 마지와 펙이 일하는 레스토랑에는 손님이 매우 적었
고, 주차장에 세워진 차도 별로 없었다. 그럼에도 불구하고 마지
와 펙이 버터칠을 한 차 중 한 대가 델라웨어 주 경찰관의 순찰차
였던 탓에 그렇게 되고 만 것이다. 둘은 그 사실을 미처 몰랐다.
별반 주의를 기울이지도 않은 터였다. 레스토랑을 나와 주차장으
로 향한 델라웨어 주 경찰관은 파손 행위 중인 두 여자를 간단히
붙잡았다.

펙이 경찰관을 보고 도망가기 시작하자 마지가 소리쳤다. "펙,

도망가지 마! 널 개처럼 쏘고 말 거야!"

펙은 정말 그러리라 생각했지만, 델라웨어 주 경찰관은 "이봐!" 하고 버럭 소리를 지른 것 외에는 어떠한 위협도 하지 않았다.

주차장에서 펙과 마지를 붙잡은 델라웨어 주 경찰관은 마을 경찰관에게 와서 상황을 해결하라며 무전기로 연락을 취했다. "와서 이 멍청한 녀석들 좀 데려가게." 그가 무전기로 관할 경찰관에게 말했다.

델라웨어 주 경찰관은 마지, 펙과 주차장에 서서 담당 경찰관이 오기를 기다렸다. 계속 빗줄기가 떨어졌다. 경찰관은 제대로 된 비옷을 입고 있었지만, 두 여자가 입고 있던 웨이트리스 유니폼은 흠뻑 젖었다.

"혹시나 해서 여쭙는 말씀입니다만, 다른 경찰관이 도착하길 기다리는 동안 저희는 레스토랑 **안에** 들어가 있도록 허락해주시겠습니까? 저희가 그 신사 분이 도착하기를 기다리는 동안 비를 맞지 않고 서 있는 것이 더 좋지 않을까 싶습니다만, 안 될까요?" 마지가 물었다.

마지는 품위 있게 귀족처럼 말하는 버릇이 있었다(이번 여름에 새로 생긴 버릇이었다). 막 생긴 습관이었는데, 그녀와 맞닥뜨리는 모든 이들이 이 새로운 방식의 젠체하기를 마음에 들어하지는 않았다. 특히 이날 밤 마지의 어투는 저러다 델라웨어 주 경찰관을 '여보시게나 친구여'라고까지 부를 기세였다. 비에 젖은 웨이트리스 유니폼을 입고 능글맞은 어투를 구사하는 마지를 델라웨어 주 경찰관이 쳐다보았다. 마지는 대답이 궁금해죽겠다는 듯 한쪽 눈썹을 치켜올렸고 수줍은 듯 손가락으로 턱 끝을 눌렀다.

"당신이 밖에서 밤새 비를 맞든 말든 내 알 바 아닙니다만, 뒤퐁 아가씨." 델라웨어 주 경찰관이 말했다.

"퍽도 재밌으시네요." 펙이 경찰관에게 말했다.

"고마워." 그가 말했다.

마을 경찰관이 모습이 드러냈다. 그는 지루해 보였다. 실제로 그는 너무 지루했던 나머지 마지와 펙에게 공공장소에서의 취태, 소란에다 파괴 혐의까지 더했다.

"어이구나! 이런 소소하고 무해한 장난에 그런 중한 혐의라니요." 마지가 말했다.

관할 경찰관의 차에 실려 인근 유치장으로 간 두 사람은 지문을 찍고 경찰 조서에 이름을 올렸다.

펙의 남자친구이자 잘생긴 청년 J. J.가 한참 만에야 경찰서에 도착해 보석금을 내고 펙과 마지를 풀어주었다. 이미 두 여자는 그 작디작은 유치장에서 몇 시간을 보낸 뒤였다.

"아가씨들, 주변을 잘 둘러봐." 지루했던 마을 경찰관이 유치장 문을 걸어 잠그며 말했다. "어떤 기분인지 느껴봐야지. 철창에 갇히는 기분이 어떤지 기억해둬. 썩 좋진 않지, 응? 다음번에 범죄를 결심했을 땐 지금 이 기분을 기억하라고."

마지와 펙은 주위를 둘러보았다. 기분이 어떤지도 느껴보았다. 두 사람은 마지가 가지고 있던 껌을 씹다 잠이 들었다. 마침내 펙의 남자친구 J. J.가 도착해 두 사람을 유치장에서 빼내줬을 땐 이미 새벽 세 시였다.

"너희 둘, 바보구나." J. J.가 말했다. 그는 두 여자가 더는 비에 젖지 않도록 차를 경찰서 앞으로 가져왔다.

세 사람은 집으로 향했다. 빗줄기가 우박처럼 세차게 차를 때렸다. 하늘에서 날콩이 떨어지는 것처럼 빗방울 하나하나에 무게가 실려 있었다. 델라웨어 해변은 저 멀리 대서양에서 솟구친 허리케인 소용돌이의 한 자락으로 바뀌어가고 있었다. 작은 자락이긴 했지만 극적이었다.

J. J.는 길을 살피느라 턱을 운전대에 대다시피 하며 차를 몰았다. 펙은 뒷자리에서 잠들었다. 마지는 머리에 껌이 붙은 걸 발견하고는 그걸 떼어내느라 낑낑대고 있었다.

"경찰관 말이 원래 너희 둘은 밤새 유치장에 있어야 한댔는데, 내가 빼달라댔어." J. J.가 마지에게 말했다.

"영특한 친구네. 어떻게 그런 성과를 달성하셨나요?" 마지가 물었다.

"비가 이렇게 오는데 내일 아침엔 집으로 가는 길이 유실될지 모른다고, 그럼 내가 너희를 데리러 가지 못할 수도 있다고 했지. 그랬더니 잘 봐주더라."

"역시 남자들은 도로가 유실된다느니 하는 그런 남성적인 말을 좋아한다니까. 안 그래?"

"그렇지." J. J.가 말했다.

"그 사람이랑 남자들답게 힘차게 악수도 했니?

"응, 했어."

"그 사람더러 선생님이라고도 불렀고?"

"그랬지요, 부인."

"잘했어, J. J.. 그 끔찍한 감옥에서 우릴 빼내줘서 정말 고마워." 마지가 말했다.

세 사람이 집으로 돌아왔을 때, 응석받이로 자란 데다 멍청하기까지 한 존은 깨어 있었다. 존은 마지의 남자친구였다.

"범죄의 주모자들에게 술 한잔 마실 것을 청하오." 존이 말했다.

존은 마지와 마찬가지로 품위 있게 귀족처럼 말하는 습관이 있었다. 사실, 마지의 그런 습관은 다름 아닌 존을 따라 한 것이었다. 존이 먼저 그런 말투를 만들어냈다.

"존, 우리가 역겨울 만큼 싫어졌니?" 그렇게 물으며 마지가 존의 뺨에 키스했다.

"내가 청하오! 이 장려한 빗속에서 우리 모두 야외에 앉아 큰집에서의 삶, 그 소름끼치는 이야기를 듣길 청하오." 존이 말했다.

"바보 존. 천치 존. 큰집은 **이 집**인 거 모르겠어?"

마지의 말이 전적으로 옳았다. 정말이지, 집이 컸다. 집 주인은 존이었다. 존은 겨우 스무 살이었지만, 델라웨어 해변 바로 앞에 이렇게나 큰 집을 가지고 있었다. 부모님이 그에게 준 졸업선물이었다. 반면, 마지의 부모님은 딸에게 팔찌를 선물했다. 펙은 부모님과 함께 외식을 한 게 졸업선물이었고, J. J.의 부모님은 고모, 이모, 삼촌 들의 이름이 모두 적힌 졸업 축하카드를 주었다.

존은 부자였다. 제작자인 존의 아버지는 할리우드에 살았고 대단한 부자였다. 존의 어머니는 미스 델라웨어 출신이었다. 그녀는 존의 아버지와 이혼하고 체서피크 만의 저택에서 살았다. 그녀는 그해 여름에 딱 한 번 해변의 새 집으로 아들을 만나러 왔다. 그녀가 타고 온 메르세데스 벤츠는 비 맞은 바위처럼 검고 단단해 보였다.

존은 졸업선물로 받은 이 바닷가 집에서 영원히 살 계획이었고, 대학 친구들에게도 원하는 만큼 언제까지고 자기 집에서 지내도록 했다. 처음에는 존의 집에 다섯 명이 살았다. 그들 다섯 명의 이름은 딱 두 가지였다. 마거릿이 셋, 존이 둘이었다. 애칭이 있는 사람도 있었고, 없는 사람도 있었다. 이들은 존, J. J., 마지, 맥, 펙(J. J.는 존의 애칭이고, 마지, 맥, 펙은 마거릿의 애칭이다—옮긴이)이었다.

"어이구나!" 그 사실에 존이 기뻐하며 말했다. "우리 풀하우스 (full house, 카드놀이에서 같은 숫자 세 장과 같은 숫자 두 장이 동시에 들어온 경우—옮긴이)네. 두 짝이 하나, 세 짝이 하나잖아. 운이 좋은데? 패가 굉장하지 않아?"

그러나 8월이 끝날 무렵, 맥은 존의 집을 떠나 플로리다로 갔다.

맥은 펙에게만 몰래 이렇게 말했다. "펙, 할 말이 있어. 사실 나 존이 너무 싫어졌어."

그녀가 떠난 후 존은 맥에 대해 이렇게 말했다. "난 맥이 언제든 떠날 수 있다고 생각했어. 단지 날 기쁘게 하기 위해 이 집에 머무는 사람은 없어야 하니까. 우리의 행운의 패를 이어가기 위해 맥이 또 다른 마거릿으로 빈자리를 채워놓고 가야겠다고 생각했을 수는 있겠지. 그렇지 않았을까? 오호, 애석해라! 이제 우린 두 짝만 둘이군. 그래도 그대들 모두 계속 여기 있을 거지? 그렇지?"

"우린 모두 있을 거야!" 그렇게 말하며 펙은 자신의 잘생긴 남자친구 J. J.를 껴안았다.

"이 집에 난방설비가 돼 있긴 해?" J. J.가 존에게 물었다.

"오호! 모르겠는데." 응석받이에 어리석은 존이 말했다. "네가 겨울 날 준비를 해줄 순 없겠니, J. J.? 넌 아주 영리하잖아. 그렇지? 이 집 월동 준비를 하기가 얼마나 힘들꼬?"

사실, 그 집에는 겨울을 날 설비가 되어 있지 않았다. 네 명의 거주자는 9월 말에 이르러서야 그 사실을 깨닫기 시작했다. 그들은 집을 따뜻하게 유지할 현실적인 방책을 전혀 갖고 있지 않았다. 더욱이 마지와 펙이 체포된 그날 밤을 기점으로 네 젊은이 중어느 누구도 돈벌이를 하는 사람이 없게 되었다. J. J.가 하던 구조요원 일은 관광객들이 떠나는 노동절(미국의 노동절은 9월 첫째 주 월요일이다—옮긴이) 직후에 끝이 났다. 술에 취해 레스토랑 주차장에서 버터로 장난을 쳤으니 마지와 펙은 웨이트리스 일을 잘릴게 뻔했다. 응석받이로 자란 멍청이 존은 돈벌이라고는 해본 적이 없었다. 존은 머리를 기르고, 이미 속편이 나온 영화의 속편을쓰며 여름을 났다.

"아, 나의 눈부시게 빛나는 죄수들이여. 함께 옥상으로 갈 것을 청하노라. 이 장엄한 비를 즐기며 옥상 누대에 앉아 술을 마시세."

그렇게 해서 네 친구는 존의 바닷가 저택 옥상으로 올라가 맥주를 마시며 날씨를 감상하기로 했다. 집과 바닷가 사이엔 고작 모래언덕 하나가 있을 뿐이었다. 해안은 몰아치는 파도와 비에 맞서 힘겨운 시간을 버텨내고 있었다. 네 친구는 오롯이 비를 맞으며 빗물에 속까지 다 젖은 네 개의 정원 의자 위에 앉아 있었다. 차가운 빗물이 발치까지 차올랐고 세찬 빗방울이 등을 후려쳤다.

존이 외쳤다. "이 폭풍우가 바닷물을 차게 하리니. 이제 우리는 수영을 하지 못하리라. 나의 친구여, 이 사실을 알리게 돼 애석하구나. 이 폭풍우는 우리의 행복한 여름의 끝을 뜻한다."

"수영 못해!" 마지가 끔찍하다는 듯 말했다.

"수영 못해. 그래! 애석하게도, 이 폭풍우는 우리의 달콤했던 여름에 마침표를 찍는구나."

마지는 할 말을 잃은 듯했다. 그녀는 계절의 변화라는 개념을 난생처음 생각해보는 듯했다.

"이제 수영 못해?" 그녀가 다시 한 번 말했다. 마지에게는 정말 충격적인 일이었다. "어떻게 그럴 수가 있어?"

"9월은 가장 잔인한 달." 존이 말했다.

존의 무릎에 놓여 있던 뜯긴 감자칩 봉지에 비가 들이쳐 감자 봉지가 꼭 짠고 눅눅한 사료 자루처럼 변했다. 존이 물에 젖은 감자칩 몇 개를 건져 올려 옥상 난간 너머로 던졌다.

"엄청난 폭풍우네. 이런." 펙이 말했다.

J. J.가 안심시키듯 말했다. "이건 아무것도 아니야, 펙. 진짜 폭풍우도 아닌걸. 진짜 폭풍우는 우릴 걱정시킬 새도 없이 지금 다른 곳을 찢어놓느라 바쁠 거야."

"J. J. 말이 옳다." 존이 선언이라도 하듯 말했다. "그럼. 이건 진짜 폭풍우의 후폭풍일 뿐이지."

"이런, 어떡해. 빗줄기가 너무 세." 마지가 그렇게 말하곤 잠시 후 다시 입을 열었다. "펙?"

"응." 펙이 대답했다.

"전과가 있으면 일자리를 구하기가 많이 힘든가?"

"마지, 우린 전과가 없어."

"없어? 좀 전에 우리 체포됐던 거 아니야? 바로 오늘 밤에."

"응, 그렇지만 전과는 달라. 전과는 네가 전문적인 범죄자라야 남는 거야. 네가 다른 범죄를 또 저지르지 않는 한 전과는 생기지 않아."

"펙이 이 부분은 확실히 알고 있는 것 같네." 마지가 말했다.

"펙이 주장하는 내용을 잘 모르는 사람에겐 가히 그렇겠어. 말만 들어선 펙이 진정 법무장관인걸." 존이 말했다.

"난 어쩌다 전과가 생기면 일자리를 구하는 게 불가능하다고 믿고 있었네. 난 다시는 일자리를 구할 수 없고, 펙도 마찬가지라고 말이야. 우리는 끝장인 거지! 존, 자기야? 언제까지고 날 돌봐줄 거지?" 마지가 물었다.

"당연히." 존이 말했다.

"하지만 펙은 어쩌지? 펙은 부자 늙은이의 노리갯감이 돼야 할 거야. 존, 자기야? 어린 노리갯감을 원하는 부자 늙은이 중에 아는 사람 있어?"

"우리 아버지뿐이야. 그리고 내 짐작에 아버지는 이미 노리갯감이 있을 거야." 존이 대답했다.

꽤 강력한 번개가 내리쳤다.

"아, 이런." J. J.가 말했다.

존이 자리에서 일어섰다. 그가 말총머리를 어깨 앞으로 가져와 빗물을 짰다. 존이 또 선언하듯 말했다. "내가 청할 게 있소. 우리 수영하러 갑시다. 이게 우리의 마지막 기회요. 주저하지 맙시다. 내일이면 바닷물이 너무 차가워질 테니."

"웃겨. 난 안 가." J. J.가 말했다.

"웃겨. 나도 절대 안 가." 펙이 말했다.

"너희 두 사람 모두 퍽 재미있군. 왜냐하면, 사실 우리는 수영하러 가게 될 테니까. 내가 이렇게 청하오."

"야, 오늘 밤에 누가 수영을 해." 펙이 말했다.

존이 허공에 대고 주먹을 불끈 쥐며 소리쳤다. "바다로! 열정의 우리, 바다로 나가세! 열정을 가져라."

"우리 존이 정신이 나갔군." 마지가 말했다.

"이 폭풍우는 내일이면 지나가리니, 친구여. 해는 다시 뜨겠으나 바닷물은 이미 차가워져 있으리라. 그리고 우리는 헤엄칠 마지막 기회를 잃은 것을 실로 애석해할지니." 존이 말했다.

"존이 정말 정신이 어떻게 됐나 봐." 마지가 말했다.

"이건 진짜 폭풍우도 아니잖아. J. J.가 그렇게 말하지 않았나? 아니야? J. J.는 분별 있는 남자야. 이건 폭풍우의 후폭풍일 뿐. 이걸 폭풍우라고 부르기조차 당혹스럽군."

"내가 갈게. 제기랄." J. J.가 말했다.

마지는 펙에게서 존으로, 그리고 다시 J. J.에게로 시선을 돌렸다. 사실 J. J.는 네 명 중에서는 분별 있는 친구로 통했다. J. J.는 맥주를 든 채 구부정하게 꼬꾸라져 있었고, 그의 잘빠진 몸은 축 늘어져 흐느적댔다. 그는 마치 술에 취한 누군가의 삼촌처럼 비에 젖은 채 몸을 구기고, 끔찍한 자태로 의자에 앉아 있었다.

"당연하지. 난 가겠어." J. J.가 말했다. 그가 이유를 덧붙였다. "우린 여기서 더 젖을 것도 없잖아. 안 그래?"

"그러네. 맞는 말인 것 같아." 펙이 말했다.

그리하여 공식적인 의사 결정이 이루어진 듯했다. 네 친구는 마치 컨퍼런스에서 굳건한 합의에 이른 비즈니스맨들 같았다. 합의점에 이른 네 명의 최고경영자처럼 그들은 자리에서 일어나 층계를 내려갔고 모래언덕을 넘어 해변으로 향했다. 바깥 베란다를 지날 때 마지는 아기 코끼리 '덤보' 튜브를 집어 들었다. 그리고 튜브에 머리를 밀어 넣어 허리에 꼈다. 어린애들 장난감이었지만, 마지는 그걸 가지고 놀길 좋아했고 여름내 수영을 할 때마다 덤보를 챙겨갔다. 그녀는 덤보 튜브의 회색 플라스틱 꼭지가 무슨 점치는 막대기라도 되는 양 그 꼭지를 손으로 꼭 붙들고, 앞서 바다로 향해가던 친구들을 쫓아갔다.

아래 해변에서 응석받이로 자란 멍청이 존과 미남 J. J.가 신발만 벗고 옷은 그대로 입은 채 바다로 뛰어들었다. 둘은 때로는 허리까지 때로는 가슴까지 치솟는 거친 파도를 헤치며 앞으로 나아갔다. 빠르게 움직이는 뻑뻑한 진흙 바닥을 힘겹게 내딛느라 다리를 접었다 폈다 하며 물길을 갈라야 했다. 첫 번째 파도가 밀려들자 존은 바로 나가떨어졌지만, J. J.는 파도를 뚫고 헤엄쳐 또 다른 파도 위로 떠올랐다. 물 위로 올라온 존은 환호성을 지르더니 이내 다시 꼬꾸라졌다.

마지는 팬티만 남긴 채 옷을 모두 벗었지만, 펙은 치마만 벗었다. 마지는 허리에 튜브를 낀 채 쇳소리를 내지르며 존과 J. J.를 따라 바다로 뛰어들었다.

펙은 한동안 그 자리에 서서 파도를 흘려보내며 바닷물에 발이 잠길 때까지 그대로 있었다. 단 두 번의 파도만으로 발목까지 물이 차올랐다. 한참 멀리 나갔을 세 친구의 머리가 보이지 않을 만큼 빗줄기가 앞을 가렸고 또 어두웠다. 펙은 발을 모래바닥에서 떼고 철책선만큼 높이 솟구쳐 오른 물마루를 향해 뛰어들었다. 파고가 내리막을 그리자 그녀는 긴장을 내려놓고 파도에 몸을 맡겼다. 다시 수면 위로 떠올랐을 때는 또 다른 파도의 꼭대기에 와 있었다. 그 순간 물길의 골 아래에서 존과 J. J.와 마지가 입을 쩍 벌리고 있는 게 보였다. 마지의 덤보 튜브 꼭지가 잠망경처럼 물 위로 삐죽 튀어나와 있었다. 펙과 그녀의 친구들에게로 더 큰 물살이 밀려들었다.

펙이 다시 물 위로 떠올랐을 때는 친구들이 보이지 않았다. 허우적대던 그녀는 세 차례나 파도에 휩쓸려 물마루 아래로 내려가고서야, 바다 저 멀리에 있는 친구들이 보일 만큼 너울 높이 떠올랐다. 그녀의 남자친구와 다른 두 친구는 파도가 솟구치기만 할 뿐 부서지지는 않는 곳까지 나가 있었다. J. J.는 존, 마지와 떨어진 채 하늘을 바라보고 떠 있었다. 펙을 발견한 마지가 이리 오라고 손짓했다. 십 분을 헤엄을 치고서야 펙은 친구들이 있는 곳에 다다랐다. 존은 말총머리를 묶고 있던 머리끈을 잃어버린 터였으므로, 그의 얼굴에는 온통 해초처럼 머리칼이 너울거렸다.

"소리가 너무 크지 않니? 안 그래?" 마지가 소리쳤다.

펙은 숨이 가빠왔으므로 고개만 끄덕였다. 마지의 긴 머리칼 한 가닥이 귀에서부터 입가까지 흘러내려 그녀의 얼굴 전체에 검은 사선을 내리긋고 있었다. 꼭 칼부림으로 생긴 상처 같았다. 해초를 뱉어내고 거친 물살 위로 어떻게든 목을 빼고 있느라 다들 품위라고는 없이 물속을 허우적댔다. J. J.만큼은 달랐다. 그는 결코 기품을 잃지 않았다. J. J.는 폭풍우가 몰아치는 바다와 씨름하기는커녕, 마치 YMCA 수영장에서 평소처럼 몇 바퀴 레인을 오가듯 수월하게, 한결같이 힘찬 발길질을 하며 헤엄쳤다.

"이건 깊이가 얼마나 되리라 보십니까, 선생님?" 존이 소리쳤다.

J. J.가 너울에 올라타며 소리 내어 웃었다.

"6미터!" J. J.가 소리쳤다. 이내 파고가 내려가자 그가 다시 외쳤다. "아니! 그 말은 취소야. 3미터!" 또 다른 물살이 솟구쳤고 이번에도 J. J.가 외쳤다. "아니! 5.5미터!"

펙은 코를 잡고 물속으로 들어갔다. 그녀는 물 아래로 몸을 밀어 넣으며 바닥을 더듬었다. 뭔가에 닿았을 때, 처음 그녀의 발에 닿은 것은 돌이었고 그다음엔 부드러운 무언가였다. 순간 당황한 그녀는 다시 물 위로 올라올 때까지 발을 버둥댔다. 시야를 가리는 빗물을 닦아내려 애를 썼지만, 비는 또다시 밀려들었다.

"우리가 호흡을 안 해도 되는 종이라면 더 수월했을 거야." 마지가 말했다. 덤보 튜브가 조금 떠받쳐준 덕분에 마지는 다른 친구들보다 덜 지쳐 있었다. 마지는 넷 중에 가장 활기찼고 숨도 덜 가빴다.

"존, 자기야? **자기**는 숨 안 쉬고 얼마나 버틸 수 있어?" 마지가 물었다.

"지난번엔 세 시간이었어." 존이 소리쳤다.

"어머!" 마지가 외쳤다.

존은 깔깔대고 웃다가 입안 가득 물이 들어가는 바람에 입에 재갈을 물린 꼴이 됐다. 그가 기침을 하며 물을 뱉어냈다. 펙은 주위를 둘러보았다. 방파제가 한참 멀리 떨어져 있는 게 보였다.

집에서부터는 상당한 거리까지 밀려온 셈이었다. 그러자고 말을 한 사람은 없었지만, 네 친구는 해변을 향해 헤엄치기 시작했다. 다들 평소 집으로 돌아가듯 행동하려고 애썼다. 네 사람 모두 지쳐 있었지만 아무도 지쳤다는 말을 입 밖에 꺼내고 싶어하지 않았다. 그들은 해변을 향해 한참 동안 물살을 갈랐지만 좀체 앞으로 나아가지 못했다. 더는 서로 농담도 주고받지 않았고 그러다 말조차 없어졌다.

그렇게 한참이 지난 뒤 J. J.가 말했다. "이런, 제기랄."

"왜?" 펙이 자신의 남자친구에게 물었다. 그녀는 숨이 가빴다. "왜 그래?"

"해파리야."

또다시 무거운 침묵이 흘렀다. 그즈음에 이르러서는 해변으로 가려는 티를 내지 않는 것마저도 그만둔 터였다.

잠시 후 존이 소리쳤다. "J. J.! 친구여!"

"왜." J. J.가 말했다.

"내가 점점…… 아…… 좀 지쳤어."

"알았어. 해변으로 가자." J. J.가 말했다.

존이 짜증을 내다시피 하며 눈동자를 굴렸다. "다리가 아파 죽겠어." 존이 말했다.

"이제 해변으로 갈 거야. 내가 도와줄게." J. J.가 말했다.

"다리가 너무…… 아…… 무거워." 존이 말했다.

"존, 청바지를 벗어. 할 수 있겠어?" J. J.가 말했다.

네 친구의 정수리 위로 곧장 차가운 빗줄기가 떨어졌다. 네 사람의 호흡은 축축하고 더뎠다.

존은 오만상을 쓰며 바지를 벗으려 애썼다. 존이 물 아래로 내려갔다 올라왔다를 반복했다. J. J.는 존의 뒤에서 헤엄을 치며 그의 겨드랑이를 받쳐 팔을 잡고 존이 똑바로 서 있을 수 있도록 붙잡아주었다. 존이 몇 차례 더 몸부림을 치는가 싶더니 불쑥 청바지가 물 위로 떠올랐다. 상어의 가죽처럼 한순간 어둠 속에서 물 위로 떠올랐던 존의 청바지는 금세 수면 아래로 가라앉았다.

"해변으로 가고 있어. 마지와 펙은 할 수 있겠으면 헤엄쳐. 못 갈 것 같으면 힘 빼지 말고 있어. 그냥 여기 그대로 있어." J. J.가 소리쳤다.

펙과 마지는 숨이 차 대답을 할 수 없었다.

존과 J. J.가 멀어져가자 바로 파도가 밀려와 두 남자와 두 여자 사이의 거리를 벌려놓았다. 마지와 펙은 한동안 존과 J. J.를 바라보았다. 아무래도 방파제를 지나지 못할 것 같아 보였다.

마지가 이를 덜덜 떨었다. 펙은 마지에게로 다가가 덤보 튜브의 손잡이를 거머쥐었다.

"안 돼, 내 거야." 마지가 말했다.

"어쩔 수 없어." 펙이 말했다. 펙은 차가운 물살에 다리가 시려왔다. 다리를 따뜻하게 하려고 발길질을 하다 펙은 그만 마지를 걷어차고 말았다. 마지가 울기 시작했다. 마지와 펙이 파도에 밀려 위로 떠올랐을 때 존과 J. J.가 해변으로 그다지 가까이 가지 못한 게 보였다. 펙은 숨을 멈추고 눈을 감았다. 파도가 그녀를 후려쳤다. 물살에 눈을 뜨고 숨을 들이쉬자 바닷물이 목구멍으로 밀려들었다.

"우린 돌아가지 못할 거야." 마지가 말했다.

펙이 마지를 발로 찼다.

"닥쳐!" 펙이 아무 말도 하지 않았는데도 불구하고 마지는 소리쳤다.

펙은 다시 한 번 마지를 발로 찼다. 마지와 펙은 허우적대며 존과 J. J.가 해변까지 얼마나 갔는지 보려 애썼다. 그렇게 한참이 지나서야 존과 J. J.는 해변에 도착했다. 두 사람은 마침내 해변에 다다랐고 그 모습을 본 펙이 마지에게 외쳤다. "저기 봐!"

"닥쳐!" 그렇게 말하며 마지가 펙을 발로 찼다.

펙은 J. J.가 존을 물 밖으로 끌어내는 모습을 바라보았다. J. J.는 존의 머리채를 잡고 그를 물 밖으로 말 그대로 질질 끌고 있었다. 동굴에 사는 사내와 그의 부인 같았다. 해변까지 존을 끌고 간 J. J.는 존을 떨어뜨리듯 내려놓았다.

마지는 그 모습을 보지 않았다. 그녀의 눈은 감겨 있었고 입은 벌어져 있었다. 잠시 후 펙도 더 이상 두 사람을 지켜보지 않았다. 펙은 J. J.가 존 위로 몸을 숙이고 있는 모습을 상상했다. 존은 숨을 쉴 수도, 쉬지 않을 수도 있었다. 펙은 J. J.가 뱃속에 들어간 해초를 토해내고, 모래 위에 이마를 박은 채 몇 차례 헛구역질을 하느라 한동안 시간이 흘러가는 장면을 상상했다.

그러다 J. J.는 그 튼튼하고 미끈한 두 다리로, 물론 다리가 조금은 후들거리겠지만, 다시 일어설 것이다. 펙은 머릿속에서 계속 장면들을 그려나갔다. J. J.는 마지와 펙이 있어야 할 곳, 그곳의 바다를 내다볼 것이다. 어쩌면 마지와 펙을 찾지 못할 수도 있었다. 그는 여전히 기진맥진한 호흡을 내뱉으며 몸을 조금 웅크린 채 허리 아래에 손을 얹고 그렇게 서 있을 것이다. 그는 대단한 방어력을 선보인 후 진이 다 빠져버린 영웅적인 축구 스타의 모습과 무척 닮아 있을 터였다.

J. J.는 그렇게 그곳에 서 있을 것이다. 그는 마지와 펙을 구하러 바다로 나갈지 아니면 해안경비대에 전화를 해 도움을 기다려야 할지 결정을 내려야 한다. 그가 어느 쪽을 선택하든 상관없었다. 어쨌거나 그는 마지와 펙을 미워하게 될 것이다. 눈을 감은 채 물결 속을 허우적대며, 펙은 분명 그러리라 생각했다. 앞으로의 장면이 어떻게 전개될지 더는 지켜볼 필요가 없었다. 그래, 그럴 필요는 없었다. 이제부터 무슨 일이 벌어질지를 어쩌다 알게 되는 일 따위는 필요치 않았다.

펙이 바다 속 그녀 옆에서 울고 있는 마지를 이젠 증오하게 됐듯 J. J.도 이처럼 곤란한 결정을 내리게 만든 펙과 마지를 미워할 것이다. 펙이 이 거친 바다로 친구들을 끌고 들어온 멍청이 응석받이 존을 이제 증오하게 된 것처럼. (무엇보다도) 그녀의 몸이 바다 저 깊은 곳으로 빠져 들어가는 이 순간, 저 해변에 서 있는 잘생긴 남자친구 J. J.를 이젠 펙이 증오하게 되었듯이. 펙은 J. J.가 수영을 굉장히 잘한다는 사실이 너무 싫었다. 그녀는 그가 어떤 결정을 내려야 할지를 두고 고민하는 게 너무 싫었고, 그가 숨을 고르는 게 너무 싫었으며, (무엇보다도) 그가 자신을 증오한다는 사실이 증오스러웠다.

데니 브라운이 몰랐던 많은 것들(15세)

The Many Things That Denny Brown
Did Not Know(Age Fifteen)

그의 잘못은 아니지만, 데니 브라운은 부모님이 하는 일과 부모님에 관해 모르는 게 많았다. 데니의 부모님은 두 분 다 간호사였다. 어머니는 먼로 기념병원 화상병동의 간호사였고, 아버지는 이른바 방문 간호사로도 불리는 개인 간호사였다. 물론 데니도 이 사실을 알고는 있었지만, 그렇다는 것 외에는 특별히 아는 게 없었다.

데니 브라운은 어머니가 화상병동에서 일하며 매일 맞닥뜨리는 상황이 얼마나 끔찍한 것인지 알지 못했다. 예를 들어, 어머니가 때론 피부가 죄다 벗겨지고 없는 환자를 돌봐야 한다는 것을 데니는 몰랐다. 또 어머니가 무슨 일에든 겁을 먹는 일이 없고 대신 다른 간호사들을 겁먹게 만드는 것으로 유명한, 아주 특별한 간호사라는 사실도 데니는 모르고 있었다. 모든 환자들, 심지어 죽음을 목전에 둔 환자에게조차 어머니는 앞으로 겪게 될 고통 따위는 아예 있지도 않다는 듯 다 괜찮을 것 같은 차분한 어조로 말을 건넨다는 사실을 데니는 모르고 있었다.

아버지의 간호사 일에 대해서는, **아빠가** 간호사라 이상하고 창피하다는 생각 말고는 더더욱 아는 게 없었다. 브라운 씨도 아들이 이 점을 창피해한다는 걸 알고 있었는데, 그는 이것 말고도 다른 여러 가지 이유에서 집에서는 일 얘기를 일절 꺼내지 않았다. 그랬으므로 아버지가 개인 간호사보다는 정신병동 간호사를 내심 더 하고 싶어했다는 사실을 데니로서는 알 리 없었다. 브라운 씨는 간호학교 시절 큰 정신병원의 남성 병동으로 실습을 나갔다. 그도 그 병원이 꽤 마음에 들었고, 환자들도 브라운 씨를 무척 좋아했다. 자신이 환자들을 정말로 치료할 수 있다고 믿지만 않았더라도 브라운 씨는 분명 그로 인해 환자들의 삶이 나아지고 있다고 느꼈을 것이다.

하지만 먼로 카운티에는 정신병원이 없었다. 그리하여 결혼 후 데니 브라운의 아버지는 응당 그리리라 여겼던 정신병원 간호사가 아니라 개인 간호사로 일했다. 그는 순전히 돈벌이로 일했고 일은 즐겁지 않았다. 그의 능력을 알아주는 사람도 없었다. 그가 맡은 환자들은 죽어가는 노인들이었다. 이들은 그를 알아보지조차 못했다. 단, 덤으로 주어진 시간만큼은 예외였으나, 죽음의 행진에서 잠시 깨어난 그 순간마저도 그를 의심의 눈초리로 바라볼 딱 그만큼의 시간에 불과했다. 의심을 하긴 환자 가족들도 마찬가지였다. 그들은 집 안에 물건이 없어지면 늘 개인 간호사를 범

인으로 몰았다. 사실, 사회 전체가 남자 간호사를 의심의 눈길로 바라보았다. 그 탓에 브라운 씨는 매번 새 일을 구하고 새 집에 갈 때마다 마치 그를 문제가 있는 사람인 양 취급하는 의심의 눈초리를 받아야 했다.

더욱이 데니 브라운의 아버지는 개인 간호사 일은 간호도 아니고 그저 돌보기라고 생각했다. 그는 간호보다 씻기고 닦아주는 일이 더 많은 게 짜증스러웠다. 데니 브라운의 아버지는 늙고 부유한 암 환자들이 한 사람 한 사람 천천히 값비싼 죽음을 맞이하는 모습을, 이번에는 이 집에 앉아, 다음에는 저 집에 앉아 그렇게 수년째 지켜보고 있었다.

이런 일들에 대해 데니 브라운은 아무것도 몰랐다.

데니 브라운(15세)은 어머니가 간혹 막말을 내뱉고 그 사실을 후회한다는 걸 몰랐다. 그녀의 입은 어려서도 분별 있게 말했고 커서도 분별 있게 말했지만, 함부로 말할 때도 있었다. 분별 있는 말본새는 원래부터 그러했고, 함부로 말하는 본새는 종군간호사로 한국에 갔던 해에 생겼다. 어쨌거나 그녀는 진심이 아니거나 나중에 남몰래 사과할 말들을 더러 내뱉었다. 물론 그녀가 사과한 것을 상대방은 전혀 모르긴 했다.

한번은 이런 일도 있었다. 데니의 어머니가 일하는 화상환자 병동에 베스라는 어린 간호사가 있었다. 이 간호사는 술이 문제였다. 어느 날 베스가 데니의 어머니에게 임신 사실을 고백했다. 그녀는 낙태는 하고 싶지 않지만 막상 아이를 키우자니 엄두가 나질 않는다고 했다.

"애가 없는 착한 부부에게 아이를 팔까 생각 중이에요." 실의에 빠진 베스가 말했다.

그 말에 데니 브라운의 어머니가 말했다. "술을 그렇게 마셔댔으니 걔는 서커스단에나 팔리겠네."

말을 뱉은 것과 동시에 브라운 부인은 자괴감을 느꼈다. 그녀는 며칠간 베스를 피하며, 자주 그랬듯이 남몰래 스스로에게 물었다. '난 왜 인간이 이렇게 형편없을까?'

고등학교 2학년을 마칠 무렵, 데니 브라운은 먼로고등학교 우등상 축하행사에 초대를 받았다. 데니의 아버지는 일 때문에 못왔지만 어머니는 참석했다. 그날 밤 데니는 상을 한아름 받았다. 발군까지는 아니어도 꽤 우수한 학생이었다. 영리한 아이긴 했지만 딱히 무엇에 재주가 있는지를 아직 잘 몰랐기 때문에 유달리 특출 난 부분은 없었다. 그렇다 보니 한 손 가득 자질구레한 상들을 받는데, 개중에는 '청소년 예술의 달'인지 뭔지에 참여한 기념으로 받은 참가상도 있었다.

"청소년 예술의 달." 집으로 돌아오는 차 안에서 데니의 어머니가 말했다. "청소년 예술의 달."

그녀는 그 단어들을 천천히 발음해보았다. "청소년…… 예술의…… 달……."

또 빨리도 발음했다. "청소년예술의달."

그러다 그녀는 깔깔대며 웃었다. "이거 어떻게 해도 입에 안 붙잖아? 뭐 이런 빌어먹을 요상한 제목을 붙였다니. 응?"

그 후 데니 브라운의 어머니는 아들이 말이 없어졌다는 걸 알았다. 그리고 그녀도 그 뒤로는 아무 말도 하지 않았다.

그녀는 계속 차를 몰았다. 말은 하지 않았지만 그녀는 데니를 생각했다. '내가 얼마나 미안한지 넌 모를 거야.'

열여섯 살 여름이 시작되었을 무렵, 데니 브라운은 뭘 해서 돈을 벌어야 할지 몰랐다. 그는 자신이 어떤 일에 관심이 있는지 몰랐다. 세상에 어떤 일자리가 있는지도 마찬가지였다.

몇 주간의 물색 후, 데니는 결국 먼로 컨트리클럽에서 아르바이트 자리를 구했다. 그는 남성 라커룸에서 일했다. 보이지 않게 숨겨둔 탈취제 향이 나고 카펫도 깔린 고급스런 탈의실이었다. 먼로 지역의 성공한 남자들은 필드에 나가기 전에 이 이 라커룸에서 옷을 갈아입었다. 신고 있던 정장구두는 라커 입구 바닥에 벗어두고 미끄럼 방지 처리가 된 골프화로 갈아 신었다. 데니 브라운은 골프에 대해 아무것도 몰랐지만, 그가 하는 일은 골프를 몰라도 됐다. 손님들이 골프를 치는 동안 신사화에 광을 내는 게 데니가 맡은 일이었다. 이 일은 에이브러햄이라는 열여섯 살짜리 이웃 소년과 같이 했다. 이 일을 꼭 두 사람이 해야 할 명백한 이유는 없었다. 애당초 데니는 왜 손님들이 매일 구두에 광을 내야 하는지도 몰랐다. 사실 왜 그를 채용했는지도 몰랐다.

어떨 땐 둘이서 근무 시간 내내 고작 세 켤레를 닦는 날도 있었다. 둘은 번갈아가며 구두를 닦았다. 일이 없을 때는 라커룸 구석에 있는 구두닦이 기계 옆에 있도록 교육을 받았다. 라커룸에는 의자가 딱 하나였으므로 둘은 번갈아가며 의자에 앉았다. 한 명이 앉으면 다른 한 명은 벽에 기댔다.

먼로 컨트리클럽에서 스포츠 레크리에이션 관리를 맡고 있는 디어링 씨가 데니와 에이브러햄을 감독했다. 진지한 성격에 제법 연배가 있는 디어링 씨는 거의 매 시간 라커룸을 둘러보며 이렇게 말했다. "자네들, 빈틈없어 보여야지. 먼로 최고의 신사들이 이 문으로 들어오시잖아."

구두에 광내기 말고도 두 아이는 한 가지 일을 더 맡고 있었다. 라커룸 한쪽 구석에 있는 나무탁자에는 작은 주석 재떨이가 놓여 있었는데, 그 재떨이를 비우는 것도 데니 브라운과 에이브러햄 라이언의 임무였다. 그 탁자에는 아무도 앉지 않았다. 데니 브라운은 왜 재떨이가 거기에 있어야 하는지는 물론이거니와 왜 거기 그 탁자가 있어야 하는지조차 몰랐다. 그 재떨이에서 비워내는 담배꽁초의 수는 하루 평균 네 개비였다. 탁자 위치까지 두 사람의 평소 시야 밖에 있는 탓에 데니와 에이브러햄은 재떨이 비우는 일을 더러 까먹곤 했다. 그럴 때는 라커룸을 점검하러 들어왔던 디어링 씨에게 꾸중을 들었다.

"빈틈없어 보여야지. 여길 빈틈없어 보이게 하는 것, 그게 자네들이 해야 할 일이야."

데니가 먼로 카운티클럽에서 하는 일을 어머니에게 얘기하자, 그녀는 고개를 가로저었다. "사회주의 국가에서 직업을 갖는 게 **딱** 그 짝이네."

그러면서 그녀는 깔깔대고 웃었다. 데니도 웃었다.

그녀의 말이 무슨 뜻인지는 잘 몰랐다.

데니 브라운(15세)은 어쩌다 갑자기 러셀 칼레스키와 절친한 사이가 되었는지 알지 못했다. 또 어쩌다 갑자기 자신이 폴렛 칼레스키의 남자친구가 되었는지도 몰랐다. 이 두 가지 일은 모두 10학년 졸업 후 한 달 만에 벌어졌다.

러셀 칼레스키와 폴렛 칼레스키는 남매지간이었고 데니의 이웃이었다. 어렸을 때 데니 브라운은 러셀 칼레스키에게 터무니없이 괴롭힘을 당했다. 러셀은 데니보다 한 살이 많았고, 덩치가 크진 않았지만 성격이 나빴다. 러셀이 좋아하는 게임은 데니네 집에서 불장난하기, 데니에게 계란 던지기, 데니네 애완동물 괴롭히기, 데니의 인형을 훔쳐서 주차된 차 바퀴 밑에 쑤셔 넣기 등이었다. 또 데니의 배 때리기도 열렬히 좋아했다.

그런데 데니 브라운이 열여섯 살 되던 해 여름, 데니와 러셀 칼레스키는 갑자기 가장 친한 친구 사이가 되었다. 어쩌다 그렇게 됐는지는 데니도 몰랐지만, 언제 그렇게 되었는지는 알았다. 그날은 러셀 칼레스키가 150달러를 주고 차를 구입한 다음날이었다. 엄청나게 큰 8기통 검정색 포드 세단이었는데, 전혀 굴러가지는 않았다. 이전 주인—아마추어 경주용 자동차 수리공이었다—은 러셀이 차를 '손볼 수 있도록' 칼레스키 씨 집 주차진입로까지 차를 끌고 와 흔쾌히 떨구고 갔다. 러셀이 포드를 손보기 시작한 날 아침, 마침 칼레스키 씨 집 앞을 지나던 데니 브라운을 보고 러셀이 말을 걸었다. "야, 이것 좀 봐."

러셀은 보닛을 열고 걸레로 엔진을 닦고 있었다. 데니 브라운은 내심 초조했지만 속마음을 들키지 않으려고 애쓰며 러셀에게로 다가갔다. 데니는 한동안 가만히 지켜보았다. 한참 만에야 러셀이 말했다. "야, 거기 걸레 또 있어. 너도 같이 할래?"

그렇게 해서 데니 브라운은 걸레를 집어 들고 러셀 칼레스키의 자동차 엔진을 닦기 시작했다. 엔진은 엄청나게 컸다. 두 명이 닦기에도 넉넉한 크기였다.

"끝내주지, 응?" 러셀 칼레스키가 말했다.

"끝내줘." 데니 브라운이 맞장구를 쳤다.

그 후 러셀은 아침마다 브라운 씨네로 와서 데니를 불러내기 시작했다.

"야, 오늘 차 손볼래?" 러셀이 말했다.

"좋지." 데니가 말했다.

데니 브라운은 차에 대해 아무것도 몰랐다. 실은 러셀도 마찬가지였다. 둘은 부품을 분리하고 분리한 부품을 뚫어져라 쳐다보았다. 차 밑에 기어 들어가 스패너로 이것저것 두드려도 보았다. 둘은 그렇게 몇 시간을 보냈다. 데니가 시동을 걸어보겠다고 버둥대면 그사이 러셀은 보닛 위에 엎드려 고개를 모로 젖히고 엔진 소리에 귀를 기울였다. 아주 열심히 귀를 기울였다. 둘은 뭘 들여다보고 뭘 들어야 하는지에 대해서는 애당초 아는 게 없었다.

쉴 때는 차문을 열어젖히고 앞자리에 앉아 있곤 했다. 이때 한쪽 다리는 차 안에 들여놓고 다른 쪽 다리는 주차진입로 밖으로 쭉 뻗었다. 고개는 뒤로 젖히고 눈은 반쯤 감았다. 포드 자동차에서 유일하게 작동하는 부품이 라디오였으므로 러셀은 주파수를 찾아 소리를 키웠다. 그러면 편안해졌다. 이웃에 사는 다른 아이들도 들르곤 했다. 녀석들은 타고 온 자전거를 칼레스키 씨 집 마당에 내동댕이치곤 러셀 칼레스키의 포드 자동차에 기대서 팔짱을 끼고 라디오를 들었다. 그냥 그렇게 놀았다.

한번씩 러셀이 물었다. "끝내주지, 응?"

"끝내줘." 아이들은 다들 맞장구를 쳤다.

그렇게 라디오를 듣다가 러셀이 "됐어, 이제. 다시 일하자"라고 하면 라디오 듣기는 끝이 났다.

그때는 이웃 아이들 모두 각자 자전거를 타고 돌아가야 했다.

"데니, 넌 여기 있어." 러셀이 말했다.

데니 브라운은 어쩌다 자신이 러셀 칼레스키의 가장 친한 친구가 되었는지 몰랐다. 그는 누굴 괴롭히던 아이가 후에 피해자와 친구가 되는 일이 실제로 아주 흔하다는 사실을 몰랐다. 또 배를 맞는 일이 다시는 없을 거라는 확신도 그때까지는 완전히 들질 않았다. 아침마다 데니가 자기 집으로 와 함께 포드를 손보는 게 러셀에게는 얼마나 행복한 일인지를 데니는 꿈에도 모르고 있었다. 그때가 러셀의 인생에서 가장 행복한 순간이었음을 데니는 알지 못했다.

데니는 러셀 칼레스키의 형 피터 칼레스키가 저녁을 먹으러 본가에 들를 때마다 러셀의 차를 놀려댄다는 사실도 몰랐다. 피터 칼레스키는 근사한 쉐보레 트럭을 가지고 있었다. 스무 살인 피터는 길 건너편 먼로에 있는 자신의 아파트에서 살았다. 불행히도 피터는 저녁을 먹으러 집에 자주 들렀다. 데니 브라운은 피터가 러셀을 어떻게 공격하는지 전혀 몰랐다.

"포드의 FORD가 무슨 뜻이지 아냐?" 피터가 말했다. "'매일 고치거나 수리한다' 라는 뜻이야."

"포드의 FORD가 무슨 뜻인지 알아?" 피터가 말했다. "'도로에서 맛이 간 채 발견되다' 라는 뜻이야."

"포드의 FORD가 무슨 뜻인지 알아?" 피터가 말했다. "'러셀은 바보로 밝혀졌다'라는 뜻이야."

"포드 뒷유리에 왜 성에 방지 기능이 있는지 아나? 빌어먹을 언덕길에서 차를 밀 때 손 시리지 말라고." 피터가 말했다.

러셀 칼레스키는 자신의 눈부신 포드 자동차로 형을 들이받는 꿈을 꾸면서 매일 밤 잠들었다. 그 사실은 아무도 몰랐다. 러셀만의 은밀한 위안이었다. 피터를 차로 친 다음 변속기를 후진에 놓고 또 한 번 피터를 치는 꿈이었다. 앞으로 뒤로, 앞으로 뒤로, 앞으로 뒤로. 꿈속에서 포드는 매번 피터의 시체를 칠 때마다 부드럽게 '턱' 하고 부딪히는 소리를 냈다. 그 달콤한 '턱', '턱', '턱' 소리를 듣다 보면 어느새 러셀은 잠이 들었다.

아침이면 러셀 칼레스키는 자리에서 일어나 데니 브라운의 집으로 갔다.

"야, 오늘 차 손볼래?" 러셀이 물었다.

"좋지." 데니가 답했다. (러셀이 왜 데니를 찾아왔었는지는 지금도 모른다. 아마 앞으로도 절대 모를 것이다.)

폴렛 칼레스키에 대해 말하자면, 그녀는 러셀의 누나였다. 폴렛은 열여덟 살이었다. 그녀는 먼로 최고의 보모로, 이웃 여남은 집의 아이들을 쉬지 않고 돌보았다. 갈색 피부에 키가 작고 가슴이 무척 큰 폴렛은 말투가 단정하고 조심스러웠다. 피부결도 고왔다. 그녀는 남의 아이를 태운 유모차 여러 대를 한꺼번에 밀며 이리저리 동네를 오갔고, 유모차에 탄 아이보다 더 많은 아이들이 세발자전거를 타고 그녀의 뒤를 쫓았다. 그녀는 아이들에게 어부바도 해주고, 아이들이 아이스크림콘 먹는 것도 감독했다. 또 진짜 엄마처럼 작은 가방 안에 구급약과 티슈도 넣고 다녔다. 칼레스키 씨 가족은 먼로 카운티 최고의 가족이 아니었지만, 사람들은 폴렛을 좋아하고 신뢰했다. 그녀는 찾는 사람이 아주 많은 보모였다.

6월 말, 데니 브라운은 칼레스키 씨 댁에 저녁 초대를 받았다. 그날은 러셀 칼레스키의 생일이었다. 칼레스키 부인은 스파게티를 만들었다. 모두가 모인 자리였다. 피터 칼레스키는 마을 건너편에 있는 아파트에서부터 차를 몰고 왔고, 폴렛 칼레스키는 보모 일을 하는 와중에는 드물게 밤 시간을 뺐다. 그날 파티에서 가족이 아닌 사람은 데니 브라운뿐이었다. 데니는 러셀과 마주보고 식탁에 앉았고, 데니의 양쪽에는 폴렛 칼레스키와 칼레스키 씨가 앉았다. 러셀이 생일선물을 뜯기 시작하자 폴렛이 느닷없이 데니 곁으로 다가와 그의 다리 위에 손을 올렸다. 탁자 밑이라 보이지는 않았다. 이 일이 있기 전까지 데니와 폴렛은 딱한 번 말을 해본 게 다였다. 다리 위에 손을 얹는다는 건 말이 안 됐다. 그럼에도 불구하고 데니 브라운(15세)은 식탁 아래로 손을 넣어 폴렛 칼레스키(18세)의 손 위에 자신의 손을 포갰다. 데니는 그녀의 손을 꼭 쥐었다. **이런 걸** 어디서 배웠는지는 그도 몰랐다.

그해 여름이 지나면서 폴렛 칼레스키와 데니 브라운은 일종의 시스템을 구축했다. 폴렛이 오늘 밤 누구네 집에서 애를 보는지 알려주면 데니는 그녀가 효율적으로 아이를 재운 뒤인 8시 이후에 자전거를 타고 그 집에 갔다. 둘만 남게 되면 데니 브라운과 폴렛 칼레스키는 뜨거운, 아주 뜨거운 섹스를 했다. 대단한 섹스였다. 이런 시스템이 어쩌다, 왜 만들어졌는지는 데니도 몰랐지만, 어쨌든 시스템은 그러했다. 둘은 철저히 은밀했다. 데니와 폴렛에 대해서는 그 누구도 전혀 알지 못했다. 그렇지만 그것은 분명 있었다. 뜨거운 섹스. 아무도 모르는.

열다섯 살의 데니 브라운은 폴렛 칼레스키에 대해 모르는 게 너무 많았다. 폴렛은 가슴이 엄청나게 컸다. 데니도 그 사실은 알았지만, 몰래 훔쳐보는 정도로만 알고 있었다. 뜨거운 섹스에도 불구하고, 폴렛은 결코 데니가 그녀의 가슴을 보거나 만지게 허락하지 않았다. 그녀는 늘 티셔츠를 입고 있었다. 데니는 그 이유를 몰랐다. 사실 폴렛은 이미 5학년 때부터 가슴이 나왔다. 너무 일렀고, 너무 컸다. 오빠 피터와 동생 러셀은 그녀의 가슴을 대놓고 심하게 놀려대곤 했으며, 학교 친구들도 마찬가지였다. 6학년 때는 매일같이 너무 심하게 놀림을 받던 시기가 있어서 폴렛은 아침마다 울면서 부모님께 학교에 가지 않게 해달라고 졸랐다.

그러자 폴렛의 아버지는 이렇게 말했다. "가슴이 크면 좋은 거야. 언젠가는 그 덕에 행복해할 날이 올 거다. 그때까지는 놀림을 당할 수밖에 없어."

폴렛은 고등학교 내내 놀림을 받았으나, 새로운 반전은 있었다. 같은 반의 여자아이들 몇몇이 이제는 그녀를 시기하기 시작한 것이다. 개중에는 특히 그녀를 '걸레 폴렛'이라거나 '잡년 폴렛'이라고 부르는 아이들이 있었다. 그렇다고 폴렛이 누군가의 남자친구와 자거나 한 건 결코 아니었다. 데니 브라운은 그녀의 첫 번째 남자친구였고, 그녀의 첫키스 상대였다. 그때는 이미 그녀가 고등학교를 떠난 뒤였다.

데니는 러셀 칼레스키가 갑자기 자기를 좋아하게 된 이유를 몰랐던 것만큼이나 폴렛 칼레스키가 느닷없이 자기를 좋아하게 된 이유 또한 몰랐다. 대체 어떻게 된 일인지에 대해 데니는 아무것도 몰랐다.

사실 폴렛이 데니에게 끌린 데는 충분히 납득할 만한 사연이 있었지만, 그 이유는 비밀이었다. 데니 브라운은 결코 그 내막을 몰랐을 것이다. 폴렛 칼레스키는 데니의 아버지가 방문 간호사로 일하던 집에서 몇 달간 아기를 봐준 적이 있었다. 마을 유지인 하트라는 사람의 집이었다. 하트 부인은 시아버지가 암으로 죽어가던 바로 그해에 아기를 낳았다. 그렇다 보니 하트 씨 댁에서는 배 앓이를 하는 갓난 여자아이와 간이 썩어가는 노망난 여든 노인을 동시에 돌봐야 했다. 폴렛 칼레스키는 아기를 돌보기 위해 고용되었다. 브라운 씨는 노인을 돌보기 위해 그 집에 고용되었다. 그 몇 달 동안 폴렛과 브라운 씨는 개인적으로 함께 있을 시간은 많지 않으나 집 안을 오가다 마주치곤 했는데 대개는 부엌에서였다. 폴렛은 분유를 탔고 브라운 씨는 당근 퓌레(야채나 고기를 간 후 체로 걸러 걸쭉하게 만든 음식—옮긴이)를 만들곤 했다.

"차 한 잔 줄까요?" 브라운 씨가 폴렛에게 물었다. "아니면 물? 피곤해 보이네요."

"아니요, 괜찮습니다." 폴렛이 말했다. 폴렛은 누가 자신을 어른처럼 대하면 왠지 민망했다.

한번은 브라운 씨가 폴렛에게 이렇게 말했다. "일을 참 잘하네요. 폴렛이 없었으면 하트 부인이 어쩔 줄을 몰랐겠어요."

폴렛은 하트 노인을 돌보는 브라운 씨를 보며 그도 일을 참 잘한다고 생각했다. 브라운 씨가 전담 방문 간호사 일을 맡은 뒤로 그가 어떻게 병실을 밝게 꾸미고 청소를 하는지도 이미 보아온 터였다. 브라운 씨는 발랄한 디자인의 큼지막한 달력 하나를 사들고 와서는 하트 노인의 침대 맞은편에 걸어두었다. 또 밝은 색침이 달린 시계도 사서 환자가 볼 수 있게 올려두었다. 그는 시간과 장소를 직접 언급하는, 더할 나위 없이 명확하고 구체적인 방식으로 하트 노인에게 말을 건넸다. 소멸되어가는 하트 노인이 세상에 반응할 수 있도록 늘 애를 쓰며 가능한 한 모든 정보를 전달했다.

그는 매번 일을 시작할 때마다 이렇게 말했다. "전 프레드 브라운이라고 합니다. 어르신을 돌볼 간호사예요. 제가 여덟 시간 동안 여기 있겠습니다. 어르신 맏아들 앤서니가 저를 고용했습니다. 어르신은 지금 앤서니 아드님 댁에 계십니다."

브라운 씨는 하루 종일 자신의 일거수일투족을 모두 설명했다. 하루 일과를 마무리하는 일상적인 대사는 이러했다. "안녕히 주무십시오, 하트 씨. 지금은 아침 7시이고 제가 집에 가는 시간입니다. 저는 10월 14일 수요일 오전 11시에 어르신을 도와드리러 다시 오겠습니다."

폴렛 칼레스키는 브라운 씨가 훌륭한 사람이자 훌륭한 간호사라고 생각했다. 그는 이제껏 본 그 어떤 사람보다 친절했다. 그녀는 남몰래 브라운 씨를 사랑하게 되었다. 물론, 하트 노인은 결국 간암으로 세상을 떠났다. 브라운 씨는 다른 환자에게로 갔으므로 폴렛 칼레스키는 동네에서 얼핏 보는 게 아니고서는 그를 볼 수 없게 되었다. 그런데 갑자기, 러셀의 포드 자동차를 가지고 뭔가를 한다며 데니 브라운이 그녀의 집을 드나들기 시작한 것이다.

"너희 아버지가 프레드 브라운 씨지?" 폴렛이 데니에게 물었던 때가 6월이었다. 그날 두 사람은 처음 말을 주고받았다. 사실, 폴렛이 데니의 다리에 손을 얹었던 그날 밤 이전까지 두 사람이 대화를 나눈 건 그때가 유일했다. 왜 하필이면 폴렛이 그 질문을 했는지를 데니는 전혀 몰랐다.

"네, 그분이 우리 아버지인데요." 데니가 말했다.

폴렛이 생각하기에도 데니는 그의 아버지와 전혀 닮지 않았다. 그럼에도 불구하고 그녀는 데니가 아버지처럼 자라기를 간절히 바랐다. 어떻게든, 어떤 면에서라도. 그래서 그녀는 남몰래 데니 브라운을 사랑하게 되었다. 바로 그 이유에서, 그런 바람에서.

당연히 데니 브라운은 이런 연유에 대해서는 전혀 알지 못했다.

데니 브라운이 성인이 되어 열여섯 살의 여름을 되돌아본다면, 자신을 집 밖으로 나돌아다니게 내버려둔 것 자체가 놀라운 일이었다고 생각할 것이다. 자신이 얼마나 한심할 정도로 아는 게 없었고 준비가 안 되어 있었는지도 깨달을 것이다. 열다섯 살의 데니 브라운은 너무나 많은 정보를 놓치고 있었다. 그중 어떤 것이라도 그에게 도움이 될 수 있었다. 아무리 사소한 정보였더라도. 훗날의 데니 브라운은 자신이 아무것도 모른 채 그곳에 내던져졌다고 여길 것이다. 그 누구도 그에게 단 한 번도, 그 어떤 것도 말해주지 않았다. 데니 브라운은 사람들이 어떻게 인생을 사는지, 무엇을 원하는지, 무엇을 후회하는지 몰랐다. 왜 사람들이 결혼을 하고, 직업을 고르고, 친구를 선택하고, 가슴을 숨기는지도 몰랐다. 자신이 뭘 잘하는지도 몰랐고, 그걸 어떻게 찾는지도 몰랐다. 다들 그가 아무것도 모른 채 나돌아다니도록 그냥 내버려두었다.

교육은 너무나 불완전했다. 다음 단어들 중 데니 브라운(15세)이 뜻을 아는 단어는 하나도 없었다. '초현세적인', '산문적인', '하식성의', '결핍', '군거성의', '독설', '분개', '니힐리즘', '쿠데타.' 이 말들은 그가 이듬해 학년 말에 배우게 될—그 지역의 다른 고등학교 3학년생도 모두 마찬가지였다—단어 목록에 포함돼 있는 어휘였다. 그렇지만 데니는 이 중 한 단어도 써먹지 못한 채 열여섯 살의 여름을 지나게 될 터였다.

데니 브라운은 유클리드도, 체세포분열도, 베토벤이 귀가 먹었다는 사실도 몰랐지만 먼로 카운티 교육위원회는 9월부터 그에게 이런 것들을 가르칠 만반의 태세를 갖추고 있었다.

데니 브라운이 전혀 몰랐던 또 하나는, 그가 사는 마을의 이름에 대한 것이었다. 대체 '먼로'가 무슨 뜻인가? 데니 브라운은 그가 사는 곳의 지명이 미국 대통령 제임스 먼로의 이름에서 유래했다는 사실을 모른 채 먼로 카운티 공립학교 10개 학년을 어찌어찌 지나왔다. 그는 '먼로'라는 단어가 원래 있는 것인 줄 알았다. 따라서 데니는 먼로 기념병원이나 먼로 고등학교, 먼로 카운티클럽처럼 그의 인생의 매우 중요한 맥락에서 그 말이 등장할 때조차 '먼로'가 무엇을 가리키는지 몰랐다. 데니 브라운은 제임스 먼로가 독립전쟁에서 부상을 당한 참전용사라는 것도, 두 번이나 대통령을 지냈다는 것도 몰랐다. 그는 제임스 먼로가 1820년 재선 투표 당시 뉴햄프셔 대표인 윌리엄 플럼버 단 한 사람을 제외한 모든 선거인단에게서 찬성표를 얻었다는 사실도 물론 몰랐다. 윌리엄 플럼버는 만장일치로 대통령에 당선되는 영예는 오직 조지 워싱턴만의 것이어야 한다는 신념을 관철시키기 위해 의도적으로 기권표를 던졌다. 윌리엄 플럼버—그는 평생에 걸쳐 다른 일로는 주목을 받은 적이 없다—는 조지 워싱턴만이 갖고 있어야 할 업적을 빼앗아버린다면 이는 곧 국가적 수치이며, 미국 역사를 통틀어 모든 시민이 그 사실을 기억하고 또 후회하게 될 것이라 믿었다.

하지만 데니 브라운(15세)은 '먼로'가 사람 이름인지도 몰랐다.

데니 브라운은 자신이 사는 지역에 대해서도 전혀 아는 게 없었다. 자기가 쓰는 물이 먼로에서 북쪽으로 40킬로미터 남짓 떨어진 저수지에서 공급된다는 사실도 몰랐으며, 자신이 쓰는 전기가 미국 최초의 원자력발전소 가운데 한 곳에서 보내진다는 사실도 몰랐다. 한때 그곳이 목장이었다는 사실을 까맣게 모른 채 그는 그린우드 필드라는 교외의 주택단지에서 인생을 보냈다. 과거에는 그 땅이 마틴슨이라는 스웨덴계 이민자 가족의 소유였고, 마틴슨 가의 독자가 1917년에 프랑스의 참호 안에서 살해당했다는 사실도 몰랐다. 사실 데니 브라운은 아직 '참호'가 뭔지도 몰랐다. 그 단어는 11학년 역사 과정에 나왔다. 그는 아직 제1차 세계대전에 대해서도 그다지 아는 게 없었다. 미서전쟁이나 한국전쟁처럼 그보다 덜 알려진 전쟁에 대해서는 아예 몰랐다(앞으로 제대로 알게 될 리도 없었다). 데니는 자기 어머니가 종군간호사로 1년 간 한국에 있었다는 사실도 몰랐다. 어머니는 그 사실을 말한 적 이 없었다.

데니 브라운은 부모님이 그야말로 첫눈에 반해 사랑에 빠졌다 는 것도, 또 어머니가 결혼식날 이미 임신 중이었다는 것도 몰랐 다. 뿐만 아니라, 어머니가 아버지보다 나이가 많고 말본새가 아 주 저 잘난이라며 할머니가 부모님의 결혼을 극구 반대했다는 것 도 몰랐다. 할머니는 데니의 어머니를 '갈보'라고 생각했고, 그 말을 아들에게 그대로 내뱉었다. (그 말은 구십 평생에 걸쳐 **할머니**의 유일한 욕이었고, 아버지는 그 말을 듣고 울었다.)

데니 브라운은 어머니가 결혼 후 딱 한 번 울었다는 사실도 몰 랐다. 어머니가 운다는 건 데니로서는 상상할 수도 없는 일이었 다. 사실 그 일은 데니와 관련이 있었다. 데니가 두 살 때였는데, 그가 스토브 위로 팔을 뻗어 프라이팬을 끌어당기는 바람에 그레 이비소스가 지글지글 끓고 있던 팬이 그의 머리 위로 떨어진 것 이다. 바로 옆에 데니의 어머니가 있었다. 그녀는 데니를 낚아채 욕조로 던져 넣은 후 아이의 몸 위로 찬물을 틀었다. 데니의 옷도 찢었다. (화상병동 간호사이자 야전병원 간호사였던) 그의 어머니는 히 스테리 상태에 빠져 비명을 지르듯 남편을 불렀다. 아이도 비명 을 질렀고, 엄마도 비명을 질렀다. 그녀는 데니가 부들부들 떨며 입술이 파랗게 질려가는데도 찬물 밖으로 아이를 내보내려 들지 않았다.

"애가 불에 뎄어!" 그녀가 소리쳤다. "애가 불에 뎄어! 애가 불 에 뎄어!"

사실, 데니는 결국 무사했다. 브라운 부인이 지체하지 않고 잽싸게 대처한 덕분에 데니는 얼굴과 손에 1도 화상을 입는 데 그쳤다. 그런데도 그녀는 하루 종일 눈물 바람이었다. 그녀는 생각했다. '난 엄마가 될 자격이 없어.'

데니가 불에 덴 그날까지만 해도 둘째를 갖고 싶어했던 그녀는 다시는 둘째를 생각하지 않게 됐다. 결코, 두 번 다시. 데니 브라운은 자기가 불에 뎄는지, 어머니가 울었는지, 둘째를 원했었는지도 몰랐다. 그는 이 중 그 어떤 일에 대해서도 아는 게 없었다.

그렇지만 아이가 어디서 나오는지는 알았다. 열다섯 살의 데니는 아이가 어디서 나오는지를 알았다. 데니의 어머니는 아들에게 적절한 나이에 적절한 방식으로 그 부분에 대해 이미 가르쳐주었다.

하지만 데니가 아직 모르는 다른 것들이 너무나 많았다. 그는 너무나 많은 사실에 대해 무지했다. 예를 들면 데니는 열다섯 살 때까지도 어찌 된 영문인지 트윈타워가 트윈시티에 있다고 믿었다.

데니 브라운이 열여섯 살 여름을 보내던 8월 17일 아침, 러셀 칼레스키가 브라운 씨 댁으로 와서 데니를 찾았다. 평소처럼. 모든 것이 평소와 다름없는 아침이었다.

"야, 오늘 차 손볼까?" 러셀이 물었다.

"좋지." 데니가 말했다.

그런데 러셀이 달라 보였다. 그의 얼굴과 팔이 볼썽사나운 붉은 반점으로 뒤덮여 있었다.

"너 괜찮아?" 데니가 물었다.

"이것 봐. 야, 나 수두 걸렸다." 러셀이 말했다.

데니는 어린애가 아니어도 수두에 걸릴 수 있다는 사실을 몰랐다.

"엄마!" 웃음을 터뜨리며 데니가 외쳤다. "엄마! 도와줘!"

간호사인 데니의 어머니가 현관으로 나와 러셀을 살폈다. 그녀는 가슴에 돋은 반점을 들여다보기 위해 러셀에게 티셔츠를 걷어올리게 했다. 겸연쩍어진 러셀은 격하게 웃음을 터뜨렸는데, 그바람에 러셀의 콧구멍에서 콧물 방울이 뿜어져 나갔다. 그 모습을 본 데니도 웃음보가 터져 현관 계단에 주저앉았다. 데니와 러셀 둘 다 바보처럼 웃고 있었다.

"러셀, 수두가 틀림없구나." 데니의 어머니가 진단을 내렸다.

몇몇 이유에서(수두를 뜻하는 영어 단어 'chicken pox'에서 'pox'는 매독이라는 뜻으로도 쓰인다—옮긴이) 둘은 그 단어를 듣고 정신없이 웃음을 터뜨리면서 서로의 팔께로 쓰러졌다. 그리고는 각자 배를 부여잡고 발로 바닥을 굴렀다.

"사기 저하에는 영향이 없는 것 같다만……." 그 모습을 보며 데니의 어머니가 말했다.

데니는 이미 수두를 앓았으므로 칼레스키의 집에 가도 좋다는 허락을 받았다. 러셀과 데니는 한동안 포드를 들여다보았다. 그날 두 사람이 해야 할 일은 사이드미러를 떼어내 비눗물에 담갔다가 닦아서 제자리에 다시 달아놓는 것이었다. 러셀은 햇빛 때문에 수두 자국이 아프다며 주차진입로에서 벗어나 연신 차고로 들어갔다. 러셀이 '수두'라는 단어를 입에 올릴 때마다 데니는 자꾸만 웃음을 터뜨렸다.

"누가 수두에 걸렸냐?" 데니가 물었다. "수두에 걸리다니, 그게 말이 되냐."

"제길, 식구들이 몽땅 걸렸다니까. 다들 걸렸던 적이 없어서 죄다 걸렸어. 엄마까지 걸렸다니까." 러셀이 말했다.

데니가 웃음을 터뜨렸다. 그러다 순간, 웃음을 뚝 그쳤다.

"폴렛도? 폴렛도 걸렸어?" 데니가 물었다.

데니 브라운이 그녀의 동생 러셀 칼레스키 앞에서 '폴렛'이라는 이름을 입에 올리기는 그때가 처음이었다.

"폴렛? 누나? 집에 수두를 옮긴 게 걔야. 제기랄! 걔가 제일 심해. 누나가 보는 멍청한 애들 중 한 놈한테서 옮았다나 봐." 러셀이 말했다.

"그래서 누나는…… 음…… 괜찮아?"

러셀은 데니의 어조에 귀를 기울이지도 눈치를 채지도 못했다. 왜 데니 브라운이 자기 누나 폴렛에게 신경을 쓰는지 그 이유를 혼자 되묻지도 않았다.

"야, 걔 난리야. 방에서 나오질 않는다니까. 하루 종일 방에서 질질 짜고 있다. '아! 가려워! 도와줘!' 그러면서." 러셀이 말했다.

데니는 칼레스키 씨 댁 주차진입로에 서 있었다. 햇살 아래에서 사이드미러를 손에 쥔 채로 그곳에 서 있었다. 데니는 그곳에 서 있었다. 그곳에 선 채로 있었다.

"야." 러셀이 불렀다.

"야." 러셀이 또 한 번 불렀다.

데니 브라운이 고개를 들어 러셀을 바라보았다.

"야." 러셀이 말했다.

"나 지금 안에 들어가봐야겠다." 데니가 말했다.

데니는 사이드미러를 바닥에 내려놓고 집 안으로 들어갔다. 칼레스키 부인은 소파에 누워 있었다. 거실에는 커튼이 쳐 있었고 텔레비전이 켜져 있었다. 칼라민 로션 탓에 칼레스키 부인의 얼굴이 분홍빛을 띠었다.

"괜찮으세요?" 데니가 칼레스키 부인에게 물었다.

담배를 피우다 말고 그녀가 데니를 쳐다보았다. 그녀는 평소에는 친절한 아주머니였지만, 그날은 데니를 보고도 웃지 않았다. 웃기는커녕 고개를 내저었는데, 꼴이 형편없었다. 얼굴에 온통 혹이며 종기까지, 러셀보다 상태가 심했다.

"다시 내려올게요, 아주머니. 저 이층에 가요. 잠깐 이층에 갔다 올게요." 데니가 말했다.

칼레스키 씨 집 층계를 올라간 데니는 복도를 지나 이미 알고 있던 폴렛의 방으로 갔다. 데니가 방문을 두드렸다.

"데니야. 나야." 그가 말했다.

그는 안으로 들어갔다. 그녀는 침대 위 이불과 시트 위에 누워 있었다. 데니를 보자 그녀가 울음을 터뜨렸다. 상태는 러셀보다 심했고 칼레스키 부인보다도 심했다. 폴렛이 얼굴로 손을 가져갔다.

"가려워. 너무 가려워." 그녀가 말했다.

"그래, 그렇지. 잠깐만 기다려. 응?" 데니가 말했다.

중요한 건 데니도 예전에 수두를 앓았다는 사실이다. 아주 어린 나이는 아니었다. 거의 열한 살 때였다. 그 무렵은 어머니가 일이 많던 때라 아버지가 간호를 했다. 아버지는 그를 아주 잘 간호해주었고, 데니도 그때 일을 기억하고 있었다.

데니는 아래층으로 내려가 칼레스키 씨 댁 부엌으로 향했다. 러셀도 집 안에 들어와 있었다.

"우라질, 너 뭐야?" 러셀이 물었다.

"러셀." 칼레스키 부인이 말했다. "그만." 그녀는 러셀의 말버릇을 더 나무랄 기력도 없었다.

"러셀, 내가 오트밀이 좀 필요한데 말이야." 데니가 말했다.

데니가 부엌 찬장을 뒤지기 시작했다.

"이런 **우라질**, 뭐냐고?" 러셀이 윽박지르듯 물었다. 이번에는 칼레스키 부인이 러셀을 나무라는 소리도 들리지 않았다. 그녀는 많이 아팠다.

오트밀이 든 커다란 통 하나를 찾아낸 데니가 러셀에게 말했다. "가려운 데 쓸 거야. 폴렛에게 이게 필요해. 알겠니?"

데니는 다시 이층으로 올라갔다. 러셀도 말없이 뒤를 따랐다. 데니는 칼레스키 씨 댁 이층 욕조에 물을 받았다. 그는 오트밀을 욕조에 봉지째 쏟아부은 후 한쪽 소매를 걷어붙이고 욕조에 팔을 담가 물 온도를 확인했다. 그리고 오트밀을 휘휘 저은 후 물은 그대로 틀어놓았다.

데니는 다시 폴렛의 방으로 갔다. 그는 아무 말 없이 러셀을 지나쳤다.

"폴렛, 이제 잠깐 욕조에 들어가 있을 거야. 응? 그럼 나아질 거야. 가려운 게 덜해져. 내가 같이 앉아 있을게. 알겠지?" 데니가 말했다.

그는 폴렛을 침대에서 일으켜 욕실로 데려갔다. 그녀는 여전히 울고 있었지만 아까만큼은 아니었다. 어리둥절한 채로 통로에 꿈쩍 않고 서 있던, 그를 괴롭혔던 전적이 있는 러셀 칼레스키를 지나칠 때도 데니는 폴렛의 손을 놓지 않았다.

"실례할게." 데니가 러셀에게 정중히 말했다. "미안."

폴렛을 데리고 욕실로 들어간 데니는 욕실 문을 잠갔다.

"괜찮지? 자, 이제 들어갈까?" 데니가 폴렛에게 말했다.

폴렛은 잠옷 차림이었다. 옷이 땀에 흠뻑 젖어 있었다. 그녀는 아주 많이 아팠다.

"자, 이제 옷을 벗어야 돼. 괜찮지?" 데니가 말했다.

폴렛이 중심을 잡기 위해 세면대에 손을 올렸다. 그녀는 양말을 한 번에 한 짝씩 벗었다. 잠옷바지도 벗었다. 팬티도 벗었다. 그런 다음 그대로 그 자리에 서 있었다.

"괜찮아. 윗도리는 내가 도와줄게. 그런 다음엔 욕조에 들어가는 거야. 알았지? 그럼 훨씬 괜찮아질 거야. 응? 괜찮지? 폴렛, 팔 올려봐." 데니가 말했다.

폴렛은 그 자리에 서 있었다.

"자 그럼, 팔 올려봐." 데니가 말했다.

잠옷을 벗으려면 누가 도와줘야 하는 어린아이처럼 폴렛은 두 팔을 들어 올렸다. 데니가 폴렛의 머리 위로 잠옷 윗도리를 벗겨냈다.

"됐다. 배가 제일 심한 것 같네." 데니가 말했다.

"내 피부 좀 봐!" 그렇게 말하며 폴렛이 다시 울음을 터뜨렸다.

"이제 괜찮아질 거야. 응?" 데니가 말했다.

데니는 다시 한 번 물 온도를 점검했다. 미지근했다. 차분하고 안정감을 주는, 딱 그만큼의 물 온도였다. 그는 욕조에 푼 오트밀을 다시 한 번 휘휘 저은 후 폴렛이 욕조 안으로 들어가도록 도와주었다.

"기분이 좀 낫지? 좀 덜한 것 같지?" 데니 브라운(15세)이 말했다.

폴렛은 무릎을 세워 가슴에 붙인 자세로 욕조에 앉아 있었다. 얼굴을 무릎에 묻은 채 그녀는 여전히 울고 있었다.

"자, 그럼." 데니 브라운이 말했다. 그는 물에 젖은 시원한 오트밀을 한줌 퍼서 그녀의 등으로 가져간 후 심하게 부은 자리에 대고 눌렀다. "자, 여기도. 자, 이번엔 여기."

그는 폴렛의 목과 어깨와 팔에 시원한 오트밀을 발라주었다. 가려운 두피가 진정되도록 세면대에서 컵을 가져와 그녀의 머리 위로도 물을 부었다. 온도가 떨어지기 시작하자 욕조 밸브를 조절해 물 온도를 조금 높였다.

데니 브라운은 폴렛 옆에 무릎을 꿇은 채로 욕실 바닥에 앉아 있었다. 아래층 소파에서는 칼레스키 부인이 도대체 이층에서 무슨 일이 벌어지고 있는지 의아해하고 있었다. 위층 복도에서는 전직 괴롭힘꾼 러셀 칼레스키가 단단히 잠긴 욕실 문을 마주 보며 바닥에 앉아 있었다. 그는 욕실 문을 뚫어져라 쳐다보았다. 안에서 무슨 일이 벌어지고 있는지 소리라도 들어보려고 애를 썼지만, 아무 소리도 들리지 않았다.

욕실 안에서는 데니가 폴렛을 돌보고 있었다. "이제 뒤로 기대

봐." 데니가 폴렛에게 말했다.

데니는 폴렛이 앉은 자세에서 편안히 욕조에 기댈 수 있도록 도와주었다. 그녀의 머리맡에는 수건을 접어 베개 삼아 고였다. 청량한 물이 그녀의 온몸을 감싸며 턱 바로 밑까지 차올랐다. 그러자 그녀의 젖가슴이 물 위로 떠올랐다. 물에서는 젖가슴도 가벼웠다.

"정확히 5분 후면 기분이 훨씬 좋아질 거야." 그렇게 말하며 데니 브라운은 폴렛을 향해 미소를 지었다. 그리고 말했다. "물 한 잔 줄까?"

"아니, 괜찮아." 폴렛이 말했다.

얼추 5분이 흘렀다. 아마도 그랬을 것이다. 칼레스키 부인은 여전히 무슨 일인지를 의아해하며 아래층에서 기다렸다. 몇 집 건너에 있던 데니 브라운의 어머니는 화상병동으로 출근할 준비를 끝냈다. 데니 브라운의 아버지는 마을 건너편의 어느 집에서 죽어가는 환자의 점심식사 수발을 들고 있었다. 먼로 고등학교는 텅 비어 있었다. 러셀 칼레스키의 포드 자동차는 늘 그렇듯 꼼짝도 않고 주차진입로에 서 있었다. 때는 8월이었다. 모든 것이 여느 8월과 똑같은 8월의 모습으로 그 자리에 있었다.

폴렛 칼레스키가 데니에게 말했다. "너 참 잘하는구나."

러셀 칼레스키는 미동도 않은 채 욕실 밖에 앉아 있었다. 그는 친구가 안에서 뭘 하는지 몰랐다. 누나가 안에서 뭘 하는지도 몰랐다. 러셀은 자신이 뭘 지키고 있는 건지 몰랐지만 누군가 뭔가를 지켜볼 수 있는 최대한의 집중력을 발휘해서 욕실 문을 응

시하고 있었다. 그는 자신이 어떤 소리에 귀를 기울이고 있는지
도 몰랐다. 어쨌거나 러셀 칼레스키는 귀를 기울였고, 날카롭게
고개를 치켜들었다.

꽃과 여자의 이름

The Names of Flowers and Girls

배벳을 만났을 때 할아버지는 스무 살이 안 된 나이였다. 지금은—아마 당시에도 그랬겠지만—그 나이의 젊은이라고 해서 꼭 순진무구하게 결혼을 할 필요가 없지만, 할아버지의 경우는 그러했다. 할아버지 또래의 청년들 중에는 이미 군에 갔다 온 사람들도 있었으나, 할아버지는 발이 남들보다 조금 크다는 그다지 낭만적이지 않은 이유로 그 대열에 끼지 못했다. 미 육군은 큰 군화를 맞춰주는 불편을 감수하느니 할아버지를 선발하지 않는 쪽을 택했으므로 할아버지는 전시 몇 년간을 예전과 마찬가지로 연로한 종조할머니와 함께 살았다.

그러던 어느 수요일 밤, 할아버지는 종조할머니에게 말하지 않고 외출을 감행했다. 할아버지는 천성적으로 거짓말을 못하는 사람인 만큼 딱히 의뭉스러운 꿍꿍이는 없었다. 그보다는 종조할머니가 노망이 꽤 든 터라 얘길 해도 알아듣질 못하거나 아예 듣지도 못하리라는 판단에서였다. 할아버지는 무릎이 좋지 않은 이웃집 과부에게 그날 저녁 집에 와서 종조할머니를 봐달라고 부탁했고, 과부는 그러겠다고 했다. 할아버지는 이미 지난달에도 권투 시합장에 갔었고 어느 토요일 밤에는 소란스럽고 위험한 동네 술집 입구에 잠깐 서 있기도 했으므로, 이전까지는 결코 몰랐던 저급함을 접하기 위한 시도가 그날이 처음은 아니었다. 그는 두 번에 걸친 이전의 경험에서 머리칼이며 옷가지에 밴 담배 냄새가 좀체 가시질 않더라는 사실 외에는 별반 터득한 바가 없었다. 할아버지가 이날 저녁에 거는 기대는 컸다.

그가 찾아낸 나이트클럽의 실내는 바깥 거리보다 훨씬 어두웠다. 이른 시간대에 열리는 주중 공연이었음에도 불구하고 클럽은 이미 담배를 피우며 이리저리 오가는 관객들로 가득 차 있었다. 실내에 들어서자 밴드 주위로 조명 몇 개가 희미하게 빛을 발했다. 통로를 지나는 동안에는 사람들의 발과 무릎을 피해가며 순전히 감으로 자리를 찾아가야 했다. 사람들과 부딪치지 않으려고 애를 썼지만 매번 몸을 움직일 때마다 옷을 스치고 살을 부대끼고서야 할아버지는 빈자리를 찾아 앉았다.

"몇 시요?" 옆자리에서 명령하듯 누군가의 목소리가 들렸다. 할아버지는 긴장했지만 대답하지 않았다.

"몇 시요?" 그 목소리가 다시 한 번 물었다. 할아버지는 작은 소리로 되물었다. "저한테 하신 말씀입니까?"

순간 갑자기 무대 조명이 밝아지면서 사내의 질문은 묻혀버렸다. 배벳이 노래를 부르기 시작했다. 물론 당시 할아버지는 그녀의 이름을 몰랐다. 할아버지의 눈이 눈부시게 빛나는 새하얀 조명에 적응했을 즈음, 배벳이 입고 있던 드레스의 색깔만이 눈에 들어왔다. 우리가 지금 라임색이라고 부르는 밝은 초록색이었다. 라임색은 분명 천연색은 아니며, 오늘날에는 페인트나 옷, 음식의 염료로 인공적으로 제조된다. 우리에게는 더 이상 충격적인 색깔이 아니고 너무 익숙한 색이기까지 하다. 그러나 1919년에는 그런 색조의 자동차나 교외의 집은 눈에 띄질 않았고 하물며 옷감은 더 그러했다.

그런데 그 색깔의 옷을 배벳이 입고 있었다. 민소매의 짧은 옷이었다. 그 강렬한 라임그린 드레스 탓에 할아버지는 처음에는 그녀가 노래를 부르고 있다는 사실조차 깨닫지 못했다. 그녀는 재능 있는 가수는 아니었지만 그걸 따지고 들기도 옹색한 것이, 그녀의 일에는 음악적 재능이 필요하지 않았다. 그녀가 하는 일이자 또 그녀가 잘하는 그 일은 미끈한 두 다리로 리듬에 맞춰 춤을 추며 몸을 흔드는 것이었다. 그날 밤으로부터 십 년 전으로만 거슬러 올라가더라도 소설가들은 아름다운 여인을 묘사할 때 '둥글고 수려한 곡선의 팔'을 지녔다고 했었다. 그러나 제1차 세계대전 막바지에 이르러 패션이 급속도로 변화하면서 여자들이 팔이 아닌 다른 부위를 드러내 보이기 시작하자 팔은 한때 그러했던 것보다는 주목도가 크게 떨어졌다. 그녀의 몸 중에서 어쩌면 가장 아름다운 부분이 팔이었으므로 배벳으로서는 애석한 일이었다. 어쨌거나 젊긴 해도 모던한 사람은 아니었던 할아버지는 한껏 감탄에 차서 배벳의 팔을 바라보았다.

무대 뒤 조명이 밝아오자 몇 쌍의 남녀가 배벳 뒤에서 춤을 추었다. 그런대로 괜찮은, 재주 있는 춤꾼들이었다. 남자들은 몸매가 호리호리하고 피부색이 거무스름했으며, 여자들은 짧게 나부끼는 원피스 차림이었다. 조명 탓에 댄서들의 옷은 갈색이나 잿빛으로 뭉뚱그려졌으므로 할아버지는 그들이 거기에 있다는 사실 정도만 알았을 뿐, 이내 다시 뚫어져라 배벳을 바라보았다.

그는 지금 보고 있는 공연이 그날 밤 내리 계속될 음란한 쇼의 한낱 개막 공연일 뿐이라는 사실을 알 만큼 쇼비즈니스에 훤한 사람이 아니었다. 그 순서는 커튼이 걷혔을 때 그래도 무대가 빈 것보다는 나으니 소규모 밴드가 워밍업을 할 겸, 또 관객들에게 저녁 공연이 시작된다는 것을 알리기도 할 겸 해서 앞세우는 변명 정도에 지나지 않았다. 치맛단 길이만 빼면 배벳은 외설적이랄 게 전혀 없었으므로 그녀를 보며 어떤 흥분을 느낀 사람은 할아버지뿐이었을 공산이 크다. 축축한 손으로 바지자락을 꽉 부여잡았다든가, 그녀의 드레스와 팔과 그 놀라운 빨간 머리카락과 빨간 립스틱을 형언할 말을 찾느라 멍하니 입술을 달싹였을 사람은 할아버지 주위에는 분명 아무도 없었을 것이다. 손님들 대부분은 배벳보다 더 재주 있고 예쁜 여자가 녹음한 음반으로 이미 그 곡을 들어본 터였지만, 할아버지는 대중음악이나 예쁜 여자들에 대해서는 아는 게 없다시피 했다.

무대에 올랐던 사람들이 인사를 하고 조명이 어두워지자 할아버지는 자리를 박차고 일어나 그 줄에 앉은 사람들 사이를 황급히 빠져나왔다. 그 바람에 사람들의 발을 밟고 또 헛디디고 낮은 목소리로 중얼대며 사과해야 했다. 중앙 복도로 빠져나간 할아버지는 묵직한 문 앞에 이르렀는데, 그 문을 밀어젖히자 삼각형 모양의 조명이 그의 뒤로 휙 내리비쳤다. 그는 로비로 달려 나가 안내하는 사내의 팔을 붙잡았다.

"그 가수에게 할 말이 있어요." 할아버지가 말했다.

나이는 할아버지 또래였으나 전역 군인인 사내가 물었다. "누구 말입니까?"

"그 가수요. 왜 빨간, 그 빨간……." 답답한 듯 할아버지가 머리칼을 잡아당겼다.

"빨간 머리요." 사내가 할아버지의 말을 받아 이었다.

"네."

"그 여자는 그쪽 단원들이랑 같이 있을 텐데요."

"네, 그래요, 그래요." 할아버지가 바보처럼 고개를 끄덕이며 말했다. "좋아요!"

"그 여자는 왜요?"

"할 말이 있어서요." 할아버지는 같은 말을 되풀이했다.

그 사내는 할아버지가 보아하니 술도 안 마셨고, 젊은 사람이니 뭘 전하러 왔겠거니 여겼거나 아님 그냥 귀찮아서였을 수도 있지만, 어쨌거나 할아버지를 배벳의 방으로 안내했다. 그녀의 방은 무대 아래, 방문 여러 개가 늘어선 어두운 복도에 자리해 있었다.

"여기 누가 찾아왔는데요." 그는 문을 똑똑 두 번 두드리고는 대답이 채 돌아오기도 전에 자리를 떠났다.

배벳이 문을 열고 복도를 바라보았다. 멀어져가는 안내원 사내에게로 향했던 그녀의 시선이 할아버지에게로 옮겨왔다. 그녀는 슬립 차림에 커다란 분홍색 타월을 숄처럼 몸에 두르고 있었다.

"네?" 그녀가 아치 모양의 눈썹을 한껏 더 치켜올리며 물었다.

"할 말이 있어서요." 할아버지가 말했다.

그녀가 할아버지를 훑어 내렸다. 비싸지 않은 깔끔한 옷에 개어서 접은 외투를 축구공처럼 옆구리에 낀, 키가 크고 창백한 사내였다. 할아버지는 구부정하게 서 있는 나쁜 습관이 있었지만, 그때만큼은 긴장한 탓에 허리를 꼿꼿이 폈다. 덕분에 턱도 앞으로 나오고 평소와 달리 어깨도 넓어 보였으므로 좋은 인상을 주는 데는 도움이 됐다. 배벳이 보기에도 면전에서 문을 닫아버릴 정도의 행색은 전혀 아니었다. 그녀는 슬립과 타월만 걸친 채 그대로 할아버지 앞에 서 있었다.

"네?" 그녀가 다시 한 번 물었다.

"당신을 그리고 싶습니다." 할아버지의 말에 그녀는 얼굴을 찌푸리며 한 발자국 뒤로 물러섰다. 마치 벽에 페인트를 칠하듯 그녀의 몸에 물감을 칠하고 싶다는 뜻으로 오해한 게 아닐까 하고 깜짝 놀란 할아버지는 두려움에 떨며 해명을 늘어놓았다. "제 말은, 당신의 모습을 그리고 싶습니다. 당신의 초상화를요!"

"화가예요?" 그녀가 물었다.

"아, 솜씨는 형편없습니다. 저는 엉터리 화가예요. 아주 형편없습니다." 할아버지가 말했다.

그녀가 깔깔대며 웃었다. "화가들 몇 명이 이미 그려준 게 있어요." 그녀가 거짓말을 했다.

"당연히 그러시겠죠." 할아버지가 말했다.

"나 노래하는 거 봤어요?" 그녀가 묻자 할아버지는 물론 보았다고 했다.

"다른 쇼는 안 봐요?" 할아버지는 자신이 본 것 외에 또 다른 공연이 있다는 사실을 그제야 깨달아서 그녀의 물음에 대답하기까지 잠깐 시간이 걸렸다.

"네. 당신을 놓치고 싶지 않았습니다. 바로 떠나시면 어쩌나 했거든요." 할아버지가 말했다.

그녀가 어깨를 으쓱했다. "난 분장실에 남자를 들이지 않아요."

"당연히 그러시겠죠!" 들어오라는 말을 기대한 것으로 비치지 않길 바라며 할아버지가 말했다. "그럴 의도는 아니었습니다."

"하지만 그쪽과 이 복도에 서서 얘기 나눌 생각은 없어요." 그녀가 말했다.

"방해가 됐다면 죄송합니다." 그렇게 말하며 그는 외투를 펼쳐 입었다.

"내 말은, 나랑 이야기하고 싶다면 안으로 들어오란 뜻이에요." 배벳이 말했다.

"그럴 수 없습니다. 저는 그럴 생각이 아니……."

하지만 그녀는 이미 할아버지가 들어오도록 문을 열어둔 채 희미하게 밝혀진 작은 방으로 들어선 뒤였다. 할아버지가 따라 들어가자 그녀가 문을 닫았다. 할아버지는 가능한 한 그녀의 공간을 덜 침범해야 한다는 생각에 몸을 문에 기댔다. 배벳이 오래된 피아노 의자를 세면대 앞으로 당겨와 은색 손거울에 얼굴을 비췄다. 뜨거워질 때까지 물을 흘려보낸 후 그녀는 손가락 두 개를 물에 적셔 귀밑머리를 동그랗게 뒤로 말았다. 그러고는 고개를 돌려 그를 바라보았다.

"뭘 원하는지 그냥 말하는 게 어때요."

"당신을 그리고 싶습니다. 화폭에 담고 싶어요."

"하지만 솜씨가 없다면서요."

"네."

"그렇게 말하면 안 되죠. 뭔가를 하거나 뭔가가 될 생각이라면 사람들에게 당신이 잘한다고 말해야죠." 그녀가 말했다.

"그럴 수는 없습니다. 전 그렇지 못하니까요." 그가 말했다.

"흠, 잘한다고 말하긴 아주 쉬워요. 자, 말해봐요. '전 훌륭한 화가예요.' 해봐요."

"그럴 수 없습니다. 저는 그렇지 못해요." 할아버지가 다시 한 번 말했다.

그녀가 세면대 귀퉁이에 놓여 있던 눈썹연필을 집어 들어 할아버지에게 던졌다.

"뭐든 그려봐요." 그녀가 말했다.

"어디에요?"

"아무데나. 이 벽이든 저 벽이든 아무데나. 난 상관없으니까."

할아버지는 멈칫했다.

"어서요. 이 방을 더 흉한 꼴로 만들까 봐 걱정이라면, 그건 염려 안 해도 돼요."

할아버지는 세면대 옆에서 페인트가 너무 심하게 벗겨지지도 않고 낙서도 없는 곳을 찾아냈다. 그는 아주 더디게 포크를 쥔 손을 그려나갔다. 배벳은 할아버지의 뒤에 서서 몸을 앞으로 숙인 채 어깨 너머로 그림을 바라보았다.

"전 이 앵글이 맞지 않나 봅니다." 그 말에 그녀가 아무런 대꾸도 않자 할아버지는 다시 그림을 그려나갔다.

"연필이 너무 물러서 이렇게 번지는 거예요." 할아버지가 사과하듯 말하자 그녀가 말했다. "말은 그만해요. 끝내기나 해요."

"끝났습니다. 이게 다 그린 겁니다." 할아버지가 뒤로 물러섰다.

그녀는 할아버지를 쳐다보았다가 곧 할아버지가 그린 스케치로 시선을 옮겼다. "그렇지만 이건 그냥 손이잖아요. 사람이 아니라. 얼굴이 없잖아요."

"보시다시피, 전 솜씨가 별로예요. 그래서 잘 그리지 못한다고 말씀드린 겁니다."

"아니요. 내가 보기엔 아주 훌륭해요. 이건 아주 탁월한 손과 포크예요. 이것만 봐도 내 초상화를 맡겨도 되겠다 싶군요. 다만, 벽에 그리는 건 좀 이상한 일이긴 해요. 그렇죠?" 배벳이 말했다.

"모르겠습니다. 벽에 그려본 적이 한 번도 없어서요." 할아버지가 말했다.

"흠, 그림이 훌륭해요. 그쪽은 훌륭한 화가인 것 같군요." 배벳이 확신에 차서 말했다.

"고맙습니다."

"이제 그쪽도 당신은 훌륭한 가수입니다, 하고 나에게 말해야죠."

"그렇지만 그건 사실인걸요! 당신은 대단해요." 할아버지가 말했다.

"그렇게 말하니 듣긴 좋네요." 배벳이 우아하게 미소 지었다.

"하지만 사실은 아니에요. 이런 곳엔 훌륭한 가수가 없어요. 괜찮은 댄서들은 있죠. 나도 춤 실력은 나쁘지 않지만, 노래는 엉망이에요."

배벳의 말에 할아버지는 어떻게 대꾸해야 할지 몰랐다. 하지만 그녀가 이번엔 당신이 말할 차례라는 듯 할아버지를 빤히 쳐다보고 있었으므로 할아버지는 이렇게 물었다. "이름이 뭔가요?"

"배벳." 그녀가 말했다. "그리고 여자가 이렇게 자길 깎아내릴 땐 땅끝까지 기어가서라도 그렇지 않다고 말해야 하는 거예요."

"죄송합니다. 몰랐어요." 할아버지가 말했다.

그녀가 다시 거울에 얼굴을 비춰보았다. "그래서, 내 손만 그리고 싶단 건가요? 난 포크가 없는데." 그녀가 물었다.

"아니요, 당신을 그리고 싶어요. 당신의 모든 것을요. 검은 배경에 둘러싸인, 관객들로 온통 검게 둘러싸인 당신을요. 단 하얀 조명이 내리비추죠. 그 가운데 당신이 있고요." 할아버지가 상상 속 프레임 안의 위치를 보여주기 위해 손을 치켜들었다. "한가운데에 녹색과 붉은색으로요." 그렇게 말하며 할아버지가 손을 내렸다. "당신도 그 붉은색과 녹색을 봤어야 하는데."

"아, 그러니까 당신이 맘에 들었던 건 그 드레스뿐이었군요. 단지 그 드레스와 머리카락."

'그리고 당신의 팔이요' 하고 생각했지만 할아버지는 그저 고개만 끄덕였다.

"그 어떤 것도 진짜 나는 아니지만요. 내 머리칼도 가짜예요." 배벳이 말했다.

"가짜요?"

"그래요, 가짜요. 염색했으니까. 그렇게 놀란 얼굴 하지 말아요. 정말로 이런 머리색을 처음 보는군요."

"네!" 할아버지는 고함을 지르다시피 했다. "한 번도 보지 못했어요. 원하는 대로 그렇게 만들 수 있다니 참 신나는 일이겠어요. 어떻게 저런 색깔이 날까 궁금하긴 했지만 염색을 했으리라고는 당연히 생각을 못했습니다. 제가 한 번도 본 적 없는 색깔이 정말 많은 것 같아요. 만져봐도 될까요?"

"아니요." 배벳이 말했다. 그녀가 세면대에 놓여 있던 빗을 집어 들어 빗살에 껴 있던 빨간 머리카락 한 가닥을 빼냈다. 그러고는 할아버지에게 머리카락을 건넸다. "이 한 가닥은 가져도 돼요. 당신이 내 머리를 쓸어내려도 될 만큼 내가 그쪽을 잘 알진 못하잖아요."

머리카락을 불빛 아래로 가져간 할아버지는 집중한 듯 찌푸린 얼굴로 머리카락을 전구 아래에서 팽팽히 잡아당겼다.

"한쪽 끝은 갈색이군요." 할아버지가 말했다.

"새로 자란 부분이죠." 그녀가 설명했다.

"그럼 진짜 머리카락인가요?"

"그 머리칼은 다 진짜예요. 갈색은 진짜 색깔인 거고."

"제 머리카락 색과 같네요. 그렇지만 무대 위에서 당신을 본 사람들은 짐작도 못했을 겁니다. 우리 두 사람 머리카락 색깔이 같으리라고는 상상조차 못했겠죠. 정말 놀랍지 않나요?" 할아버지가 놀란 얼굴로 말했다.

배벳이 어깨를 으쓱했다. "놀랍다고까지는 못하겠네요. 내 머리에 익숙해져서 말이죠."

"네, 그러시겠지요."

"뉴욕 출신 아니죠?" 그녀가 물었다.

"아니, 맞습니다. 줄곧 이곳에 살았습니다."

"글쎄, 행동거지는 그렇질 않은데. 꼭 시골뜨기 소년처럼 굴잖아요. 흉보는 거 아니에요. 나쁜 건 아니니까."

"아니요, 그런 것 같아요. 그것도 아주 지독하게. 여러 사람과 말을 못 나눠봐서 그런가 봐요."

"그럼 하루 종일 뭐해요?"

"가끔 인쇄공장에서 일을 합니다. 종조할머니랑 같이 살고요."

"그리고 그 할머니는 나이가 아주 많겠죠." 배벳이 말했다.

"네. 그리고 정신이 오락가락하세요. 지금은 꽃 이름과 여자 이름밖에 기억을 못하세요."

"네?"

"꽃 이름과 여자 이름이요. 이유는 모르겠지만 어쩌다 보니 그렇게 되셨습니다. 할머니에게 뭘 물어보면, 생각을 하고 또 하다 결국에는 이런 말을 하시죠. '퀸 앤스 레이스, 데이지, 아이리스, 바이올렛⋯⋯'."

"아니에요! **그거야말로** 대단해요. 듣기에 정말 아름다운 말이겠어요." 배벳이 말했다.

"가끔은요. 때로는 그저 안타깝기도 합니다. 할머니가 얼마나 답답해하는지 눈에 보이니까요. 어떨 땐 그냥 나오는 대로 내뱉어서 그 단어들을 하나로 잇기도 하시죠. '아이비-버터컵-캐서린-펄-파피-릴리-로즈', 이렇게요. 그럴 땐 듣기 좋습니다."

"정말 그럴 것 같네요. 당신은 얼마나 많은 꽃 이름이 여자 이름이기도 한지를 잊고 있었나 보군요." 배벳이 말했다.

"네. 저도 그렇게 생각했습니다." 할아버지가 고개를 끄덕였다.

"예전엔 할머니가 그쪽을 돌봐주셨고요. 그렇죠?"

"네. 제가 어렸을 때요." 할아버지가 대답했다.

"지금도 어리잖아요." 배벳이 소리 내어 웃었다. "나도 어리지만 나보다도 한참은 어린 것 같은데."

"당신이 몇 살인지 짐작도 못하겠어요. 생각조차 해보질 않은 걸요."

"그 이유를 알 것 같네요." 배벳이 또다시 거울을 들고 얼굴을 들여다보았다. "이 화장은 모든 걸 가리죠. 내가 어떻게 생겼는지조차 알아보기 힘드니까. 어쨌거나 난 내가 예쁘다고 생각하지만, 곱게 늙진 못하리란 걸 이번 주에야 깨달았어요. 내가 아는 어떤 여자들은 평생을 소녀 같은 모습으로 사는데, 그건 피부 때문일 거예요. 나도 아직은 멀리서 보면 그런대로 괜찮고, 무대 위에서는 앞으로도 몇 년은 더 근사해 보이겠죠. 하지만 그쪽도 날 가까이에서 보면 어린 여자랑은 벌써 다르다는 게 보일 거예요."

그녀가 벌떡 일어나더니 할아버지가 있던 곳의 반대편 구석으로 두 걸음 뛰어갔다.

"봐요, 여기서는 환상적이죠." 그렇게 말하더니 이번에는 코가 닿을 정도로 바짝 할아버지에게 다가섰다. "그렇지만 지금 날 봐요. 여기, 여기, 잔주름 보이죠?" 그녀가 눈가를 가리키며 말했다. 할아버지의 눈에는 주름은커녕 빠르게 깜박이는 속눈썹과 화장만 보일 뿐이었다. 그녀의 숨결에서 담배 냄새와 오렌지향이 느껴졌다. 자신도 모르는 새에 그녀를 만지면 어쩌나, 혹 뭔가 잘못된 행동을 저지르면 어쩌나 하는 두려움에 할아버지는 숨을 멈추었다. 그녀가 뒤로 물러서자 할아버지는 그제야 숨을 내쉬었다.

"그렇지만 너무 가까이에서 보면 뭐든 마찬가지죠." 배벳이 말을 이었다. 천장에 낮게 박힌 배관에는 그녀가 조금 전 입었던 녹색 드레스가 걸려 있었다. 그녀가 드레스를 내리더니 다시 방 한쪽 구석으로 가서 옷을 몸에 대고 말했다. "이 사랑스러운 녹색 드레스를 봐요. 무대에서는 이 옷이 남자들을 미치게 하겠죠? 나도 꽤나 맵시 있게 보였을 테고요. 그렇죠?" 그녀가 말했다.

할아버지도 똑같은 생각을 했었다고 말했다. 그녀가 또 한 번 할아버지를 향해 다가왔다. 다행히 이번에는 바짝 다가서진 않았다.

"하지만 이게 얼마나 싸구려인지 보일 거예요." 그렇게 말하며 그녀가 원피스 속감을 밖으로 뒤집었다. "이 솔기는 꼭 어린애들 솜씨 같죠. 죄다 핀으로 꿰매놨고요. 만져봐요. 어서요."

할아버지는 한손으로 치마를 살짝 들어 올려보았지만 그녀가 말한 느낌이 뭔지는 알 수 없었다.

"이건 진짜 비단도 아니고, 사실 근사한 구석이라곤 전혀 없는 옷이라는 걸 금세 눈치챌 거예요. 만약 내가 이 옷을 입고 누군가의 집에 간다면 그저 거리의 여자처럼 보일 거예요. 한심한 일이죠." 뒤로 돌아서던 그녀가 고개를 돌리며 말했다. "옷 냄새는 맡지 않게 해줄게요. 상상이 되고도 남을 거예요."

사실 할아버지는 옷에서 어떤 냄새가 날지 전혀 상상이 되지 않았다. 담배 냄새나 오렌지향이 아닐까 짐작만 할 뿐 전혀 알 길이 없었다. 그녀가 걸치고 있던 분홍색 타월을 바닥으로 떨어뜨리며 뒤돌아섰다. 슬립과 스타킹만 걸친 채 배벳이 할아버지를 마주 보았다.

"이 모습이 훨씬 예뻐 보일 것 같은데. 큰 거울이 없어서 확실히는 모르겠지만요. 하지만 만약 내가 이것을 벗고 그쪽이 내게 가까이 온다면, 온갖 털이며 울퉁불퉁한 자국이며 주근깨가 눈에 띄겠죠. 그럼 당신은 실망이 이만저만이 아닐 테고요. 발가벗은 여자는 한 번도 못 봤을 것 같은데. 맞죠?" 그녀가 말했다.

"아니요, 봤습니다." 할아버지의 말에 배벳은 뜻밖이라는 듯 할아버지를 쳐다보았다.

"설마, 아니겠죠. 평생 한 번도 못 봤으면서." 그녀가 날카로운 목소리로 말했다.

"봤습니다. 할머니가 몸을 못 가눈 지가 삼 년째거든요. 제가 늘 씻겨드리고 옷도 갈아입히고 목욕도 시켜드립니다."

그 말에 배벳이 움찔했다. "정말 구역질나는 일 아닌가요." 그녀가 바닥에 떨어져 있던 타월을 집어 들어 다시 어깨에 둘렀다. "아마 할머니는 더 이상 몸을 추스르지 못해서 온몸이 형편없이 더러울 텐데 말이에요."

"제가 항상 아주 깨끗하게 돌봐드립니다. 저는 늘 할머니가……."

"그만." 배벳이 손을 치켜들었다. "더는, 한 마디도 못 듣겠어요. 속이 느글거리는 것 같아요. 정말로 그럴 것 같다고요."

"죄송합니다. 저는 그럴 생각이 아니……."

"거북하지 않아요? 그런 일을 하는 게?" 그녀가 할아버지의 말을 자르며 물었다.

"아니요. 아기를 돌보는 일쯤이 아닐까 싶은데. 그렇지 않나요?" 할아버지가 솔직하게 말했다.

"아니. 절대 아니에요. 어쨌거나 방금 당신이 한 말 때문에 내가 이렇게 구역질이 날 것 같은 기분이 들었다는 게 웃기지 않아요? 내가 그동안 살면서 겪은 일 중엔 당신이 놀랄 만한 일이 분명히 있겠지만, 그쪽이 날 놀라게 하리라곤 미처 생각을 못했네요."

"놀라게 할 생각은 아니었습니다. 물어보셔서 대답을 한 것뿐이었어요." 할아버지가 사과했다.

"그럼 이번엔 내가 놀랄 만한 얘길 해주죠. 어렸을 땐데, 엘마이라에 살 때였어요. 우리 옆집에 남북전쟁에 참전했던 나이가 아주 많은 할아버지가 살았어요. 그 할아버지가 전투 때 다쳐서 팔을 잘라냈는데 수술한 의사더러 그 팔을 버리지 말라고 하고 자기가 챙겼대요. 살점이 다 썩어 없어지자 그걸 햇볕에 말려서 집으로 가져왔죠. 기념품으로요. 그 할아버지는 죽을 때까지 그걸 가지고 있었어요. 그걸 들고 마당에서 손주들을 쫓아다니다가 뼈만 남은 팔로 손주들을 때리곤 했죠. 한번은 나를 앉혀놓고 그 뼈에 살짝 금이 간 부분을 보여줬는데, 글쎄 자기가 어릴 때 깨진 곳이라고 하더군요. 정말 역겹지 않아요?" 그녀가 말했다.

"아니요. 흥미로운데요. 남북전쟁에 참전했던 사람은 만나본 적이 없거든요." 할아버지가 말했다.

"참 재밌네요. 이 얘기를 들은 사람들은 다들 깜짝 놀랐는데,

당신은 전혀 놀라지 않네요. 그런데 난 왜 당신이 할머니를 씻겨주는 얘기를 못 견디는 걸까요?" 배벳이 말했다.

"잘 모르겠습니다. 그저 당신 얘기가 훨씬 흥미롭다는 것밖에는." 할아버지가 말했다.

"내게 아직도 구역질나는 일이 남아 있을 줄은 몰랐네요." 그녀가 말했다. "또 하나 얘기해줄까요. 우리 고향 마을 교회에는 아이들을 위한 아이스크림 행사가 있었어요. 우린 너무 많이 먹어서 배탈이 나곤 했죠. 그래도 너무 맛있어서 자꾸자꾸 먹고 싶었어요. 그래서 우린 교회 밖으로 나가서 먹은 걸 게워내고 다시 안으로 뛰어 들어가서 또 먹었어요. 그러자 순식간에 마을에 있던 개들이 죄다 교회로 모여들었죠. 그 녀석들은 우리가 토해낸 즉시 질질 녹아 흐르는 아이스크림을 먹어치웠어요. 구역질나죠?"

"아니요. 웃긴데요." 할아버지가 말했다.

"나도 그래요. 그때도 그랬고, 지금도 그래요." 그녀는 잠시 아무 말도 하지 않았다. "그렇더라도 내가 지난 몇 년간 본 일 중에는 그쪽이 들으면 속이 편치만은 않을 것들이 있어요. 당신을 깜짝 놀라게 할 수도 있죠. 또 아주 막돼먹은 짓도 해봤지만, 그쪽이 아무리 애걸복걸을 한대도 그건 절대 말해주지 않을 거예요."

"그러지 않을 겁니다. 저는 알고 싶지 않습니다." 그날 저녁 집을 나설 때만 해도 다름 아닌 바로 그런 정보를 갈구하고 있었음에도, 할아버지는 어쨌거나 그렇게 대답했다.

"아무튼 중요한 건 아니에요. 우린 그런 얘기는 단 한 마디도 나누지 않을 거예요. 어쨌든 당신은 재밌는 사람이네요. 그렇죠?

이러니까 꼭 내가 늙은 창녀가 된 기분이네요. 이쪽 계통엔 늙은 창녀들이 아주 많은데, 젊은 남자들을 보면 다들 이렇게 말하죠. '당신 참 재밌는 사람이야. 그치?' 하지만 당신은 정말 재밌어요. 남자들은 대부분 어떻게든 여자들 과거를 캐내려 들면서, 그 여자가 무슨 짓을 했는지 시시콜콜 다 알려 들거든요. 그런데 말이에요, 당신이 날 줄곧 쳐다보는 것 같은데 나로선 익숙하질 않네요."

할아버지의 얼굴이 빨개졌다. "제가 빤히 쳐다봤다면 죄송합니다." 할아버지가 말했다.

"그렇지만 나만 보는 게 아닌걸요! 방 전체를 뚫어져라 보고 있잖아요. 당신은 틀림없이 이 벽에 간 금이며 침대 프레임 가로대 하나하나까지, 또 내 여행가방에 뭐가 들었는지도 머릿속에 기억해뒀을 거예요."

"아닙니다."

"아니요, 맞아요. 그리고 나도 기억해뒀겠죠. 틀림없어요."

물론 그녀의 말이 전적으로 옳았으므로 할아버지는 대꾸하지 않았다. 대신 할아버지는 초조하게 체중을 앞으로 실었다 뒤로 실었다 하며 건들거렸다. 그러자 발 크기가 남다르다는 사실이 불현듯 아주 선명하게 다가왔다. 평생 처음도 아니었는데 새삼 그 기형 탓에 땅 위에서 균형을 잡지 못하는 느낌이 들면서 순간 머리가 핑 돌다시피 했다.

"내가 당신을 당혹스럽게는 했네요. 이건 너무 쉬운 일인 것 같으니까 뿌듯해하진 않을래요." 배벳이 말했다. 잠시 침묵이 흐른 후 그녀가 다시 말을 꺼냈다. "그렇게 뚫어져라 쳐다보는 걸 보니 당신 정말 화가가 맞나 봐요. 남의 말을 듣는 쪽보다는 관찰하는 쪽이고요. 내 말이 맞나요?"

"무슨 뜻인지 잘 모르겠습니다." 할아버지가 말했다.

"오늘밤에 내가 부른 노래 중에 한 소절 흥얼거려봐요. 아님 후렴구의 한 소절이라도 말해봐요. 어서."

할아버지는 재빨리 기억을 더듬었지만, 옆에 있던 얼굴 없는 사내가 시간을 물어보던 소리 외에는 당장 아무것도 떠오르지 않았다. 잠시 후 할아버지가 말했다. "우울하다는 노래였는데, 그 이유가 누가, 아마 어떤 남자가, 떠나서⋯⋯" 말꼬리를 흐리면서 할아버지가 맥없이 덧붙였다. "아름다운 노래였습니다. 당신은 노래를 정말 잘했고요."

그녀가 소리 내어 웃었다. "그쪽이 노래를 안 들은 게 되레 다행이네요. 바보 같은 노래였어요. 그럼 말해봐요. 내 뒤에 몇 쌍이 춤을 추고 있었죠?"

"네 쌍이요." 할아버지가 주저하는 기색 없이 답했다.

"무대에 선 사람 중에 누가 제일 작았죠?"

"당신이요."

"그럼 밴드 수는 몇 명이었나요?"

"그건 보이질 않았어요. 지휘자만 빼고요. 베이스 연주자도요. 당연히, 그 사람은 서 있었으니까."

"네, 당연히." 세면대로 걸어간 배벳이 그곳에 놓인 화장품으로 잠시 뭔가를 하는 듯했다. 그리고 뒤돌아서서 할아버지에게로 다가와 한쪽 팔을 내밀었다. 그녀의 손목 안쪽에 다섯 줄의 립스틱 자국이 그어져 있었다. 각기 색조가 조금씩 달랐다. 배벳이 다른 한 손으로 입을 가린 채 물었다. "내가 입술에 발랐던 립스틱 색깔이 어떤 거죠?"

그녀의 하얀 살결에 그어진 예상치 못한 빨간 선에 놀라 할아버지는 그녀의 팔을 내려다보았다. 대답하기까지는 잠깐 시간이 걸렸는데, 립스틱이 아닌 다른 뭔가가 그의 눈을 사로잡은 탓이었다. 바로 그녀의 팔 안쪽을 사선으로 가로지르며 뻗은 창백한 푸른빛의 핏줄이었다. 잠시 후, 할아버지가 손목에 있던 립스틱 중 두 번째 줄을 가리키며 너무나 당연하다는 듯 멍한 목소리로 말했다. "이거요."

할아버지는 그녀가 팔을 내려뜨리고서야, 그래서 시선을 사로잡던 푸른빛 혈관이 눈앞에서 사라지고서야, 고개를 들어 그녀를 바라보았다. 그녀는 한 손—마치 그 손이 다른 낯선 이의 손이거나 자신을 해치려는 누군가의 손인 것처럼—으로 여전히 입을 가린 채, 소스라치게 놀라 동그래진 눈으로 할아버지를 빤히 쳐다보았다. 할아버지는 천천히 그녀의 손을 내리고, 말없이 그녀를 바라보았다. 할아버지는 그녀의 입술을 보았고, 그 답이 옳았음을 확인했다. 뭘 하려는지 미처 의식할 새도 없이 할아버지는 그녀의 턱을 치켜들어 얼굴에 그림자가 드리우지 않게 한 후 그녀의 이마와 코와 하관의 생김새를 하나하나 관찰했다. 배벳은 그런 할아버지를 지켜보았다.

"이봐요." 그녀가 말했다. "키스할 생각이라면, 그냥……."

그때 할아버지가 그녀의 턱에서 손을 뗐으므로 그녀도 하려던 말을 멈추었다. 할아버지가 그녀의 손목을 잡고 안쪽으로 젖히자 립스틱으로 그은 선이 드러났다. 할아버지가 한참을 뚫어져라 그곳을 바라보았다. 결국 배벳은 조금 전 자신의 행동이 못내 창피하게 느껴졌는지, 번져버린 빨간 립스틱 자국을 타월 끝으로 문지르기 시작했다. 하지만 할아버지가 보고 있던 건 그 빨간 선이 아니었다. 할아버지는 그녀의 팔이 부드럽게 접히는 부분의 살짝 들어간 지점, 그곳을 가로지르며 짧게 뻗어 내려간 혈관을 주의 깊게 살피며 이번에도 그 희미한 푸른빛을 들여다보는 중이었다. 잠시 후 할아버지는 그녀의 다른 쪽 팔을 들어 올려 쌍둥이처럼 뻗은 양팔의 혈관을 동시에 들여다보았다. 부드럽게 그녀의 손목을 잡고 있긴 했지만 오롯이 그 자신에게만 열중한 탓에 부드러운 손길조차도 아무런 의미가 없었다. 그녀가 팔을 잡아당기자 할아버지는 잡고 있던 손을 말없이 놓았다.

할아버지는 방을 가로질러 다시 한 번 드레스를 바라보았다. 그는 인상을 쓴 채 그 놀라운 초록 빛깔을 주의 깊게 들여다보았다. 그리고 다시 배벳에게로 시선을 옮겨 그녀의 머리색을 한 번 더 바라보았다. 할아버지가 손을 뻗어 그녀의 머리칼을 만지려 하자 그녀가 할아버지의 팔을 잡았다.

"제발. 이제 그만해요."

마치 방금 낮잠에서 깨어났거나 뜻밖의 나쁜 소식이라도 전해들은 사람처럼 할아버지가 눈을 깜박였다. 할아버지는 누군가 다른 사람, 좀 더 익숙한 누군가를 찾기라도 하는 것처럼 휘이 방을 둘러보다가 결국에는 얼굴을 찌푸리며 다시 배벳에게로 시선을 옮겼다.

"당신은 행동에는 처신하는 방법이 있다는 걸 알아야겠네요. 여자가 이용당했다는 기분이 들지 않게 상대방에게 해야 할 말이란 게 있죠." 그녀가 차분하게 말했다. 할아버지의 얼굴에는 아무런 표정이 없었다. 손거울을 집어 든 배벳은 마치 테니스 라켓이나 무기를 잡듯 힘껏 거울을 거머쥐었다.

할아버지의 얼굴이 붉어졌다. "죄송합니다." 할아버지가 더듬거리며 말했다. "그럴 생각이 아니라…… 가끔 이래요. 이렇게 쳐다보고, 빤히 보……."

신경이 곤두선 날카로운 눈빛으로 배벳이 할아버지의 말을 잘랐다. 그 눈빛은 그림자처럼 어둡고 빠르게 그녀의 얼굴 위로 떠올랐다.

"사람들을 그렇게 대하면 안 돼요." 그녀가 말했다. 할아버지는 또 미안하다는 말을 꺼냈지만 그녀는 고개를 가로저었다. 한참 만에야 그녀가 입을 열었다. "아주 훌륭한 그림이긴 하겠지만 날 기분 좋게 해줄 그림은 아닐 것 같네요. 그래도 상관없지만요. 난 절대 볼 일이 없을 테니까." 그녀가 오만하게 어깨를 으쓱이며 말했다.

"죄송합니다." 할아버지는 마치 그녀의 분장실 문 밖, 거미줄이 드리운 어두운 무대 밑 복도에 선 낯선 사람으로 돌아간 듯한 기분을 느끼며 낯선 사람의 목소리로 또 한 번 사과했다.

그녀는 한쪽 어깨를 으쓱하고는 한 손을 올려 이미 가지런히 자리를 잡은 빨간색 컬을 다시 매만졌다. 할아버지는 말없이 그 모습을 지켜보았다.

"이제 돌아갈 때가 되지 않았나요?" 한참 만에야 배벳이 물었다.

허망한 사과도 이젠 넌더리가 나서 할아버지는 고개를 끄덕이고 분장실을 나왔다. 할아버지를 배벳에게로 안내해준 젊은 안내원의 도움 없이, 혹은 그 안내원을 다시 떠올리지조차 않은 채 혼자 어두운 복도를 빠져나와 나이트클럽을 벗어났다. 밖에는 비가 그쳐 있었다. 분장실에 있는 사이 외투가 마른 터였지만, 할아버지는 외투가 젖었다는 사실조차 이미 잊고 있었다.

집에 도착하자 무릎이 좋지 않은 과부가 할아버지를 기다리고 있었다. 그녀는 어디에 다녀왔는지 묻지 않았다. 그저 종조할머니가 의자에서 잠이 들었고 밤새 조용히 있었다고만 말했다.

"수프를 좀 만들어드렸어." 할아버지가 문을 열자 과부가 조용히 속삭였다.

"감사합니다. 참 친절하시네요." 할아버지가 말했다.

할아버지는 서둘러 문을 닫았다. 그리고 종조할머니가 깨지 않도록 신발을 벗고 응접실을 지났다. 방에 들어선 할아버지는 장차 그의 이력에서 첫 번째 중요한 작품으로 꼽히게 될 그림을 그리기 시작했다. 할아버지는 목탄으로 몇 장의 종이를 채워나갔다. 나이트클럽의 얼굴 없는 관객들, 그리고 스케치마다 번번이 같은 곳이 흰 여백으로 남았다. 그렇게 몇 시간이 흐른 뒤 조심스레 그 그림들을 살펴보았을 때 할아버지는 화가 치미는 것을 느꼈다. 모든 그림이 다 똑같았다. 하나같이 딱딱하고 어두웠으며, 가수가 있어야 할 가운데 자리는 뻐끔히 입을 벌린 채 텅 비어 있었다. 할아버지는 그 자리의 시작을 어떻게 그려야 할지 알 수 없었다.

할아버지는 소맷자락에 얼굴을 묻고 눈을 감았다. 처음에는 그저 냄새가 나서였지만 그 후에는 분명 목적을 가지고, 마치 그 늙진한 향을 깊이 들이마시면 그림 실력이 좋아지기라도 할 것처럼, 셔츠에 밴 담배연기를 들이마셨다. 그렇게 한참 시간이 흐른 후, 할아버지는 작은 유화물감 상자를 열어 배벳의 초록빛 드레스 색을 만들어낼 물감들을 섞기 시작했다.

훗날 할아버지는 독보적인 색의 대가로 인정받지만, 몇 안 되는 색깔의 유화물감이 전부였던 그날 밤의 청년은 색조를 만들어내기가 여간 버겁지 않았다. 그는 심혈을 기울였고 몇 번은 성공하는 듯도 했지만, 물감이 마르면 이내 색조가 사라지면서 색감이 둔해졌다. 그는 어쩔 수 없는 스스로의 한계에 부딪혔다.

할아버지의 책상은 이미 찢어진 종이와 찐득하게 덩어리진 물감, 성에 차지 않는 초록색으로 뒤덮여 있었다. 할아버지는 목탄 스케치를 다시 들여다보며 배벳이 한 말을 떠올렸다. 훌륭한 그림이 되리라는 그녀의 말은 옳았지만, 그녀를 기쁘게 하지 못하리라는 말은 틀렸다. 할아버지는 그날 보았던 그녀의 형상—결국 나중에는 가운데 흰 여백을 채우게 될—을 머릿속으로 그리며 그녀가 너무나 매력적인 인물로 표현되리라 확신했다. 그러나 그 같은 확신에도 불구하고, 그 그림은 할아버지의 마음속에서는 그저 환상적인 한순간이 빚어낸 어설픈 작품으로 남게 될 운명이었다. 그 그림에 흡족해하지 않을 사람은, 결국 할아버지 자신이었다. 그 사실을 너무 어려서 깨달았다는 것이 할아버지의 불행이었다.

그때 무슨 소리인가가 들려 할아버지는 스케치북을 바닥에 내려놓았다. 종조할머니의 말소리였다. 그는 할머니가 언제부터 깨어 있었는지 궁금해하면서 응접실로 가 작은 독서등을 켰다. 할머니의 흔들의자가 느릿느릿 흔들렸고, 그는 할머니가 중얼거리는 소리에 한참 동안 귀를 기울였다.

"블랙아이드 수전, 그레이스, 애나, 매리골드, 팬지, 새러……."

나이가 들면서 할머니는 몸이 작아졌다. 하지만 다리를 덮은 짙은 색 담요, 머리맡을 둘러싼 자수 베갯잇, 그리고 독서등 아래에서 할머니는, 강인하게까진 아니더라도, 위엄 있게 느껴졌다. 할아버지는 이야기를 들려주길 기다리는 아이처럼 종조할머니의 다리 곁에 앉았다.

"레이디스 슬리퍼, 로즈힙, 페이스, 지니아, 코벨." 할머니가 말했다.

할아버지가 종조할머니의 무릎에 머리를 기대자 할머니는 말을 멈추었다. 할머니는 할아버지의 머리 위에 손을 올린 채 그대로 있었다. 연로한 나이 탓에 할머니의 손이 자꾸만 떨렸다. 할아버지는 졸음이 밀려오는 것을 느꼈다. 그러다 정말 끄덕끄덕 잠이 들었을 무렵, 할아버지는 "아가" 하고 부르는 종조할머니의 목소리에 잠에서 깼다. 머리를 그대로 기댄 채 반쯤 눈을 떴을 때까지만 해도 할아버지는 방금 자신이 무슨 소리를 들었는지 몰라 어리둥절했다.

할머니는 이름을 나열할 때처럼 예의 낮은 목소리로 몇 번이나 그 말을 반복했다.

"아가, 아가, 아가." 너무 피곤해서 정신이 혼미했던 할아버지는 종조할머니의 그 말을 엉뚱하게 알아들었다. 할아버지는 할머니가 몇 번이고 내뱉은 말이 "배벳"이었다고 믿었다.('아가'는

'baby', '배벳'은 'Babette'이다 —옮긴이) 그 많은 꽃 이름과 여자 이름들 중에 할머니가 이렇게 연거푸 내뱉으며 결국 안착하게 된 말이 그 화려하고도 고통스러운 이름이었다니, 하고 할아버지는 생각했다.

할아버지는 눈을 감았다. 그는 60년 뒤 자기 모습을 억지로라도 봐야만 하는 사람처럼, 눈이 아려올 만큼, 질끈 두 눈을 감았다. 그는 늙었고 죽어가고 있었다. 그의 딸들과 손녀들을, 그들 모두를 배벳이라 부르며.

브롱크스 터미널 청과물 시장에서

At the Bronx Terminal Vegetable Market

심한 허리 통증이 찾아왔을 때 지미 모런은 갓 마흔을 넘긴, 아직은 젊은 나이였다. 지미네 가족 단골 의사는 디스크 수술을 해야 할지 모른다고 했고, 두 번째 의사—비싼 돈을 지불한 전문의—도 마찬가지였다. 일은 6개월을 쉬어야 한다는 게 두 의사의 일치된 소견이었다. 여섯 달을 꼼짝도 않고 똑바로 누워만 있어야 완치를 기대해볼 수 있다는 것이었다.

"여섯 달이라니요! 이보세요, 제 일이 농산물업입니다! 농담하십니까?" 지미는 의사들에게 말했다.

여섯 달이라니! 지미는 넉 달을 제안했다. 마냥 까먹고 버티기엔 너무 긴 시간이었다. 결국 다섯 달로 합의를 보았다. 이건 도저히 아니지만 마지못해 그러마 하는 식이었는데, 다섯 달도 말이 안 되긴 했다. 지미는 1970년 여름 브롱크스 터미널 청과물 시장에서 하역꾼으로 일하기 시작한 이래 일주일 이상 쉰 적이 단 한 번도 없었다. 5개월이라니! 먹여 살릴 아내에 애들까지 한둘이 아닌데. 무려 5라는 숫자를 입 밖에 내기조차 뭐했다. 그렇대도 달리 방법이 없었다. 허리가 나갔고 수술을 해야 한다니, 감당하고 가는 수밖에 없었다. 그리하여 지미네 식구들은 이렇게 버텨냈다. 우선 지미의 아내 지나는 직장에서 추가로 일을 했다. 얼마 안 되던 예금계좌는 빈털터리가 됐고, 지미의 동생 패트릭은 그에게 얼마간 돈을 쥐여줬다. 그마나 상황이 최악으로 치닫진 않았다.

결과적으로 보면 일터를 떠난 동안 지미 모런은 두 가지 면에서 중요한 성과를 냈다. 첫 번째는 1956년식 크라이슬러 세단을 산 것이다. 푸른색의 이 근사한 차는 차체가 기똥차게 빠졌고 주행하는 품새가 고급 원양여객선 같았다. 아내는 차에 돈을 들여서는 안 된다고 했지만, 어쨌거나 집에 차가 한 대 더 필요하긴 했고 신형 차를 사느니 크라이슬러가 훨씬 싸게 먹혔다. 게다가 펠럼 베이에 사는 차 주인은 수십 년째 그 차를 차고에만 묵혀놓고 그 값어치에 대해서는 전혀 모르는 노인네였다. 솔직히 장물이나 다름없는 가격이었다. 정말 그랬다. 지미는 늘 멋진 구형 자동차가 갖고 싶었다. 그 아름다움을 보고 느끼며 소중히 돌보고 시내를 활보할 땐 자기 아버지가 그러했듯 근사하고 고풍스런 챙모자도 쓰고 나갈 것이었으므로 자신은 근사한 구형 자동차를 가질 자격이 충분하다는 게 지미의 생각이었다.

지미의 두 번째 성과는 조합 지부장 선거에 출마하기로 결심한 일이었다.

전미 트럭운전사노조 418지부의 현 지부장은 조지프 D. 디첼로라는 사내였다. 현직이라는 점, **그리고** 이탈리아인이라는 점에서 그는 분명 유리한 위치에 있었다. 브롱크스 터미널 청과물 시장 조합원의 대부분이 이탈리아인이므로 개중 절반만 디첼로를 찍어도 지미 모런은 못된 강아지 모양 몰매질을 당하는 꼴이 될 터인데, 이 점에 대해서는 그도 충분히 알고 있었다. 그렇다 해도 승산이 있다는 생각에는 변함이 없었다. 조지프 D. 디첼로가 본디 얼간이에다 부패하고 아무짝에도 쓸모없는 빌어먹을 놈이라는 게 그 이유였다.

디첼로는 대형 보네빌을 몰았고, 지난 6년간 일꾼들의 고충을 제대로 해결하지 못했다. 더는 브롱크스 터미널 청과물 시장에 나오지도 않다시피 했으며, 행여 모습을 드러내는 날에는 어김없이 몸 파는 여자를 시장 밖에서부터 데리고 들어왔다. 대체로는 중국 여자였다. 디첼로는 과로로 지친 일꾼에게 이렇게 묻곤 했다.

"이봐, 애송이? 내 마누라 어때? 내 새 마누라 괜찮지?"

응당 그렇듯 일꾼은 "그럼요, 사장님" 하는 식으로 대꾸했다.

그러면 디첼로는 그 불쌍한 일꾼을 놀림거리 삼아 비웃곤 했는데, 중국인 창녀까지 가세해 그를 웃음거리로 만들었다. 그런 이유와 또 다른 수많은 이유에서, 사람들도 조지프 D. 디첼로라면 넌더리를 내기 시작한 터였다.

반면 지미 모런은 호인이었다. 수가 많진 않지만 아직 시장에 남아 있는 아일랜드계 사람들은 본능적으로 지미를 찍을 것이었고, 그는 이탈리아계 사람들과도 대체로 문제없이 잘 지냈다. 아무렴, 이탈리아 여자와 결혼까지 하지 않았던가. 자식들도 절반은 이탈리아인이었다. 지미는 이탈리아 사람들과도 문제 될 게 없었다. 또 포르투갈계와도 아무 문제가 없었다. 그들이 도둑놈으로 타고났다는 생각은 추호도 한 적이 없었다. (그 넌더리나는 편협한 위인 디첼로와 달리) 지미는 흑인들과도 문제 될 게 없었으며, 사실 라틴계 동료들 사이에서는 인기가 꽤 좋기까지 했다. 그는 지난 수년간 이곳 시장에서 다양한 일을 거쳤으나 최근에는 다시 하역꾼으로 일하고 있었으므로, 동료들 대부분이 도미니카인이거나 푸에르토리코인이었다. 지미가 보기에는 다들 아주 바르고 즐거움을 아는 사람들이었다.

멕시코계에 관해서라면, 이 역시 문제 될 게 없었다. 개중 연배가 있는 사람들은 수년 전 지미가 응당 멕시코계의 일로 여겨지던 페퍼 취급·포장 일을 했었다는 사실을 기억하고 있었다. (그것도 단맛이 도는 이탈리안 파프리카가 아니라 할라페뇨, 포블라노, 카옌, 자메이칸 핫츠 같은 무지막지한 스패니시 페퍼였다. 이런 독한 놈들은 멋모르고 손을 댔다간 정말로 다칠 수도 있기 때문에 보통 멕시코인들이 취급을 전담했다. 개중 어떤 페퍼 오일은 자칫 눈에 들어갔다가는 말 그대로 눈을 **두들겨 맞은** 기분을 맛보게 된다.) 페퍼를 다루는 일은 언뜻 쉬워 보이지만 도무지 백인이 할 일이 못 되었다. 지미는 그 일을 이미 수년 전에 그만두었지만 연배가 있는 멕시코인들과는 지금까지도 다들 잘 지내고 있었으며, 그보다 어린 멕시코계와도 대체로 잘 지내는 편이었다.

한국인의 경우에는 전혀 겪어본 바가 없었다. 하지만 다른 사람들도 마찬가지였으니 신경 쓸 필요는 없었다. 조지프 D. 디첼로라고 해서 한국인과 친한 건 아니었다. 한국인들은 특이한 사람들이니 없는 셈 치면 됐다. 그들은 브롱크스 터미널 청과물 시장 안에 한국인 시장을 형성하고 있었는데, 자기네끼리만 물건을 사고팔았다. 자기네끼리 한국말로 대화했고, 더욱이 조합에도 가입되어 있지 않았다.

지미 모런에게는 또 하나의 강점이 있었다. 그는 지역 폭력배의 아들인 디첼로 같은 사이비와 달리 진정한 노조인이었다. 게다가 지미는 이곳 도시 출신도 아니었다. 그는 버지니아 태생으로, 그곳 사람들은 진정한 광부이자 신께 정직한 노동자다. 버지니아에서 파업 중 회사의 석탄 트럭을 전복시키고 엔진 블록을 향해 엽총을 갈기던 할아버지의 모습을 본 게 지미의 나이 불과 열 살 때였다. 지미의 삼촌은 회사가 고용한 흥신소 사람에게 살해당했고, 또 다른 삼촌은 진폐증으로 사망했으며, 윗대 어른들은 U.S.스틸사(社)에 맞서 조직을 결성했다. 그런 만큼 지미 모런은 조지프 D. 디첼로 같은 부자 사기꾼이 그 썩어빠진 인생을 천 번 죽었다 깨어나도 되어보지 못할 진정한 노동자였다.

선거에 입후보해야겠다는 생각은 어느 날 저녁에 문득 들었다. 허리 수술 후 넉 달째 회복기로 접어들던 즈음이었다. 그는 선거에 나갔을 때 유리한 점과 불리한 점을 모두 따져보았다. 그것이 가장 먼저 짚어봐야 할 부분이었다. 지나는 출마를 반기지 않을 테지만, 허리도 더 이상 아프지 않고 근사한 1956년식 크라이슬러도 생겼으니 이만하면 지부장감으로 손색이 없었다. 노동계 집안이라는 훌륭한 배경, 반듯한 인품, 수년간 시장에서 다양한 일을 섭렵해왔다는 점 등, 어느 모로 보나 지미 모런이 지부장이 되어서는 안 될 이유가 없었다.

그렇게 지미 모런은 하루 저녁 만에 지부장 출마에 대해 생각했고, 이튿날 아침 잠에서 깨자 결심했다. 확신마저 들었다. 가슴도 벅차올랐다. 사랑에 빠진 어느 날 아침 잠에서 깼을 때처럼.

그리하여 지미 모런은 수술 후 넉 달 만에 브롱크스 터미널 청과물 시장으로 돌아갔다. 며칠은 밤에 나가 선거운동을 하고 이후 공식적으로 다시 일을 시작할 계획이었다. 배송 차량이 물건을 실으러 들어오는 시간에 맞춰, 그는 자정을 훌쩍 넘겨 시장에 도착했다. 출입구를 통과하는 길에 그는 잠깐 차를 세우고 바히즈와 이야기를 나눴다. 아랍계 여자인 바히즈는 출입증을 확인하는 일을 했다. 그녀는 다들 추파를 던질 만큼 꽤 매력적이었다. 적어도 지미 모런이 근 25년간 봐온 바로는 시장 일꾼들을 통틀어 유일한 여자이기도 했다.

"바히즈! 누가 자길 하렘(이슬람 국가에서 부인들이 기거하는 방—옮긴이)에서 내보내준 거야?" 지미가 말했다.

"이런, 세상에. 지미가 돌아왔네." 바히즈가 말했다. 그녀는 껌을 씹고 있었다.

"지미가 돌아왔네!" 지미가 그녀의 말을 따라 했다. "지미가 **돌아왔네! **이봐, 지미의 허리에 대해서라면 말도 꺼내지 마.('지미의 허리'와 '지미가 돌아왔다' 두 가지 뜻으로 해석될 수 있는 'Jimmy's back'을 이용한 말장난—옮긴이) '지미 모런이 **복귀했다**'라고 해야지. 젠장, 지미의 허리에 대해선 얘기하고 싶지 않아. 내 새 차 어때?"

"꽤 근사한데."

"몇 년식인지 맞혀봐."

"글쎄."

"그냥 찍어봐."

"몰라. 1967년?"

"장난해?"

"뭔데, 66년? 내가 어떻게 알아?"

"바히즈! 이건 56년식이야! 56년이라고, 바히즈!"

"아, 그래?"

"눈 한번 크게 뜨고 보라고, 바히즈."

"내가 어떻게 알아? 봐도 모르겠는데."

"여자들이 진짜 좋아하는 차야. 언제 자기도 태워줄게. 내가 진작 이런 근사한 차를 몰았다면 자기가 그렇게 수년간 날 퇴짜 놓을 일도 없었을 텐데 말이야. 그렇지, 바히즈?"

"젠장, 지미. 지옥에나 가버려."

"거, 입 한번 걸걸하네. 그건 그렇고, 무화과 좀 있어?"

간혹 바히즈는 최고의 무화과를 가지고 있었다. 브롱크스 터미널 청과물 시장 여기저기에서 볼 수 있는 말린 무화과는 대체로 캘리포니아의 어느 종교사업단의 제품이었다. 지미 모런은 바히즈의 무화과를 맛본 뒤로는 종교사업단의 그 어떤 말린 무화과도 입에 댈 수가 없었다. 시장에는 그보다 괜찮은 상품을 취급하는 다른 가게가 있었지만, 상품은 꽤 좋은 데 반해 가격이 비쌌다. 게다가 스패니시 무화과 나무상자는 비닐로 덧씌워져 있어서 맛이나 볼 겸 한 줌 거저 집어먹을 수도 없었다.

그런데 바히즈는 간혹 가다 너무나 경이로운 이스라엘산 무화과를 가지고 있었고, 그럴 때면 늘 그중 몇 개를 지미에게 건네곤 했다. 바히즈의 어머니는 무려 중동에서 이곳까지 그 무화과를 항공우편으로 보내왔다. 돈은 많이 들겠지만 제값을 하는 녀석들이었다. 전 세계적으로 이스라엘 무화과가 최고로 꼽혔음은 인류 역사를 통틀어 익히 알려진 사실이다. 이스라엘 무화과는 맛은 꼭 과립형 꿀 같고, 껍질은 얇은 캐러멜 같았다.

하지만 바히즈는 그날 밤에는 무화과를 갖고 있지 않았다.

"됐어, 이 쓸모없는 성가신 노친네야." 지미가 말했다.

"누가 저 빌어먹을 차나 들이박으라지!" 바히즈가 말했다. 두 사람은 미소 띤 얼굴로 손을 흔들며 작별인사를 건넸다.

지미는 '그래프턴 브라더스' 앞에 차를 댔다. 그곳은 지미가 최근까지 일했던 곳이자 시장에서 가장 큰 도매상 가운데 하나였으므로 선거운동을 시작하기에 좋은 장소였다. 그래프턴 브라더스는 이문을 많이 남기는 집이었는데, 그 방식은 이러했다. 샐비 그래프턴과 존 그래프턴은 유통기한이 다 된 농익은 작물을 거저먹기 식의 염가로 사들였다. 그리고 일꾼을 고용해 사들인 작물들—대부분은 썩은—을 분류하고 썩은 것들을 버린 후, 나머지를 다시 포장했다. 그래프턴은 시장의 다른 도매상보다 싼값에 물건을 내놓고도 헐값으로 떼어온 돈의 세 배를 남길 수 있었다. 엄밀히 따지면 속임수였다.

이런 식이라면 샐비 그래프턴과 존 그래프턴이 플로리다에 드넓은 목장쯤은 가진 부자가 되었어야 하는 게 아닌가 싶겠지만,

그래프턴 도매상 제국에는 내다버린 그 많은 과숙한 작물에서 나는 퇴비 냄새가 가시질 않았고 시장의 그 어떤 도매점보다 쥐가 많았다. 그래프턴의 상품은 쓰레기였다.

시장에는 특산품점도 있었다. 이런 가게에서는 작물을 매우 진지하게 다루며 아주 좋은 과일과 채소만 판매했다. 북측 집하장의 한 러시아계 유태인은 벨기에 중부의 어느 작은 농가에서 매일 꽃상추를 공수해왔는데, 품질이 세계 최고였다. '2월에'의 필리핀인은 파인트당 **도매가로** 5달러에 블랙베리를 팔았으나, 품질이 환상인 데다 그만한 값어치가 있었으므로 소매상들은 기꺼이 값을 치렀다. 그래프턴은 그런 유의 가게가 아니었다.

지미 모런은 지난 25여 년간 그래프턴에서 간헐적으로 일하며 운반꾼, 운전수, 청과물 분류 담당 등 그야말로 거치지 않은 일이 없었다. 딱 하나, 그래프턴 사무소 건물 안 책상머리에 앉아서 하는 일만큼은 도통 어느 하나 따낼 재간이 못 됐다. 브롱크스 터미널 청과물 시장에서는 사무직에 들어가기가 늘 좀 더 어려웠다. 경쟁이 치열하고 압력도 심한 데다, 당연한 얘기지만 셈을 잘해야 일을 따기가 수월했다. 어쨌거나, 그래프턴 브라더스에는 적재장 직원만도 수백 명이었고 지미는 그 사람들과 얼추 다 아는 사이였다.

지미 모런은 그래프턴 브라더스 집하장을 걸어 내려갔다. 등에 멘 묵직한 마대자루에는 전날 만들어둔 선거운동 배지가 가득 들어 있었다. 배지에 적힌 문구는 이러했다. "디첼로는 우리 편이 아니다. 디첼로를 바깥 편으로 내보내자. 지부장, 지미 모런에게 한 표를." 한 개가 자몽 지름만 한 엄청난 크기의 배지에는 노란 바탕에 검정색으로 문구가 적혀 있었다. 그는 궤짝더미와 청과물 진열대, 트랙터를 이리저리 헤집고 다니면서 모두에게 배지를 나눠주었고 또 모두와 이야기를 나누었다. 그는 가능한 한 개인적인 이야기로 말을 건넸다.

"이봐, 새미! 자네 집사람은 요즘도 그렇게 저녁을 차려줘?"

"이봐, 렌! 그렇게 자더니만 낮잠은 여전하지?"

"이봐, 서니! 요즘도 그 빌어먹을 미친놈이랑 일하나?"

배지를 나눠주고, 악수를 하고, 배지를 나눠주고, 악수를 하고, 더 많은 배지를 나눠주었다. 지미 모런은 기분이 무척 좋았다. 허리 통증도 더는 그를 괴롭히지 않았다. 기력을 되찾고 이젠 뭔가 할 수 있을 것 같은 기분이었다. 그는 몇 시간에 걸쳐 그래프턴 집하장을 돌아다녔다.

오랜 친구인 허브가 젊은 운반꾼과 이야기를 나누는 모습을 발견하고 지미가 외쳤다. "이봐, 허브! 이게 누군가, 새 남자친구?"

멜론 진열대 뒤에서 마리화나를 피우고 있던, 그의 아들 대니 나이보다 조금 위일 듯싶은 한 운반꾼에게는 이렇게 소리쳤다. "경찰이다! 너를 체포한다, 이 약쟁아!"

궤짝 뒤에서 다른 사내 몇 명과 카드놀이를 하던 안젤로에게는 이렇게 말했다. "이게 뭔가, 안젤로, 카지노?"

그 말에 안젤로 무리가 웃음을 터뜨렸다. 다들 지미에게 허리가 어떤지를 물었고 또 낫기를 바란다고 말했다. 지미 모런은 그래프턴에서 늘 인기가 좋았고, 다들 그를 다시 보게 돼 기뻐했다. 이곳 오이 냉장고에서 일할 당시 지미는 재미난 장난을 치곤 했었다. 장님 행세를 한 것이었는데, 허공을 응시하며 팔을 앞으로 쭉 뻗고는 발을 헛디디며 이리저리 돌아다니곤 했다. 그렇게 이 사람 저 사람과 부딪치며 그는 이렇게 말했다. "난 눈먼 야채 사내라오……. 실례합니다만, 선생, 오이가 어디 있는지 알려주겠소?"

그 장난에 단 한 번도 웃지 않던 사내가 딱 한 명 있었다. 말수가 적고 진지한 성격의 아이티인 운반꾼 헥터였다. 지미는 그래도 한 번은 헥터를 웃겨볼 심산으로 그가 근처에 있을 때에 맞춰 눈먼 야채 사내 장난을 쳤다. 지미가 헥터의 발에 걸려 넘어지면서 그의 얼굴을 더듬으면 헥터는 팔짱을 낀 채 미소조차 짓지 않고 그저 그 자리에 서 있었다. 지미는 결국에는 포기를 하고 이렇게 말했다. "자네 뭐야, 헥터? 진짜 장님은 자넨가 보군."

"왜 그 헥터라는 아이티 사람, 그 사람은 어디 있나?" 지미가 오랜 친구인 안젤로에게 물었다. 선거운동 배지가 든 지미의 마대자루는 이미 반이 비어 있었다. 선거 운동은 순조로운 듯했다.

"헥터? 그 친구 지금은 물류 쪽에서 일해." 안젤로가 말했다.

"에이, 무슨 소리야! 헥터가 **물류 담당**이라니?"

"브로콜리 쪽에 있어."

"내가 나가 있은 지가 고작 몇 달인데, 그새 헥터가 **물류 담당**이 됐다고?"

지미가 엄청난 크기의 브로콜리 냉장고가 있는 곳까지 그래프턴 집하장을 따라 내려가자, 그곳에 정말 헥터가 있었다. 헥터는 물류 담당자 사무실에 있었다. 냉장고 하나가 가구 물류창고에 버금가는 크기였으므로 창고마다 물류 담당자가 필요했다. 각 창고별 적재량 및 주문 건당 출고량이 기록된 차트와 목록을 관리하는 게 물류 담당자의 업무였다. 꽤 괜찮은 자리였다. 당연히 셈을 잘하면 한결 수월한 일이기도 했다. 사실 지미 모런도 몇 달 전에 한 번 당근 물류 담당자로 채용된 적이 있었으나, 늘 적재장 동료들이 근처에 와서 그를 놀려대며 일을 제대로 못하게 주위를 흩뜨려놓곤 했기 때문에 지미는 그 일과는 영 궁합이 맞질 않았다. 결국 지미는 다시 적재장 일꾼 자리를 찾아봐야 했다.

물론 물류 담당자도 적재장에서 일했다. 다만 이들은 얼음낚시장처럼 생긴 작은 합판 구조물 안에서 일을 봤는데, 그 안에는 추위를 녹여줄 실내난방기가 있었고 간혹 바닥에 카펫이 깔려 있기도 했다.

헥터는 물류 담당자실 안에서 차트를 보는 중이었고, 그 옆에 있는 다른 사내는 햄버거를 먹고 있었다.

"헥터! 물류 담당 헥터 나리 아닌가!" 지미가 외쳤다.

헥터는 물류 담당자실 창문 밖으로 손을 내밀어 지미와 악수를 나눴다. 헥터의 뒤쪽 벽에는 벌거벗은 흑인 여자의 브로마이드가 걸려 있었다. 그는 재킷도 걸치지 않은 채 얇은 면남방 하나만 달랑 입고 있었다. 물류 담당자실 안에서라면 정말 따뜻하게 지낼 수 있었다.

"잘돼가?" 지미가 물었다.

"나쁘진 않아."

"저 친구는 누군가?"

"이쪽은 에드. 사무소에서 왔어."

에드와 지미가 악수를 했다.

"그래, 두 분은 여기서 뭘 하시나? 작은 상자에 브로콜리를 담고 25파운드짜리 가격표를 붙이시나? 그게 뭐야, 속임수 같은 건가?" 지미가 물었다.

헥터는 웃지 않았다. 에드도 마찬가지였다.

"에이, 헥터. 농담이야! 이봐, 나 지부장 선거에 나갈 생각이야."

지미가 선거운동 배지 두 개를 헥터에게 건넸다. "하나씩 가져." 지미가 말했다.

헥터가 우스꽝스러운 억양으로 배지의 문구를 큰 소리로 읽어 내려갔다. "디첼로는 우리 편이 아니다. 디첼로를 바깥 편으로 내보내자. 지부장, 지미 모런에게 한 표를."

"**디첼로**를 상대로 출마한다는 거요?" 사무소 출신의 에드가 물었다.

"그렇소만."

에드는 한참 동안 지미를 빤히 쳐다보았다. 그는 전혀 서두르는 기색 없이 햄버거를 우물거리다 삼키고는 한참 만에야 입을 열었다. "어쩌려는 거요?"

"뭘 어째요?"

"진지하게 묻는 건데, 뭘 어쩌자는 거요? 목숨이라도 내놓을 작정이오?"

"이런, 왜 이러실까."

"뭘 원해요? 자동차 트렁크 안에서 깨고 싶소? 진지하게 한 말이오."

지미 모런이 헥터를 바라보며 익살맞게 어깨를 들썩였다. 헥터는 웃지 않았다. 에드가 말을 이었다.

"뭘 원해요? 두 다리가 잘려나가는 거?"

"난 조이 디첼로가 두렵지 않아요. 여기 두 친구도 그랬으면 좋겠군."

"난 빌어먹게 두렵소."

"조이 디첼로가 나 같은 착한 사람을 해코지할 이유가 전혀 없지. 그러니까 당신 말은, 그자가 날 죽이고 내 새끼들을 죄다 아버지 없는 자식으로 만든다는 거요? 무슨 그런 말도 안 되는 소리."

에드가 선전용 배지를 창문 너머로 다시 지미에게 건넸다. "이건 가져가시오, 친구."

"날 찍어요, 그럼 이 동네도 제대로 바뀔 거요."

헥터는 여전히 입을 닫고 있었다. 이번에도 에드가 물었다. "부인은 있소?"

"네, 있지요."

"마누라가 너무 싫어서 과부로 만들 작정이오? 정말 진지하게 묻는 건데, 그런 거요?"

"글쎄, 이런 걸로 당신이랑 한 판 붙진 않을 겁니다. 스스로에게 뭐가 좋은지도 모르는 사람들과 싸울 생각은 없어요." 지미가 말했다.

지미는 배지가 든 가방을 어깨 위로 척 둘러메고는 집하장 아래로 걸음을 옮겼다.

"우린 디첼로를 찍을 거야!" 지미의 뒤통수에 대고 헥터가 소리쳤다. "우린 바보가 아니거든!"

"지옥에나 가쇼, 그럼!" 쾌활한 목소리로 지미가 대답했다.

그러고 나서 지미 모런은 과일 진열대에서 때깔 좋은 아이티 망고 몇 개를 훔쳐 재킷 주머니에 챙겨 넣었다. 아이티 망고는 과육이 질기지 않게 손으로 만지작거려서 먹어야 제맛이라는 걸 히스패닉계 사람들에게서 배웠다. 그래프턴에는 보통 괜찮은 과일이 없지만, 껍질이 민트그린색에서 바나나옐로로 바뀌는 찰나의 이 아름다운 망고만큼은 예외였다. 수년을 브롱크스 터미널 청과물 시장에서 일하고도 신선한 채소나 과일 맛을 평생 모르고 사는 이들도 있었다. 정말 안타까운 일이 아닐 수 없다. 이런 사람들은 시장에 지천으로 널린 과일이나 채소 대신 허구한 날 소고기에 베이컨만 먹어대는 탓에 쉰 살이면 심장마비로 저세상에 갈 위인들이었다. 헥터의 친구 에드만 해도 브로콜리가 지천인 창고 앞에 앉아 햄버거를 먹고 있지 않았던가. 그러니 심장마비는 예견된 일일 수밖에.

반면 지미 모런은 채소와 사랑에 빠져 있었다. 지미의 어머니는 늘 아름다운 채소를 키우곤 했는데, 그는 뭐든 가리지 않고 먹었다. 신선한 허브가 가득한 대형 냉장고에서 궤짝 쌓는 일을 했을 때는 파슬리까지도 뭉텅이로 집어먹곤 했다. 그는 남들이 사과를 먹듯이 무나 콜리플라워를 먹었다. 심지어 아티초크(엉겅퀴와 비슷한 국화과의 여러해살이풀로, 서양 요리의 재료로 쓴다 —옮긴이)도 먹곤 했는데, 바깥쪽의 거친 잎사귀를 벗겨낸 나머지 부분을 날것 그대로 통째 먹었다. 지미는 히피보다 채소를 더 많이 먹었다. 사람들은 그가 제정신이 아니라고 생각했다.

그날 밤, 그래프턴 브라더스를 빠져 나오는 길에 지미는 푸에르토리코 스타일로 아이티 망고를 맛보는 중이었다. 우선, 껍질 속 과육이 나긋나긋하게 무를 때까지 엄지손가락으로 주무르며 지그시 눌러준다. 젤리 정도의 질기가 될 때까지 이렇게 엄지로 만져준다. 그런 후 지미는 망고 머리 부분을 살짝 베어내 작은 구멍을 하나 내고 그 구멍으로 힘껏 속살을 빨아들였다. 코코넛처럼 달콤했다. 이렇게 먹는 방식은 생소하긴 해도 꽤 쓸 만했다.

이후 몇 시간에 걸쳐 지미 모런은 '덜루니스', '이밴절리스티 앤 선스', '디로사 임포터스', 'E&M 홀세일러스'를 돌며 선거운동을 했다. 그는 모든 일꾼들에게 자신을 소개하고 그들과 소소한 이야기를 나눴다. 개중에는 최근 평생 모든 돈을 그레이하운드 개에다가 몽땅 날려버린 불쌍한 바보도 있었고, 십대 딸내미가 암에 걸린 이도 있었으며, 버뮤다로 휴가를 간다는 팔자 좋은 사람도 있었다. 지미는 불한당 짐승 같은 D. 디첼로에 맞서 지부장 선거에 나간다니 미친 게 틀림없다고 떠들어대던 그 많은 사내들과 이야기를 나눴다.

걸음을 옮기는 사이 지미는 이밴절리스티 앤 선스 진열대에서 한 줌 슬쩍한 베이비 주키니(오이와 비슷한 서양 호박—옮긴이)를 입에 넣었다. 한 개 길이가 그의 새끼손가락만 한 놈이었는데, 큰 놈을 갈아 스쿼시(레몬 등의 과일을 찧어서 과육과 함께 주스로 만들어 소다수를 넣고 희석하여 당분을 가미한 음료—옮긴이)로 만들었을 때는 결코 맛볼 수 없는 짭짤하면서도 부드러운 풍미가 느껴졌다. 베이비 주키니는 생으로 먹어도 맛있어서 소스나 드레싱을 전혀 넣지 않고도 맛을 낼 수 있는 유일한 스쿼시였다. 베이비 주키니는 지금이 귀하고 비싼 철이었다. 지미는 이밴절리스티 앤 선스에서 주머니를 가득 채웠다. 귀한 진미였다. 남들이 땅콩을 먹듯 지미는 그 귀한 베이비 주키니를 입에 넣었다.

새벽 네 시에 이르자, 가방 안에 든 선거용 배지도 얼추 바닥났다. 지미는 새로 들어선 미식가 재료 특산품점에 와 있었다. '벨라 푸드'라는 이 작은 가게는 뉴욕 최고의 레스토랑으로 팔려나가는, 대단한 고급 상품만 취급하는 곳으로 알려져 있었다. 아는 얼굴은 하나도 없겠구나 싶던 차에 마침 오랜 친구인 캐스퍼 데니가 눈에 띄었다. 두 사람은 지미의 선거 출마와 서로의 가족에 대해 한동안 이야기를 나누었다. 캐스퍼도 자식이 줄줄이에다 이탈리아인 부인을 두고 있었다. 또 그도 수년간 운반꾼으로 일했다.

"그래서, 어떻게 됐던 거야? 듣자 하니, 무슨 사고가 있었다고?" 캐스퍼가 물었다.

"온 동네가 그 얘기로군. 허리 수술이었네, 친구. 자네는 뭐야? 이제 물류 담당이야?" 지미가 말했다.

캐스퍼는 흰색 페인트칠을 한 깔끔한 부스 안에 앉아 커피를 마시고 있었다.

"그럴 리가." 캐스퍼가 말했다. "작은 가게를 하나 열었어. 손수레에 들어가는 교체용 바퀴와 커피를 팔지."

"뭐?" 지미가 껄껄대며 웃었다.

"정말이야, 지미. 꽤 쏠쏠한걸."

"무슨 말도 안 되는 소릴."

"들어봐. 이게 어떤 거냐면 말이지, 시장에 손수레가 몇 대나 되나?"

"수백. 수백만."

"수천 댈세, 지미. 수천. 게다가 자네도 알다시피, 하나같이 허섭스레기 싸구려야. 그래도 운반꾼이라면 너나없이 손수레가 필요해. 그렇지? 그도 그럴 것이, 한 사람이 들고 나를 수 있는 궤짝이 몇 개나 되나?"

"쓸데없는 소리 집어쳐, 캐스퍼."

"한 개야. 그렇지? 자네처럼 덩치 큰 괴물도 한창 때 기껏해야 두 개이지 않았나? 그런데 손수레 한 대면 몇 개냐? 열 개? 어쩌면 열두 개까지도 실어 나를 수가 있어. 이봐요, 모런 씨. 손수레는 말이지, 인간이 경제적으로 성공하기 위한 대단히 중요한 도구라고."

"이보세요, 캐스퍼? 이봐요, 친구. 지금 누구랑 얘기하는 겁니까?"

"이봐요, 모런 씨. 오밤중에 빌어먹을 손수레 바퀴가 빠져버렸다고 생각해봐. 그럼 어떻게 하겠나?"

"다른 멍청한 놈 손수레를 찾아서 훔쳐야지."

"그러다 머리통을 처박히게? 그건 옛날 방식이야. 요즘은 날 찾아오면 돼. 나한테 5달러를 내면 새 바퀴를 살 수 있어. 거기다 5달러를 더 내면 해머랑 렌치를 빌려주지. 이건 대여 보증금이니까 반납할 때 돌려줘. 그런 다음 난 자네한테 원가 10센트짜리 커피를 1달러를 받고 팔 거야. 이 거래로 난 6달러를 벌었고, 자넨 손수레를 고쳤어."

"그런 거래를 누가 해?"

"다들 해, 지미. 지금은 다들 여기로 와."

"넉 달 새 이런 일이 벌어졌다고?"

"들어봐, 지미. 이거 진짜 괜찮아. 세금도 없고, 노조도 없어."

"자네도 참 별나, 캐스퍼. 그렇잖은가. 참 별종이야."

"그러니까 우리 같은 구닥다리 노땅이 되는 거야. 새로운 아이디어가 필요하다고."

"나도 아이디어가 있네." 지미가 껄껄 웃으며 말했다. "참신한 아이디어인데, 자네가 날 동업자로 삼게나, 친구."

껄껄대며 웃던 캐스퍼가 지미의 팔을 툭 쳤다.

"이봐, 이 근처에서는 일한 적 없지?" 캐스퍼가 물었다.

"이 주변? 없지."

"버섯 사나이 본 적 있나?"

"캐스퍼, 자네가 무슨 얘길 하는지 모르겠군."

"버섯 사나이를 못 봤다고? 그럼 잘됐네. 그래. 이건 꼭 봐야 돼, 지미. 그 친구 얘길 못 들어봤다니 믿을 수가 없군. 미친놈 어때? 미친 게 뭔지 보고 싶지 않나? 그럼 그 친구를 보면 돼."

작고 깔끔한 부스 밖으로 나온 캐스퍼가 엄청나게 큰 냉장창고로 지미를 데려갔다.

"그 친구가 마음에 들 거야, 지미."

두 사람은 창고 끝으로 걸어갔다. 널찍한 입구에 다다르자 캐스퍼가 걸음을 멈췄다. 온도가 일정하게 유지되도록 위에서부터 두툼한 비닐 가닥을 늘어뜨려 입구 전체를 막아놓고 있었다. 작은 냉장실이었다. 캐스퍼가 비닐 가닥 몇 개를 벌리고 안으로 들어섰다. 캐스퍼는 안에 매음굴이라도 있는 양 히죽거리며 지미더러 따라오라고 손짓했다.

안으로 들어서자 지미가 평생 본 어떤 것보다도 좋은 최상급 버섯이 눈앞에 펼쳐졌다.

"이 노획물들을 보게나, 지미. 이 상품들 한번 봐." 캐스퍼가 말했다.

궤짝은 한 번에 다섯 개를 넘지 않는 높이로 가지런히 쌓여 있었고, 궤짝 더미마다 가장 상단은 상품이 보이게끔 덮개가 씌워져 있지 않았다. 문 오른쪽에는 뚜껑을 덮지 않은 나무상자가 놓여 있었는데, 자두보다 큰 크기의 새하얀 양송이버섯이 담겨 있었다. 반지르르 윤기가 흐르는 표고버섯 상자도 있었고, 노란빛을 뿜어내는 초고버섯도 있었으며, 신께 진상해도 손색이 없을 만큼 값져 보이는 싱싱한 포르치니버섯도 있었다. 포르토벨로버섯은 저민 등심처럼 살점이 두툼했다. 야생 목이버섯은 아가미처럼 잘고 솜털이 돋아 있었다. 어떤 상자에는 지미의 어머니가 독버섯이라고 부르던 일종의 나무버섯이 담겨 있었고, 또 다른 상자에는 콜리플라워 머리 부분을 쏙 빼닮은 버섯이 담겨 있었다. 모양은 곰보버섯인데 색조는 산호 같은 버섯도 있었다. 썩어가는 나무둥치에서 자라는, 선반처럼 생긴 황갈색 버섯도 있었다. 어떤 궤짝에는 이름 모를 중국 버섯이 가득했고, 또 어떤 궤짝에는 독버섯같이 빨갛고 푸른 점이 난 버섯이 한가득이었다. 헛간 지하저장고 흙에서 날 법한 눅눅한 퇴비 냄새가 냉장실 전체에 배어 있었다.

지미 모런은 이제껏 본 어떤 버섯보다 큰 포르토벨로버섯을 향해 손을 뻗었다. 만져보고 싶은 마음이 간절했다. 그런데 지미의 손이 버섯에 닿는 순간, 짐승 같은 으르렁거리는 소리가 그의 귓가를 때렸다. 어마어마한 체구의 못생긴 사내 하나가 그를 향해 다가오고 있었다. 작업복 차림에, 끝에 술이 달린 원뿔 모양의 갈색 털실 모자를 눌러쓴 사내는 영락없는 방범견이었다.

깜짝 놀란 지미가 튀어 오르듯 뒤로 물러서자 캐스퍼가 그를 힘껏 밀치며 소리쳤다. "나가! 나가!" 당황한 나머지 발을 헛디딘 지미는 뒤돌아선 채 입구 밖으로 나가떨어졌다. 그가 비닐 가닥을 훑고 지나가는가 싶더니, 이내 창고 콘크리트 바닥이 강타하듯 그의 몸에 와 닿았다. 캐스퍼는 연신 낄낄대며 지미를 쫓아 냉장실을 빠져나왔다.

지미는 차가운 바닥에 등을 댄 채 누워 있었다. "지미 군, 이젠 안전합니다." 캐스퍼가 말했다. "저 늙은 버섯 사내는 절대 밖으로 나오지 않아. 젠장, 우라질 미친놈. 버섯은 만지면 안 돼, 지미. 허락 없이는 저 빌어먹을 버섯을 만져선 안 된다고 미리 말을 해줬어야 하는 건데."

바닥에 누운 지미는 어떻게든 몸을 일으켜보려 했지만, 허리가 찌릿찌릿 저려왔다. 경련부터 가라앉혀야겠다는 생각에 지미는 한동안 그대로 바닥에 누워 있었다. 캐스퍼가 손을 내밀자 지미가 고개를 가로저었다.

"친구, 괜찮나?" 캐스퍼가 물었다.

지미가 고개를 끄덕였다.

"젠장, 허리를 다쳤나 보군. 자네 허리를 깜박했지 뭔가. 이런, 미안하네."

지미는 이번에도 고개를 주억거렸다.

"안에 있는 저놈, 미친놈이야." 그렇게 말하며 캐스퍼가 다시 한 번 지미에게 손을 건넸다. 이번에는 그 손을 잡은 지미가 아주 조심스럽게 몸을 일으켰다. 캐스퍼가 비닐 장막을 벌리며 말했다. "저기 저 미친놈 좀 봐."

지미가 고개를 가로저었다. 지미는 숨소리마저 죽이고 있었다.

"이리 와봐. 들어가지 않아도 돼. 저 덩치 자식 구경만 하라니까. 버섯만 가만두면 놈이 자넬 건드릴 일은 없어. 저놈은 꼭 구경해야 된대도 그러네."

캐스퍼가 계속 고집을 부리는 통에 결국 지미는 버섯 냉동실 안으로 조심스레 머리를 들이밀었다. 냉장실 안의 사내는 덩치가 정말 컸다. 사내는 냉장실 한가운데에 가만히 서 있었다. 갈색 작업복 차림에 갈색 수염이 길게 나 있었다. 다리는 쩍 벌린 채였고, 두 손은 느슨하게 주먹을 쥐고 있었다. 그런데 순간, 지미 모런과 버섯 사내의 눈이 마주쳤다. 사내가 다시 으르렁대거나 조금이라도 앞으로 나오기 전에 지미 모런은 천천히 고개를 빼고 문에서 멀리 물러났다. 지미와 캐스퍼는 통로에 있는 캐스퍼의 부스로 발길을 돌렸다.

냉장실 쪽에서 벗어나자 캐스퍼가 말했다. "시장 전체를 통틀어서 최고의 버섯이야."

지미는 캐스퍼의 부스 옆에 놓인 궤짝에 걸터앉아 눈을 감았다. 등이 뻐근했다. 앉아도 그다지 괜찮아지지 않자 지미는 다시 자리에서 일어섰다.

"가게 주인이 몇 달 전에 저 미친놈을 고용했어." 캐스퍼가 설명을 늘어놓았다. "저놈이 원래는 트럭기사였다더군. 텍사스 같은 데서 왔다는데, 어딘지는 아무도 몰라. 주인이랑 저치가 뭔가 약속 같은 걸 했대. 절대 냉장실 밖으로 나오지 않기로 말이야. 지미, 내가 밤이고 낮이고 여기 앉아 있는데, 저 미친놈은 정말 절대로 밖에 나오는 법이 없어. 지미, 솔직히 저 버섯들은 자네가 앞으로 보게 될 어떤 버섯보다도 훌륭할 거야. 보다시피 주인이 버섯 서리꾼들 때문에 골머리깨나 썩었나 보더군."

"이런."

"이제 서리 걱정은 할 필요가 없게 됐지. 그거 하나는 확실해. 저 버섯을 훔칠 작정이라면 저 덩치 놈이랑 맞짱부터 떠야 하니까."

"아스피린 있나?" 지미가 물었다.

"그건 없고 커피 한 잔 줄게, 이 딱한 친구야. 이제 가봐야지, 지미. 어서 나아. 선거도 행운을 비네. 미친놈이 아니고서야 거길 왜 나가나. 조만간 자네 목에 누가 총알을 박지 않을까 하는 생각이 들긴 하지만. 자, 이 커피 가지고 가. 얼른. 안 그럼 다들 내가 공짜로 퍼준다고 생각할 거야. 제 장사속도 제대로 못 챙기는 놈이라고 여길 걸세."

지미 모런은 복잡하게 연결된 주차장을 따라 천천히 걸으며 차를 찾았다. 그는 뻣뻣한 등 근육이 풀릴까 하는 생각에 걸음을 옮기는 사이 팔을 휘휘 돌렸다. 다른 사람 눈엔 아마 바보 같아 보이겠지만 상관없었다. 나중에 안 사실이지만 그는 한국 시장 뒤편 주차장을 한참 동안 헤매고 다녔는데, 한국인들이야 그를 어뗳게 보든 상관없었다. 그새 한국 시장은 규모가 엄청나게 커져 있었다. 언젠가는 한국 시장이 브롱크스 터미널 청과물 시장을 죄다 점령해버릴지도 모른다는 생각이 들었으나, 그렇다고 해도 이상할 건 없었다. 한국인들은 말도 안 되는 시간을 일했고 노조조차 없었다. 그들은 누구도 들어본 적 없는 채소를 팔았다.

피곤이 몰려왔다. 넉 달을 쉬는 사이 그는 어른이 된 뒤로는 난생처음 인간의 시간—어두울 때 자고 밝을 때 깨는—을 살았는데, 아직은 한밤중에 깨어 있는 생활에 적응이 되질 않았다. 동틀녘이 가까워오고 있었다. 지미는 한 시간 가까이 걸려서야 차를 세워둔 곳에 도착했다. 강렬한 가로등 불빛 아래에서 그의 차는 너무나 아름다웠다. 그가 사랑하는 차였다. 이 흐리고 습한 밤에, 저 인공의 커다란 불빛 아래에서, 지미의 차는 흡사 바다 생명체를 연상시켰다. 햇빛에 반짝이는 지느러미를 일렁이는, 바다의 푸른 빛깔을 띤 힘찬 바다 생명체. 미등은 마치 먹잇감을 유인하기 위한 가짜 눈에서 뿜어져 나오는 불빛 같았다.

그의 차 트렁크에는 선거용 배지가 들어 있는 가방이 하나 더 있었다. 사람들이 일과를 마치고 돌아가기 전에 차로 시장 북측으로 이동해서 좀 더 규모가 큰 북쪽 지구 도매상 몇 군데에서 배지를 나눠주는 게 그의 계획이었다. 북쪽으로 차를 몰고 가는 사이, 그는 어두운 적재장을 향해 하나같이 꽁무니를 들이민 채 줄줄이 늘어선 트럭들을 지나쳤다. 트럭 운전석은 어두침침했고 문도 닫혀 있었다. 지미와 마찬가지로 대체로 남부 출신인 운전수들은 적재장 일꾼들이 화물을 싣는 동안 트럭 안에 숨겨둔 매트리스에서 잠을 청했다. 일꾼들은 궤짝을 실은 손수레를 밀며 큰 트럭 사이의 좁은 틈을 요리조리 빠져나갔다. 어떤 일꾼들은 지나가다 말고 지미 모런의 근사한 차를 향해 엄지손가락을 치켜들곤 했으며, 또 어떤 일꾼들은 목적지에만 정신이 팔려 갑작스레 방향을 트는 통에 하마터면 지미의 차에 부딪힐 뻔했다.

지미는 평소 알고 지내던 경비원과 마주쳤다. 그는 마침 걸어서 주차장을 순찰 중이었다. 낮고 두껍게 깔린 디젤 매연이 경비원의 무릎 위까지 뿜어 나가자 마치 그가 안개 속을 걷고 있는 듯한 장면이 연출되었다. 지미는 몇 마디 나눌 생각으로 차를 세웠다. 지미와 이웃지간이기도 한 이 친절한 폴란드 사내의 이름은 폴 가돔스키였다. 지미가 차창을 내리자 폴은 지미의 크라이슬러에 기대어 서서 담뱃불을 붙였다.

"이게 뭐야, 58년식?" 폴이 물었다.

"56년식이야."

"잘 빠졌군."

"고마워. 이 배지 가져." 지미가 차창 밖으로 선거용 배지를 건넸다.

"이건 뭐야? 디젤로랑 붙는 건 아니겠지?"

"맞아." 지미가 말했다. 순간, 피로가 몰려왔다. "그리고 자네도 나를 지지해줬으면 하는 바람이네만, 폴."

"젠장, 난 자네 조합 투표와는 상관이 없어. 정신 차려. 난 조합원이 아니야. 경찰이지."

"**자네나** 정신 차려, 폴. 자넨 경찰이 아니야, 친구."

"같은 거야."

"경비원이?"

"글쎄, 조합원이 아닌 건 확실해."

"어쨌든 자네가 이 배지를 달아주면 좋겠다는 것만큼은 확실해."

"염병할, 지미. 내 유니폼에 조합원 배지를 달 순 없어."

"글쎄, 잘 생각해봐, 폴."

"집에 가져가서 애들 장난감이나 할게." 폴이 말했다. 폴은 재킷 주머니에 배지를 집어넣었다.

사람이라고는 그들뿐인 뒤편 주차장에서 두 사내는 한 사건을 화제에 올렸다. 폴은 지미가 허리 수술로 시장을 떠나 있는 사이 트럭 운전수가 밤중에 목이 베이는 사건이 있었다고 했다. 아직 그 일로 체포된 사람은 없었다. 지미로서는 금시초문이었다. 폴의 말로는 다른 운전수의 트럭 밑에서 시신이 발견되었다고 했다. 멀리 플로리다에서 바나나를 실어 나르던 길이었던 그 운전수는 살인에 'ㅅ'자도 모른다고 했고, 경찰에서도 풀려났다. 폴은 경찰들을 속이기가 그렇게 쉽다니, 믿을 수가 없다고 했다. 그날 밤 정말로 무슨 일이 벌어졌는지 경찰들은 관심도 없는 눈치라고도 했다. 지미는 늘 그런 식이었다며, 다른 놈들이나 경찰들이나 대체로 부정부패한 불한당이라고 대꾸했다. 폴은 죽은 사람이 사건이 있던 날 오후에 경마에서 1등부터 3등까지를 내리 맞혔고, 그날 저녁 내내 2만 달러인가를 땄다며 자랑하고 다녔다고 했다. 폴의 얘기로는 일주일가량 온 시장에 말도 안 되는 풍문이 돌았으며, 그사이 경찰은 현장을 봉쇄하고 전혀 엉뚱한 것들만 물어보고 다녔다. 지미는 주차장 자리다툼 때문에 살인이 난 것 같다며, 플로리다에서 왔다는 그 바나나 트럭 운전수가 의심스럽다고 말했다. 지미는 시장에서 일하기 시작한 첫 해에 주차장 자리다툼으로 한 사내가 타이어 레버에 맞아 죽었던 일을 떠올렸다. 그간 지미는 주차장 자리싸움이 폭력으로 불거지는 사건을 수없이 보아온 터였다.

폴은 워낙에 짐승 같은 빌어먹을 놈들이 시장에서 일을 하고 있어서라고 했다. 지미도 맞장구를 치고는 잘 자라는 인사를 건네며 폴과 헤어졌다.

지미 모런은 다시 차를 몰았다. 그는 한 무리의 슈퍼마켓 냉장 트럭을 지나쳤다. 그 많은 트럭들은 '베네티 앤 퍼크'에서 물품을 실어 나르는 중이었다. 베네티 앤 퍼크는 동부 해안 지방의 모든 대형 슈퍼마켓 체인에 물품을 공급하는 대규모 기업형 도매상이었다. 그 가게의 주인이 누구인지는 몰라도 그 사람은 분명 돈이 아주아주 많을 테며, 해안과 맞닿은 어딘가의 아주 큰 집에서 자고 있을지도 모른다는 생각이 들었다.

이곳 브롱크스 터미널 청과물 시장에서는 매일 밤 아주 많은 돈이 오갔다. 믿기지 않을 정도로 큰돈이었다. 바삐 돌아가는 시장을 본 적이 없는 사람이라면 믿을 수도 상상할 수도 없을 것이다. 이곳은 허리케인 펜스와 삐죽삐죽 솟은 철선 코일, 보안용 투광조명등 탓에 감옥 같아 보이기도 하지만, 지미를 비롯해 이곳 시장에서 한 번이라도 일을 해본 사람들은 모두 알고 있듯, 이곳은 결코 감옥이 아니었다. 이곳은 감옥이 아니다. 사실, 이곳은 **은행**이었다.

지미 모런이 젊은 운반꾼이던 시절, 그는 친구들과 함께 어떻게든 돈을 빼돌릴 방법을 찾느라 숱한 시간을 허비했다. 매일 밤 시장에서 얼마나 많은 돈이 오가는지를 상상하며 그들은 숱한 시간을 낭비했다. 물론, 젊은 한때였다. 나이가 들면 이미 부자가 아니고서는 결코 돈을 훔칠 방법이 없다는 것을 알게 된다.

지난여름, 지미의 큰아들 대니는 그래프턴 브라더스에서 운반꾼 아르바이트를 했다. 대니 역시 쉽게쉽게 살 수도 있지 않겠냐는 생각에, 이 시장에 도는 돈이 얼마고 그 돈에 접근할 방법을 찾느라 애를 썼다. 대니가 그런 생각을 하고 있다는 건 지미도 알고 있었다. 대니는 그 돈을 훔치거나 집어오거나 빼돌릴 방법도 찾고 싶어했다. 이른 아침 부자가 함께한 퇴근길 차 안에서 대니는 막연히 돈 생각에 빠져들곤 했다. 하룻밤 새 시장에서 팔리는 물건 값에서 파운드당 푼돈 1센트만 빼돌려도 대박이잖아요? 대니는 그렇게 말하곤 했다. 그게 일주일이면 얼마겠어요? 한 달? 일 년이면? 그쯤은 슬쩍 집어가야 **공평하지** 않나요? 운반꾼이 얼마나 힘든데, 노임은 형편없잖아요?

"네가 몰라서 하는 소리다. 그 생각은 관둬라." 지미는 아들에게 그렇게 말하곤 했다.

"한국 시장은 어때요?" 대니가 물었다. "그쪽은 다 현금 장사잖아요. 개중 한 놈만 덮쳐도 제대로 한탕 하는 건데. 한국 사람들은 다들 최소한 오천씩은 항상 가지고 다니잖아요."

"그렇지 않아. 그만한 현금을 들고 다니는 사람은 아무도 없어."

"한국인들은 그렇다니까요. 은행이라면 질겁을 하잖아요."

"네가 몰라서 하는 소리다."

"트럭기사들 말이 그렇대요."

"그렇다면 모르고 하는 소린 게 더더욱 맞는 거네."

상당수가 총이나 칼을 소지하고 있었으므로 이곳에서 누군가의 돈을 훔친다는 건 당연히 허튼 생각이었다. 사람들은 **아무것도 아닌** 일로, 다만 시간을 보내기 위해 늘 서로를 죽이곤 했다. 이곳에서 남들이 얼마나 벌어들이는지 생각해봐야 바보짓이었다. 생각만으로도 울화가 치밀 뿐이었다.

지미는 애초에 베네티 앤 퍼크에 차를 세울 생각이었다. 가방 하나 가득 남아 있는 선거용 배지를 나눠주기에 그쪽이 괜찮지 않을까 해서였는데, 지금은 확신이 서질 않았다. 허리가 적잖이 아파오는 터라 과연 그 무거운 가방을 들고 다닐 수 있을지 자신이 없었다. 원래 계획대로 이틀 뒤에 운반꾼으로 복귀하는 것도 자신이 없기는 마찬가지였다. 과일 상자며 야채 상자들을 어떻게 이리저리 실어 나른단 말인가? 그걸 어떻게 해내지? 정말 무슨 수로?

지미는 그대로 차를 몰았다. 시간은 새벽 5시 30분을 지나고 있었고, 허리는 심각하게 아파왔다. 그는 베네티 앤 퍼크를 돌아나가 아예 시장을 벗어났다. 이대로 그냥 집에 가버릴 수도 있었다. 선거운동일랑 내팽개쳐버릴까도 싶었다. 차를 모는 사이 지미는 한참 동안 잊고 지냈던 옛 친구 마틴 오라이언을 떠올렸다.

지미는 1981년 3월부터 1982년 1월까지 '애플 패러다이스'라는 청과물 할인 체인에서 임시로 구매부 일을 본 적이 있었다. 괜찮은 자리로 옮길 절호의 기회였는데, 그의 오랜 친구인 마틴 오라이언이 소개해준 자리였다. 적재장에서 구매부로 올라간다는 것은 대단한 승진이었다. 구매 담당 사무실은 시장통보다 한참 위층에 있었고, 그런 곳에서는 꽤 잘 나갈 수도 있었다.

지미의 친구 마틴 오라이언은 구매 업무에 아주 능수능란했다. 그는 전화 거래 때는 최고로 좋은 가격을 따내기 위해 트럭기사, 농부, 수입상, 배급상 들을 상대로 꼭 미친 사람처럼 사납게 흥정을 벌였다. 그해 마틴은 애플 패러다이스에 상당한 이문을 남겨주었고, 마틴 개인도 마찬가지였다.

"뭘 가지고 있다고?" 마틴은 전화기에 대고 고함을 지르곤 했다. "난 빙산이 필요해! ……25달러? 육갑하네, 25달러! 18달러에 사지! ……18달러에 넘겨. 아님 가서 당신 그 빌어먹을 **집구석**을 다 태워버릴 테니까! ……18달러. 염병, 그러다 당신 허파가 뜯겨나가는 수가 있어! 18달러라니까. 내가 당신 장님으로 만들고 친히 당신네 집까지 가서 앞도 못 보게 당신네…… 좋아, 20에 받지."

그렇게 전화를 끊고 마틴은 또 다른 누군가와 흥정에 들어갔다.

지미 모런은 마틴 오라이언과 같은 사무실에 배치돼 서로 책상을 마주 보고 일했다. 둘은 가장 친한 친구 사이기도 했다. 지미가 엄마와 함께 버지니아에서 올라온 열두 살 두메산골 소년이던 시절, 마틴은 그가 사귄 첫 번째 친구였다. 둘은 운반꾼 일도 같이 시작했고, 조합에도 같이 가입했으며, 서로의 결혼식에도 참석했다. 지미는 마틴을 매우 좋아했지만, 마틴이 바로 맞은편에서 소리를 질러대는 와중에는 자신이 맡은 전화거래 건에 좀처럼 집중할 수가 없었다. ("그 감자 트럭 내놔, 이 병신 새끼야. 어디서 똥꼬나 핥고 자빠져 있을 등신 새끼가. 그러다 **내가** 너 씹하는 수가 있다!")

마틴은 세상에 둘도 없는 좋은 친구였지만, 그의 전화통화만큼은 신경이 거슬렸다. 그해 말 마틴은 거액의 보너스를 받고 회사에 정식으로 자리를 얻었고, 지미는 그렇지 못했다. 그래도 결과적으로는 순조로웠다. 지미는 금세 다른 일자리를 구해 다시 적재장 운반 일을 시작했다.

정말이지 마틴은 세상에서 가장 멋진 친구였고 둘은 서로를 무척이나 좋아했지만, 지미와 마틴은 아주 오랫동안 만나지 못했다.

크라이슬러에 기름을 넣어야 했지만 집 근처 작은 주유소들은 아직 문을 열지 않는 시간이었으므로 지미는 퇴근길에 늘 가던 길로 빠지지 않았다. 대신 계속 그 일대를 돌며 24시간 주유소를 찾아 두리번거렸다. 그러다 결국 다다른 곳은 95번 도로였다.

지미에게는 익숙한 고속도로였다. 1980년대 중반, 지미는 그리스인 두 사람이 운영하는 '파르테논 프로듀스'라는 작은 특산품 채소 도매상에서 한동안 배송기사로 일한 적이 있었다. 이제껏 해온 것 중 가장 괜찮은 일이었다. 지미는 브롱크스 터미널 청과물 시장을 나가 95번 도로를 타고 고급 상점들이 늘어선 롱아일랜드 해협을 거쳐 멀리 코네티컷 리지필드까지 잘 키운 채소들—대부분은 루콜라나 물냉이—을 실어 나르곤 했다. 멀지만 기분 좋은 운전길이었다. 지미가 리지필드에 도착하는 아침 여덟아

홉 시 무렵은 돈 많은 사내들이 막 출근길에 나서는 시간이기도 했다(지미와 지나는 그 길을 '리치-필드'라고 부르곤 했다).

지미는 그렇게 물건을 배달하러 다니길 좋아했었다. 그는 그 일에 만족하고 있었지만, 두 그리스인은 1985년에 가게를 팔았다. 주인들은 지미에게 그가 맡고 있던 배송 경로를 인수할 기회를 제안했지만, 당시 지미에게는 그럴 만한 돈이 없었다.

지미 모런은 뉴로셀과 마운트버넌을 지나 코네티컷으로 향했다. 아주 이른 아침이었고 하늘은 청명했다. 차를 몰고 가는 동안 지미는 브롱크스 터미널 청과물 시장에서 돈을 더 많이 벌었더라면 아내와 아이들을 데리고 벌써 오래전에 코네티컷으로 이사를 오지 않았을까 하고 생각했다. 지금도 식구들과 늘 하는 얘기였다. 넓은 잔디밭, 조용한 학교, 키 큰 아내들. 지미 모런의 동생 패트릭은 얄궂은 인연으로 지나의 동생 루이저와 결혼했고, 결혼 직후에 코네티컷으로 이사를 갔다. 하지만 그 둘에게는 아이가 없었으니 집을 옮기기도 당연히 더 수월했을 것이다. 댄버리에 터전을 잡은 패트릭네 부부는 파티오(patio, 건물 내부에 자리한 일종의 안뜰—옮긴이)가 딸린 작지만 꽤 근사한 집에 살았다.

십대 시절, 지나의 동생 루이저는 꾸미지 않아도 워낙 섹시한 여자아이였다. 그녀는 즐기고 노는 쪽으로는 꽉 막힌 아이로 동네에서 유명했는데, 지미 모런의 동생 패트릭은 줄곧 루이저 리산테에게 푹 빠져 있었다. 반면 지미는 늘 지나가 더 마음에 들었다. 지미가 운반꾼으로 처음 시장 일을 시작했을 때인 1970년 여름, 지미는 아침마다 리산테 자매가 버스를 기다리는 모습을 퇴근해 집으로 들어가는 길에 보곤 했었다. 둘 다 언제나 반바지에 샌들 차림이었다. 둘은 여름 한철 해변으로 웨이트리스 일을 나가던 길이었다. 지미는 예쁘게 익은 네덜란드 토마토를 시장에서 슬쩍해 리산테 씨 집 현관에 두고 오곤 했다. 그 토마토는 지나에게 보내는 작은 사랑의 쪽지를 눌러두기 위한 서진이기도 했다. '난 지나를 사랑해…… 지나는 예뻐…… 지나는 다리가 예뻐…… 지나가 나랑 결혼해주면 좋겠어……'

코네티컷 리지필드로 가는 동안 지미는 줄곧 지나와 패트릭과 루이저를 생각했다. 의도한 바는 아니었지만 파르테논 프로듀스 물건을 실어 나르던 때와 같은 시간대에 같은 경로를 지나게 된 터였고, 리지필드에 도착했을 때는 그곳 남자들이 출근을 하는 시간이었다. 리지필드에 와본 것도 근 십 년 만이었다. 예전에는 마지막 배송이 끝나면 제일 잘사는 동네에 가서 차로 집들을 둘러보곤 했었다. 다들 보란 듯이 스스로를 드러내고 있는, 젊은이가 보기에 훔치고 싶은 일말의 욕망을 불러일으키던 집들이었다. 물론 지미가 원했던 것은 집의 내용물이 아니라 집 그 자체였다. 큰 석조건물 집은 특히 그랬다.

유독 늘 탐이 나던 집은 엄청나게 큰 집이었다. 리지필드 중심에서 800미터 남짓 떨어진 가파른 언덕바지에 터를 잡은, 슬레이트로 지붕을 댄 대저택이었는데, 차량진입로는 원을 그리며 뻗어 있었고 하얀 기둥이 건물을 받치고 있었다. 지미는 특산품 채소 배송을 끝낸 이른 아침이면 이 집을 목적지 삼아 차를 달리곤 했다. 그가 몰던 파르테논 프로듀스 3톤 배송트럭은 매번 기어를 한 단계 내릴 때마다 볼썽사납게 덜컹거리곤 했다. 그렇게 아침에 몇 번을 왔는데도 지미는 그 집 근처 어디에서도 사람이나 차를 본 적이 단 한 번도 없었다. 그는 저렇게 큰 집을 비워두는 건 죄를 짓는 게 아닐까 하고 늘 생각하곤 했다. 빈집인데 관리가 저렇게 잘되어 있으니 그냥 들어가서 살면 어떨까도 싶었다. 그러면 어떨까? 그냥 차지해버리면? '저 큰 집의 저 많은 방에서 우리 애들이 얼마나 많은 것을 할 수 있을지 상상해봐' 하고 생각하곤 했다.

이날 아침 지미는 그 저택 건너편에 크라이슬러를 세웠다. 적어도 그의 시야 범위 내에서는 예전과 달라진 게 없었다. 주유는 스탬포드에서 했고, 그곳 편의점에 들러 아스피린 한 통도 사 왔다. 젠장, 허리가 아팠다! 어떻게 고작 이틀 만에 다시 집하장으로 돌아간단 말인가? 정말이지, 무슨 수로?

지미는 아스피린 통을 열어 한줌을 털어 넣었다. 물도 없이 씹어 넘겼다. 물론 맛은 역겹지만 아스피린은 씹어 넘기는 것이 한 알을 통째로 삼켰을 때보다 효과가 빠르다는 게 익히 알려진 바였다. 한 알을 그냥 삼키면 덩어리가 그대로 남아 있기 때문에 위산이 분비돼도 한동안은 효과를 내지 못한다. 그렇게 몇 알을 씹어 먹은 지미는 결혼식 날 밤을 떠올렸다. 그는 고작 열아홉 살이었고 지나는 그보다도 더 어렸다.

그날 밤 지나가 물었다. "지미, 아기는 몇이나 낳고 싶어?"

"임신할 때마다 자기 가슴도 커지는 거, 맞지?" 지미가 말했다.

"그럴걸."

"그럼 열 명이나 열한 명으로 할래." 지미가 말했다.

실제로도 결국 여섯을 낳았는데, 터무니없는 숫자이긴 했다.

아이가 여섯이라니! 농작물이나 다루는 지미가! 부부가 도대체 **생각**이 있었던 걸까? 아들 셋에 딸 셋이었다. 딸들은 이탈리아식으로 아들들은 아일랜드식으로 이름을 지은 것은, 지미가 촌스러운 재치를 발휘한 데서 나온 아이디어였다. 아이가 여섯이라니!

이미 뻐근하게 저려오던 허리 통증은 경련으로 바뀌었고 이젠 한층 더 심하게 아파왔다. 맥박이 뛸 때마다 최근 수술한 자리를 따라서 주기적으로 극심한 통증이 밀려들었다. 지미의 몸이 흐느끼듯 부르르 떨렸다. 지미는 아스피린 몇 알을 더 손바닥에 털어부었다. 그리고 그 큰 집을 바라보았다. 그는 회사 석탄 트럭 엔진을 향해 방아쇠를 당겼던 자신의 할아버지를 생각했다. 또 노조를 결성했다가 회사가 고용한 흥신소 사람에게 살해당한 삼촌을 생각했고, 진폐증을 생각했다. 그의 의사와 조셉 D. 디첼로와 버섯 사나이와 아이티인 물류 담당자 헥터를 생각했으며, 멀리 코네티컷에 사는 탓에 이젠 보기조차 힘들어진 동생 패트릭을 떠올렸다.

아스피린을 씹던 지미는 길 건너편 대저택의 창문 수를 세어내려갔다. 창문 수에 대해서는 이전까지는 한 번도 생각해본 적이 없었다. 치아 사이에 낀 아스피린 조각을 혀로 밀어내며 그는 서른두 개째 창문을 셌다. 길가에서 보이는 창만 서른두 개였다! 생각하고 또 생각한 뒤에야 지미가 말했다.

"마누라에 애가 여섯인 나라고 해도……." 지미가 소리 내어 말했다.

"마누라에 애가 여섯인 나라고 해도 저런 집을 갖는 건 분명 죄악이야. 분명히 그래."

생각하고 또 생각해봤지만 지미 모런이 생각할 수 있는 건 거기까지였다. 그가 생각해낼 수 있는 거라곤 이 말뿐이었다.

"나라고 해도, 그건 분명 죄악이야." 지미가 말했다.

'명성 자자한
자르고 붙여 불붙이기' 담배 마술

The Famous Torn and Restored Lit Cigarette Trick

헝가리에서 리처드 호프만의 가족은 당시로서는 화장품이자 의약품으로도 쓰였던 '호프만 장미수'를 제조했다. 어머니는 소화불량에 장미수를 마셨고, 아버지는 운동 후 사타구니에 청량감과 향기를 더하는 용도로 장미수를 썼다. 하인들은 장미수를 넣은 찬물 욕조에 면 식탁보를 헹궜고 부엌에도 장미향이 감돌았다. 요리사는 스위트브레드(어린 소, 양, 돼지 등의 췌장이나 흉선―옮긴이) 반죽을 섞을 때 장미수를 한 번 끼얹었다. 부다페스트의 숙녀들은 저녁 행사 때는 외국에서 들여온 값비싼 화장수를 썼지만, 낮 동안에는 호프만 장미수야말로 모든 여성들에게 비누 못지않은 청결 관리 필수품이었다. 헝가리 남성들은 수십 년을 결혼해 살면서도 부인의 살결에서 나는 정제된 장미꽃 향이 타고난 체취가 아니라는 사실을 모르기도 했다.

리처드 호프만의 아버지는 흠잡을 데 없는 신사였지만, 어머니는 하인들에게 손찌검을 했다. 친할아버지는 술꾼에 싸움꾼이었고, 바이에른 출신의 멧돼지 사냥꾼이었던 외할아버지는 나이 아흔에 데리고 다니던 말에게 밟혀 죽었다. 남편이 폐결핵으로 죽자 그의 어머니는 카타놉스키라는 잘생긴 러시아 사기꾼에게 집안의 전 재산을 날렸다. 흔한 주술사이자 강령술사였던 카타놉스키가 호프만 부인에게 죽은 남편을 만나게 해주겠노라 약속했던 것이다. 리처드 호프만은 미국으로 떠났는데, 그는 그곳에서 사람 둘을 살해했다.

호프만은 제2차 세계대전 때 피츠버그로 건너가 십 년간 웨이터 조수로 일했다. 그는 손님들을 형편없이 하대했다.

"난 헝가리에서 왔소!" 그는 고래고래 소리를 질렀다. "당신도 헝가리 사람이오? 그렇다면 제대로 찾아왔군!"

그는 수년간 이런 쓰레기 같은 말들을 뱉어내곤 했다. 미국에서 나고 자란 철강 근로자라 해도 믿을 만큼 능숙하게 영어를 구사하게 된 뒤에도 마찬가지였다. 이렇게 의례적으로 손님의 품격을 떨어뜨리면 팁은 더 후하게 나왔고, 덕분에 그는 서퍼 클럽(식사와 음료가 제공되는 고급 나이트클럽—옮긴이)을 사들일 만한 돈을 모을 수 있었다. '파라오의 궁전'이라는 이 클럽에서는 밤마다 마술 공연과 코미디 공연이 열렸고 쇼걸이 등장했다. 도박꾼과 졸부들 사이에서는 꽤나 유명한 클럽이었다.

사십대 후반에 호프만은 보조 마술사를 뽑는 오디션에서 에이스 더글러스라는 청년에게 기회를 주었다. 에이스는 나이트클럽 무대에 서본 경험이 없었고, 그럴듯한 사진이나 이력도 없었다. 그러나 수화기 너머로 들리는 목소리가 사뭇 매력적이었으므로 호프만은 그에게 오디션 기회를 주었다.

오디션이 있던 날 오후, 에이스는 턱시도 차림으로 클럽에 도착했다. 구두는 부티 나게 반짝였고, 은색 담배케이스에는 그의 이름 머리글자가 깔끔하게 새겨져 있었다. 밝은 갈색 머리칼과 호리호리한 체구의 매력적인 사내였다. 그는 웃고 있지 않을 때는 여심을 사로잡는 미남배우 같았고, 미소를 띨 때는 친근한 구조대원 같았다. 둘 중 어느 쪽이든 마술을 하기에는 너무 부드러운 인상이었으나(호프만 가게의 다른 마술사들은 일부러 으름장을 놓곤 했다), 공연이 재미있고 솜씨가 훌륭한 데다, 당시 마술사들이 써먹던 이상한 유행을 따라 하지도 않았다. (그는 예를 들어 뱀파이어의 후손이라거나, 람세스 무덤의 비밀에서 힘을 얻는다거나, 어릴 때 집시에게 납치당했다거나, 미지의 동방에서 선교사의 손에 자랐다는 등의 주장을 하지 않았다.) 어망에서 고기가 튀어오를 땐 어설픈 솜씨도 어물쩍 가려진다는 것을 아는 호프만 가게의 다른 마술사들과 달리 그에겐 여자 조수조차 없었다. 더욱이 그는 스스로를 '위대한' 뭐라든가 '대단한' 누구라는 식으로 부르지 않을 만큼의 센스와 세련됨을 지니고 있었다.

부드러운 머릿결에 새하얀 장갑을 낀 무대 위 그의 모습은 시나트라(미국의 대중가수 겸 영화배우—옮긴이)와 같은 성적인 감미로움을 풍겼다.

에이스 더글러스가 오디션을 보러 온 그날 오후에는 빅 산드라라고 불리던 나이 든 웨이트리스가 파라오 궁전의 칵테일바를 정리하고 있었다. 몇 분간 에이스의 마술을 지켜보던 빅 산드라가 호프만에게 다가가 그의 귀에 대고 속삭였다. "홀로 침대에 누운 밤이면 가끔 남자를 떠올리곤 해요."

"물론 그렇겠지, 산드라." 호프만이 말했다.

산드라가 늘 하는 말이었다. 그녀는 끝내주게 문란한 여자였고, 실제로 호프만과도 몇 차례 잠자리를 한 적이 있었다.

그녀가 속삭였다. "그런데 남자를 떠올릴 때 말이죠, 내 머릿속에 그리던 남자가 딱 저런 남자였어요."

"저 친구 마음에 드나?" 호프만이 물었다.

"오, 이런."

"여자들이 저 친구를 좋아할 것 같아?"

"오, 이런." 고상하게 손부채질을 하며 빅 산드라가 말했다. "당연히 그렇죠."

그로부터 채 한 시간이 지나지 않아 호프만은 가게의 다른 마술사 둘을 해고했다.

이후 에이스 더글러스는 파라오의 궁전이 문을 여는 날에는 밤마다 무대에 올랐다. 그는 피츠버그에서 공연을 하는 사람 중에 돈을 가장 많이 받았다. 당시는 젊고 멋진 여성이 남성 파트너 없이 술집을 드나드는 게 일반적이지 않던 때였으나, 최고로 멋진 옷으로 차려 입은 근사한 여자들—너무나 매력적이고 젊은 독신 여성—이 친한 여자 친구들과 함께 에이스 더글러스의 마술 공연을 보기 위해 파라오의 궁전을 찾았다. 그러자 그 젊고 멋진 여자들에게 값비싼 칵테일을 사주기 위해 남자들도 파라오의 궁전으로 왔다.

호프만은 레스토랑 뒤편에 따로 테이블을 두고 앉아 있다가 마술 공연이 끝나면 에이스 더글러스와 함께 그곳에 모인 여자들을 즐겁게 해주었다. 여자들이 에이스의 눈을 가리고 호프만이 테이블 위에 놓인 물건 하나를 골라잡으면 에이스는 그 물건이 뭔지 맞혔다.

"포크네요." 에이스가 말했다. "금으로 만든 라이터군요."

의심이 많은 여자들은 자기 지갑을 열어 평소에 잘 나오지 않는 물건들—가족사진, 처방약, 기차표—을 꺼내곤 했는데, 이 역시 에이스가 쉽게 알아맞힐 수 있는 물건들이었다. 여자들은 깔깔대며 웃었고, 눈을 제대로 안 가린 것 같다며 축축한 손으로 에이스의 눈을 감쌌다. 레티, 펄, 시기, 도나 같은 이름의 여자들이었다. 다들 춤추기를 좋아했고, 앉은자리 테이블 위에 근사한 모피 숄을 보란 듯이 올려놓곤 했다. 호프만은 합당한 남자나, 합당하지는 않지만 관심을 보이는 남자들에게 그녀들을 소개해주었다. 에이스 더글러스는 밤늦게 귀가하는 여인들을 주차장까지 바래다주었다. 그는 여자들의 말에 정중히 귀를 기울였고, 그녀들이 비틀거리면 걱정 말라는 듯 허리춤을 손으로 받쳐주었다.

매일 저녁을 마무리할 즈음이면 호프만은 안타깝다는 듯 이렇게 말했다. "나나 에이스는 그 많은 여자들이 오고 가는 걸 보기만 하는군……."

에이스 더글러스는 진주 목걸이를 흰 장갑으로 바꾸었고, 라이터를 초로 바꾸었다. 그는 여인들의 머리핀에서 실크 스카프를 만들어낼 수도 있었다. 그러나 1959년에 그가 보여준 가장 기막힌 마술은, 수녀원 부설학교에 다니던 자기 여동생을 리처드 호프만의 결혼 상대로 선사한 것이었다.

그녀의 이름은 앤절러였다. 그녀는 수녀원 부설학교 배구 챔피언이었으며, 영화배우 같은 다리를 가졌고, 웃는 모습이 무척 예뻤다. 그녀가 호프만을 알게 된 지는 2주밖에 안 됐지만, 결혼식 날 그녀는 임신 열흘째였다. 결혼 직후 앤젤러는 딸을 낳았고, 부부는 아이의 이름을 에스터라고 지었다. 1960년대 초에는 그들 모두 행복하게 잘 살았다.

에스터가 여덟 살이 되었을 때 호프만 부부는 파라오의 궁전에서 특별한 파티를 열어 딸의 생일을 축하했다. 그날 밤, 칵테일 라운지에는 도둑이 앉아 있었다.

겉보기엔 도둑 같지 않았다. 그런대로 잘 차려입고 있었으므로 손님 대접도 잘 받았다. 그는 마티니 몇 잔을 걸쳤다. 그러다 마술 공연이 한창인 틈을 타 바 뒤로 넘어가 바텐더를 걷어차고 금전등록기를 주먹으로 쳐서 열었다. 그리고 양손에 십 달러와 이십 달러를 한 움큼씩 거머쥔 채 파라오의 궁전 밖으로 줄행랑을 쳤다.

손님들은 비명을 질렀고, 부엌에 있던 호프만도 그 소리를 들었다. 호프만은 주차장까지 도둑을 쫓아가 머리채를 잡아챘다.

"나한테서 도둑질을 해?" 호프만이 소리쳤다. "나한테서 염병, 도둑질을 해?"

"저리 꺼져." 도둑이 말했다. 그의 이름은 조지 퍼셀이었고 그는 취해 있었다.

"나한테서 염병, 도둑질을 했다 이거지?" 호프만이 소리쳤다.

호프만은 노란색 뷰익 자동차 옆으로 조지 퍼셀을 밀쳤다. 손님들 몇몇은 이미 밖으로 나와 레스토랑 입구에서 지켜보고 있었다. 에이스 더글러스도 나와 있었다. 그는 손님들 사이를 뚫고 주차장까지 간 다음 담뱃불을 붙였다. 에이스 더글러스가 지켜보는 가운데 호프만은 퍼셀의 셔츠자락을 잡고 들어 올려 그를 캐딜락 보닛 위로 내쳤다.

"저리 가!" 퍼셀이 말했다.

"네 놈이 나한테서 빌어먹을 도둑질을 해?"

"당신이 내 셔츠를 찢었어!" 아연실색한 듯 퍼셀이 소리쳤다. 그가 갈가리 찢긴 셔츠를 내려다보고 있을 때, 호프만은 다시 한 번 그를 노란 뷰익 쪽으로 밀쳤다.

그러자 에이스 더글러스가 말했다. "리처드, 진정하시죠.(뷰익은 에이스의 차였고, 새 차였다) 리처드? 이보세요, 리처드? 제 차는 다치지 않게 해주세요."

호프만은 도둑을 땅바닥에 내동댕이치고는 그의 가슴팍에 걸터앉았다. 숨을 고른 호프만이 웃으며 말했다. "두 번은 없어, 절대. 두 번 다시 나한테서 도둑질을 해선 안 돼."

여전히 퍼셀의 가슴에 걸터앉은 채 호프만은 아스팔트 위에 떨어진 십 달러짜리와 이십 달러짜리를 차분히 주워 모아 에이스 더글러스에게 건넸다. 그러고는 퍼셀의 뒷주머니에 손을 찔러 넣어 그의 지갑을 꺼냈다. 호프만은 지갑을 열어 9달러를 가져갔다. 지갑 안에 든 돈은 그게 전부였다. 퍼셀은 분개했다.

"그건 내 돈이야! 내 돈을 왜 가져가!" 퍼셀이 소리쳤다.

"**네 돈?**" 호프만이 퍼셀의 머리통을 후려갈겼다. "**네 돈?** 젠장, **네 돈이라고?**"

에이스 더글러스가 호프만의 어깨를 가볍게 두드리며 말했다. "리처드. 리처드? 그냥 경찰을 기다리는 게 어때요? 그러죠, 리처드?"

"**네 돈?**" 호프만이 이번에는 퍼셀의 지갑으로 그의 얼굴을 후려갈겼다. "네가 나한테서 도둑질을 했으니 넌 돈이 없어! 네가 내 걸 훔쳤으니까 네 돈은 다 내 돈이야!"

"아, 젠장. 그만하시지? 날 내버려두라고. 응?" 퍼셀이 말했다.

"그래요." 에이스 더글러스가 말했다.

"**네 돈?** 네 돈이 다 내 돈이다! 네 놈은 내 거야! 네 놈이 내 걸 훔쳤으니 이 빌어먹을 **구두**도 내 거라고!" 호프만이 소리쳤다.

호프만이 퍼셀의 다리를 치켜올려 그의 신발 한 짝을 벗겨냈다. 근사한 갈색 가죽 윙팁(코 부분에 날개 모양의 스티치 장식이 있는 구두—옮긴이)이었다. 호프만은 구두로 퍼셀의 얼굴을 한 대 후려친 다음, 나머지 한 짝도 벗겨냈다. 호프만은 더는 흥이 나지 않을 때까지 몇 번을 더 내리치고서야 퍼셀의 가슴팍에 앉아 구두를 팔에 낀 채 한동안 숨을 골랐다. 그러고는 몸을 뒤흔들며 안쓰러울 정도로 퍼셀의 가슴팍을 내리눌렀다.

"이런, 세상에." 퍼셀이 신음 소리를 냈다. 입술에서는 피가 흘렀다.

"리처드, 이제 일어나시죠." 에이스가 말했다.

잠시 후 퍼셀의 가슴 위에서 내려온 호프만은 그의 신발을 들고 파라오의 궁전으로 들어갔다. 턱시도 한쪽 무릎은 찢어졌고, 셔츠는 축 늘어져 있었다. 손님들은 레스토랑 벽에 기대 그가 들어가도록 길을 터주었다. 부엌으로 간 호프만은 냄비 닦는 싱크대 옆에 있던 커다란 쓰레기통 중 하나에 퍼셀의 구두를 던져 넣었다. 그는 사무실로 들어가 문을 닫았다.

냄비 닦는 일은 마누엘이라는 쿠바 청년이 하고 있었다. 마누엘은 조지 퍼셀의 갈색 윙팁을 쓰레기통에서 꺼내 그중 한 짝을 발에 대보았다. 잘 맞는 듯했으므로 그는 신고 있던 샌들을 벗고 퍼셀의 구두로 갈아 신었다. 잠시 후, 주방장은 통에 담겨 있던 차가운 그레이비소스를 방금 버린 샌들 위로 쏟아 부었고 마누엘은 그 모습을 흡족하게 바라보았다. 냄비를 닦기 위해 자리로 돌아온 마누엘은 뜻밖의 행운에 절로 휘파람을 불었다.

경찰관이 도착했다. 그는 조지 퍼셀에게 수갑을 채워 호프만의 사무실로 데려갔다. 에이스 더글러스가 그 뒤를 따랐다.

"고소하시겠습니까?" 경찰이 물었다.

"아니요. 그냥 둬요." 호프만이 말했다.

"고소를 안 하겠다면, 이 자는 풀어주겠습니다."

"풀어줘요."

"이 사람 말이 선생님이 자기 구두를 가져갔다는데요."

"그놈은 범죄자요. 내 레스토랑에 들어올 때부터 구두는 없었소."

"저자가 내 구두를 가져갔어." 퍼셀이 말했다. 그의 셔츠 칼라에 피가 흥건했다.

"애당초 구두는 없었소. 저자를 봐요. 신발을 안 신고 있잖아."

"당신이 내 돈과 신발을 가져갔잖아, 이 짐승 같은 놈. 20달러 짜리 신발이란 말이야!"

"이 도둑놈을 내 레스토랑 밖으로 데리고 나가주십시오." 호프만이 말했다.

"경관님? 실례합니다만, 제가 줄곧 여기 있었는데 이 사람이 구두를 신은 건 보지 못했습니다. 부랑자인 것 같습니다만, 경관님." 에이스 더글러스가 말했다.

"그렇지만 이렇게 정장 양말을 신고 있잖아! 나를 봐! 나를 보라고!" 퍼셀이 소리쳤다.

호프만이 자리에서 일어나 사무실 밖으로 나갔다. 경찰관은 조지 퍼셀을 앞세우고 호프만의 뒤를 따랐다. 그 뒤로는 에이스 더글러스가 걸어 나갔다. 레스토랑 안을 지나던 호프만은 잠시 걸음을 멈추고 생일파티 중이던 딸을 데리고 주차장으로 나갔다.

"지금 내가 하는 말 잘 들어. 또 한 번 내 물건에 손대면, 넌 내 손에 죽는다." 그가 퍼셀에게 말했다.

"진정하세요." 경찰관이 말했다.

"길에서 내 눈에 띄기만 해도 넌 죽어."

"고소를 원하시면 고소를 하세요. 그게 아니면 진정하십시오." 경찰관이 말했다.

"도둑질을 좋아하지 않아서요." 에이스 더글러스가 말했다.

"짐승 새끼." 퍼셀이 중얼거렸다.

"이 여자애 보이지? 내 딸이 오늘 여덟 살이 됐어. 내가 이 애랑 길을 가다가 네 놈을 보게 되면, 애를 길가에 둔 채 길을 건너서 애가 보는 앞에서 널 죽여주마." 호프만이 말했다.

"그만하면 됐습니다." 경찰관이 말했다. 그는 조지 퍼셀을 주차장 밖으로 데려간 후 수갑을 풀어주었다.

경찰과 도둑이 저만치 멀어져갔다. 호프만은 에스터를 안은 채 파라오의 궁전 계단에 서서 소리쳤다. "내 딸이 보는 앞에서 널 죽이게 만들어? 어떻게 돼먹은 인간이야? 미친놈! 네가 어린 여자애 인생을 망치는 거야! 지독한 놈!"

에스터는 울고 있었다. 에이스 더글러스가 호프만에게서 아이를 데려갔다.

그다음 주, 도둑 조지 퍼셀이 파라오의 궁전을 다시 찾아왔다. 정오라 레스토랑은 아주 조용했다. 식사 준비를 맡은 요리사는 닭고기 육수를 만드는 중이었고, 냄비 닦이 마누엘은 마른 식품을 보관하는 저장고를 닦는 중이었다. 호프만은 사무실에서 도매업자에게 채소를 주문하고 있었다. 퍼셀은, 이번에는 맨 정신으로 곧장 부엌으로 향했다.

"내 신발 내놔! 20달러짜리 신발이야!" 사무실 문을 두드리며 퍼셀이 소리쳤다.

잠시 후 사무실에서 나온 리처드 호프만은 고기망치로 조지 퍼셀을 때려 죽였다. 냄비 닦이 마누엘이 그를 말리자 호프만은 마누엘도 고기망치로 때려 죽였다.

에스터 호프만은 타고난 마술사로 자라지 못했다. 그녀는 손이 무뎠다. 그녀의 잘못이라기보다는 불행히도 그저 타고난 결점이었다. 그것만 제외한다면 에스터는 총명한 아가씨였다.

그녀의 외삼촌인 에이스 더글러스는 3년 연속 아메리카 마술사 챔피언십에서 유수의 성적을 거두었다. 그는 은화 동전 하나만으로 일체의 소도구나 보조도구 없이 타이틀을 따냈다. 한 대회에서는 동전을 사라졌다 다시 나타나게 하는 15분간의 아찔한 순간을 선사했는데, 전문가들로 꾸려진 심사위원단은 그 긴 시간 동안 동전이 에이스 더글러스의 무릎 위에 버젓이 놓여 있었다는 사실을 전혀 눈치채지 못했다. 개중 누가 잠깐이라도 에이스의 손에서 시선을 떼고 힐끗 보기만 했더라도 그 반짝이는 물체를 알아챘을 법한 곳에 그는 동전을 두었다. 하지만 그들은 동전이 여전히 에이스의 손가락 위에 놓여 있으리라 확신하며 결코 시선을 떼지 않았다. 심사위원단은 바보가 아니었지만 동전을 가져가고 떨어뜨리고 이동시키는 에이스의 속임수 동작에 넘어갔으며, 불가능을 깨고 다시 동전이 등장할 때의 좀 더 커진 동작이 너무나 현혹적이었던 나머지 누구도 알아채지 못했다. 에이스에게는 그 스스로는 이름조차 붙이지 않은 나름의 몸짓이 있었다. 그는 시선 뺏기의 대가였다. 그는 의심의 여지를 허락지 않았다. 에이스의 손가락은, 머릿속 생각처럼 느슨하면서도 빨랐다.

하지만 에스터 호프만의 마술은 딱하리만치 단조로웠다. 그녀도 '명성 자자한 춤추는 지팡이' 마술이나 '명성 자자한 사라지는 우유' 마술, '명성 자자한 중국 반지 맞물려 잇기' 마술을 구사했다. 그녀도 전구에서 앵무새를 꺼냈고 불타는 팬에서 비둘기를 꺼냈다. 생일잔치에서는 아이를 공중에 띄울 수도 있었다. 초등학교에서는 교장선생님의 넥타이를 잘랐다 다시 붙이기도 했다. 교장이 여성일 경우, 교장에게 빌린 반지를 사라지게 했다가

학생의 주머니에서 다시 찾아낼 수도 있었다. 만약 교장이 액세서리를 하나도 지니고 있지 않다면, 지켜보던 아이들이 너무 좋아 숨이 넘어갈 듯 괴성을 지르는 가운데 교장의 목에 칼을 관통시킬 수도 있었다.

단순하고 기술이랄 게 없는 마술들이었다.

"넌 젊잖니. 나아지겠지." 에이스가 에스터에게 말했다.

하지만 나아지지 않았다. 에스터는 마술을 해서 버는 돈보다 어린 여자아이들에게 플루트를 가르치고 버는 돈이 더 많았다. 그녀는 괜찮은 플루트 연주자였는데, 그 사실이 그녀는 너무 화가 났다. 이런 음악적 기술이 무슨 소용이란 말인가?

"네 손가락은 아주 빠르단다. 네 손가락에는 전혀 문제가 없어. 문제는 빠르기가 아니란다, 에스터. 동전을 빨리 다뤄야 할 필요는 없어." 에이스가 그녀에게 말했다.

"동전이 너무 싫어요."

"동전이 널 즐겁게 해주는 것처럼 다뤄야 해. 동전이 널 겁준다고 생각하지 말고."

"동전을 쥐고 있으면 꼭 오븐 장갑을 낀 느낌이에요."

"동전이 늘 쉽지만은 않지."

"전 누구도 속이지 못해요. 시선을 빼앗지 못하니까요."

"시선을 빼앗는 문제가 아니란다, 에스터. **시선을 얻는가**의 문제지."

"전 손이 없어요. 제가 가진 건 앞발이에요." 에스터가 불만을 털어놓았다.

에스터가 동전이나 카드를 어설프게밖에 다루지 못하는 건 사실이었다. 그녀는 결코 노련한 마술사가 되진 못할 터였다. 그녀에겐 재능이 없었다. 더욱이 근사한 자태도 갖추지 못했다. 에스터는 삼촌이 젊었을 때 파라오의 궁전에서 찍은 사진을 본 적이 있었다. 커프스 장식이 달린 턱시도 차림으로 귀족풍의 대리석 기둥에 기대어 선 모습이었다. 그의 스타일에 비하기에는 근접하다 할 마술조차 없었다. 의심 가득한 그 많은 드센 무리—그에게 도전장을 내밀거나 그가 제대로 손을 놀릴 수 없게 팔을 잡아채는 사람들—에게 둘러싸여서도 에이스는 자리를 지키고 앉아, 그중 한 사람에게 일상용품을 빌려 그 물건을 완전히 증발시켜버리곤 했다. 에이스의 손에 들어간 누군가의 자동차 열쇠는 어디에도 존재하지 않는 것으로 바뀌었다. 그야말로 감쪽같이 사라졌다.

파라오의 궁전에서 에이스가 보여준 나이트클럽 마술은 우아한 타락에 대한 헌정이었다. 동전, 카드, 주사위, 샴페인잔, 담배. 이 모든 건 음주, 죄악, 교묘한 술수와 돈을 권하고 부추기기 위한 것들이었다. 그는 객석에 앉은 한 숙녀에게서 빌린 담배 한 개비로 시작되는 담배 마술의 전 과정을 혼자서 해냈다. 그는 담배 한 개비가 뚫고 지나간 동전을 다시 그 숙녀에게 건넸다. 그는 담배를 반으로 찢었다 다시 붙였고, 그것을 삼켰다 다시 뱉어낼 때는 여섯 개비가 더 딸려 나왔으며, 담배 수를 두 배로 늘렸다가 또 한 번 두 배로 늘린 다음에는 열 손가락 사이사이와 입, 양쪽 귀 뒤에서 불이 붙은 채로 담배연기가 피어올랐고, 곧이어 그의 옷 주머니마다 불붙은 담배가 튀어나왔다(놀랐다고? 그는 겁에 질렸다!). 그가 까닥 고갯짓을 하자 원래 가지고 있던 담배 한 개비를 제외한 모든 담배가 일순간에 사라졌다. 박수갈채가 쏟아지는 사이 그는 호사스럽게 남은 담배 한 개비를 피워 물었다.

에스터는 그 무렵, 호프만이 파라오 궁전의 주인이었을 당시 아버지의 사진도 본 적이 있었다. 턱시도를 입은 아버지는 미남이었지만 품새가 묵직했다. 그녀는 아버지의 두툼한 손목을 물려받았다.

감옥에서 나온 리처드 호프만은 에이스가 에스터와 함께 살고 있는 집으로 들어갔다. 그 무렵 에이스는 시골에 아주 훌륭한 저택을 가지고 있었다. 집 뒤로는 1.5킬로미터 남짓 숲이 우거져 있고 귀족가의 정원처럼 잔디가 깔려 있는, 높이 솟은 노란색의 빅토리아풍 저택이었다. 에이스 더글러스는 마술로 상당한 돈을 벌어들였다. 그는 호프만이 구속되던 때부터 파라오의 궁전을 운영했고, 이후 호프만의 허락하에 고급 레스토랑을 경영하는 사람에게 클럽을 팔면서 큰 이문을 남겼다. 에스터는 고등학교를 졸업한 이후로 에이스와 함께 살면서 그 집의 한 층을 혼자 썼다. 에이스의 동생 앤젤러는, 역시 호프만의 승인하에 그와 이혼하고 플로리다로 가서 새 남편과 살았다. 다만 에스터가 감옥으로 면회 오는 것만은 호프만이 결코 허락지 않았으므로 부녀가 얼굴을 본 건 14년 만이었다. 호프만은 감옥에 있는 동안 더 땅딸막해져 있었다. 그는 에이스와 에스터가 기억하는 것보다 키가 작아진 듯했고 몸무게는 더 불어나 부쩍 넙데데해 보였다. 근사한 붉은색 수염까지 덥수룩이 자라 있었다. 그는 쉽게 눈물을 흘리거나—그렇게까지는 아니더라도—늘 금세라도 눈물을 쏟아낼 것 같아 보였다. 다시 같이 살기 시작한 뒤로 첫 몇 주간은 에스터도 호프만도 전혀 편하지 않았다. 부녀는 짧게 몇 마디를 주고받곤 했는데, 대화는 이런 식이었다.

"네가 지금 몇 살이지?" 호프만이 물었다.

"스물둘이요."

"내 러닝셔츠 중에 네 나이보다 더 오래된 게 있다."

또 다른 대화도 있었다. 호프만이 말했다. "내가 감옥에서 만난 친구들은 세상에서 가장 괜찮은 친구들이었다."

그러면 에스터가 말했다. "솔직히, 아빠, 그렇진 않을 거예요."

대화는 그런 식이었다.

그해 12월 호프만은 인근의 한 초등학교에서 열린 에스터의 마술 공연에 참석했다.

"에스터는 참 못해." 후에 호프만이 에이스에게 말했다.

"제가 보기엔 괜찮은데요. 아이들 공연으로는 솜씨가 괜찮아요. 에스터도 좋아하고요." 에이스가 말했다.

"아주 형편없어. 너무 극적이야."

"아마도요."

"걔가 그러더군. **보시라!** 그런 돼도 않는 걸. 이걸 **보시라!** 저걸 **보시라!**"

"그렇지만 아이들이잖습니까. 아이들을 상대할 땐 마술을 쓰기 직전과 직후에 그걸 알려줘야 해요. 애들은 너무 들떠서 무슨 일이 벌어지는지 모르니까요. 마술이 뭔지도 모르는 녀석들이잖아요. 그 녀석들은 마술을 할 때랑 그냥 서 있을 때도 구분을 못해요." 에이스가 말했다.

"에스터는 너무 긴장하는 것 같아."

"그럴지도요."

"걔가 그러더라니까, **앵무새를 보시라!**"

"에스터의 앵무새 마술은 나쁘지 않아요."

"그럴싸하질 않아. 그래서는 아무도 못 속여." 호프만이 말했다.

"그럴싸해 보이려고 하는 건 아니니까요, 리처드. 아이들 공연이잖습니까."

그다음 주에 호프만은 커다란 하얀 토끼 한 마리를 사서 에스터에게 주었다.

"아이들 공연을 하려면 토끼 한 마리는 있어야지." 호프만이 에스터에게 말했다.

에스터가 호프만을 껴안으며 말했다. "토끼는 처음 가져봐요."

호프만이 토끼장에서 토끼를 꺼내 들었다. 보기 드물게 덩치가 엄청난 녀석이었다.

"임신한 거예요?" 에스터가 물었다.

"아니, 아니다. 그냥 큰 거야."

"마술 공연에 쓰기엔 너무 크네요." 에이스가 토끼를 보며 말했다.

"저 토끼를 꺼낼 수 있을 만큼 큰 모자는 아직 없어요." 에스터가 말했다.

"사실 이놈은 작게 접을 수 있어." 호프만이 말했다. 그는 토끼를 아코디언처럼 잡고는 꾹 눌러 커다란 흰 공 모양으로 만들었다.

"그 녀석, 접히는 걸 좋아하는 것 같군요." 에이스의 말에 에스터가 웃음을 터뜨렸다.

"그럼 거리낄 것 없지. 이 녀석 이름은 보니다." 호프만은 마치 덩치 큰 고양이를 잡듯 토끼의 목덜미를 잡고 앞으로 내밀었다. 그렇게 몸통을 쭉 뻗은 채로 매달려 있으니 큰 너구리보다 몸집이 더 컸다.

"어디서 사셨어요?" 에스터가 물었다.

"신문에서 보고 샀다!" 호프만이 눈을 반짝이며 말했다.

에스터는 마술용 비둘기나 앵무새보다 보니를 더 좋아했다. 비둘기나 앵무새도 충분히 매력적이었지만, 기본적으로는 어쩌다 운 좋게 예쁘게 태어난 멍청이들에 불과했다. 에이스도 보니를 좋아했다. 그는 작고 거치적거리고 그다지 달가울 것 없는 토끼 똥에도 개의치 않고, 보니가 그 큰 빅토리아풍 저택을 온통 누비고 다니게 내버려두었다. 보니는 부엌 식탁 한가운데에 앉아 에이스와 에스터, 호프만을 심각하게 바라보는 걸 유독 좋아했다. 그러고 있을 때는 영락없는 고양이 같았다.

"저 녀석 우릴 심판하듯 계속 저럴까요?" 에스터가 물었다.

보니는 밖에 나가 있을 때는 오히려 강아지 쪽에 가까웠다. 햇볕이 드는 곳에 자리를 잡고 테라스에서 잠들곤 했는데, 누군가가 테라스로 다가설 때면 나른한 듯 올려다보는 모양이 마치 사람을 잘 믿는, 심심해하는 강아지 같았다. 밤에는 호프만이 보니와 같이 잤다. 호프만은 한쪽에서 아이처럼 몸을 웅크리고 잤는데, 보니는 그의 몸 중에서 가장 높은 부위—대개는 엉덩이였다—로 올라가 자곤 했다.

하지만 보니는 공연용으로는 쓸모가 없었다. 무대에서 우아하게 다루기에는 몸집이 너무 컸다. 한번은 에스터가 실제로 보니를 모자에서 꺼내는 마술을 시도한 적이 있었는데, 공중에 매달린 모양새가 너무 둔중해서 뒷줄에 있던 아이들은 가짜 토끼가 틀림없다고 생각했다. 보니는 아이들이 문방구에서 산 잡동사니 동물들과 다를 바 없는 커다란 인형 같아 보였다.

"보니는 절대 스타는 못 되겠어." 호프만이 말했다.

"매제가 버릇을 그렇게 들이지 않았습니까. 마술사들이 수십 년째 어여쁜 조수들 성격을 버려놓고 있듯이 말입니다. 녀석을 데리고 주무시니 버릇이 그리 든 거죠."

그해 봄, 에이스 더글러스가 사는 빅토리아풍 저택의 옆집으로 젊은 변호사와 그의 아내가 이사를 왔다(그 집 역시 빅토리아풍 저택이었고, 변호사의 아내 역시 젊은 변호사였다). 모든 일이 금세 진행되었다. 수십 년간 그 집에 혼자 살던 부인이 자다가 숨을 거두면서 몇 주 만에 집이 팔렸다. 새로 이사 온 부부는 포부가 대단했다. 남편인 로널드 윌슨은 에이스에게 전화를 걸어 이 지역에서 자신이 알아야 할 문제—하수 방식이라든가 얼었던 땅이 녹으면서 솟아오른다거나 하는—가 없는지를 물었다. 그는 정원을 꾸밀 계획이라 집 뒤편에 딸린 정자를 짓는 데도 관심이 있었다. 그의 아내, 루스앤은 지방군의 유언장 검인 판사직 후보로 나섰다. 로널드와 루스앤은 키가 훤칠했고 매너도 완벽했다. 부부에겐 아이가 없었다.

윌슨 부부가 옆집으로 이사를 오고 사흘 뒤, 보니가 사라졌다.

테라스에 있었는데 다시 보니 없었다.

호프만은 오후 내내 보니를 찾아다녔다. 혹 보니가 차에 치였을지도 모르니 나가서 찾아보는 게 어떻겠냐는 에스터의 말에 그날 저녁에는 손전등을 들고 나가 오르락내리락 길을 오가며 보니를 찾았다. 이튿날엔 몇 시간 동안 보니의 이름을 부르며 집 뒤쪽 숲을 뒤졌다. 테라스에는 자른 풀 한 접시를 신선한 물과 함께 놓아두었다. 호프만은 밤사이 몇 번이나 일어나 혹시 보니가 테라스에서 풀을 먹고 있는지 나와보았다. 그러다 결국에는 담요로 몸을 둘둘 말고 풀 그릇 옆, 테라스 그네에 누워 망을 보기에 이르렀다. 그는 그렇게 일주일을 밖에서 잤고 신선한 풀내음이 나도록 매일 아침저녁으로 풀을 갈아주었다.

에스터는 보니를 그려 넣은—그녀의 그림만 봐서는 꼭 스패니얼 같았다—전단을 만들고 '커다란 토끼를 찾습니다'라고 써넣었다. 에스터는 마을 전역을 돌며 전신주에 전단을 붙이고 신문에도 공고를 냈다. 호프만은 이웃인 로널드 윌슨과 루스앤 윌슨 부부에게 편지를 써서 그 집 문 밑으로 밀어 넣었다. 편지에는 보니의 색깔, 몸무게, 실종 일자와 시간이 쓰여 있었고, 어떠한 것이라도 좋으니 보니에 대한 정보가 있으면 알려달라는 내용이 적혀 있었다. 윌슨 부부가 그 편지에 대해 어떠한 답도 주지 않자 다음날 호프만은 옆집으로 건너가 초인종을 눌렀다. 로널드 윌슨이 그를 맞았다.

"내 편지 보셨소?" 호프만이 물었다.

"토끼 편지 말씀입니까?" 로널드가 말했다. "찾으셨나요?"

"그 토끼는 암컷이오. 내 딸애 토끼지. 내가 그 아이에게 준 선

물이오. 혹시 보셨소?"

"도로로 나간 건 아니겠죠?"

"보니가 당신 집에 있소, 윌슨 씨?"

"보니가 그 토끼 이름인가요?"

"그렇소."

"보니가 어떻게 우리 집에 들어오겠습니까?"

"혹시 지하실 유리창이 깨지진 않았소?"

"토끼가 우리 집 지하실에 있다고 생각하시는 건가요?"

"지하실에서 보니를 본 적은 없소?"

"없습니다."

"내가 찾아봐도 되겠소?"

"우리 집 지하실에서 토끼를 찾아보시겠다고요?"

두 사내는 한동안 물끄러미 서로를 바라보았다. 야구모자를 쓰고 있던 로널드 윌슨이 모자를 벗고 정수리 부분을 문질렀다. 그는 머리가 벗겨지는 중이었다. 로널드가 다시 모자를 썼다.

"우리 집에는 그 집 토끼가 없습니다, 호프만 씨." 윌슨이 말했다.

"그렇군. 그렇겠지, 물론." 호프만이 말했다.

호프만은 집으로 돌아갔다. 그는 부엌 식탁에 앉아 기다렸다. 에이스와 에스터가 모두 부엌에 들어오자 그는 이렇게 선언했다.

"그 사람들이 보니를 데려갔다. 윌슨 부부가 보니를 데려갔어." 호프만이 말했다.

7월에 호프만은 탑을 쌓기 시작했다. 에이스 더글러스의 집과 윌슨 부부의 집 사이에는 참나무가 늘어서 있어서 호프만이 윌슨네 집을 들여다보려면 나뭇잎에 시야가 가렸다. 호프만은 수개월째 밤마다 다락방 창문에서 쌍안경으로 윌슨의 집을 들여다보며 보니가 있는지를 살폈지만 나무에 가려 아래층이 잘 보이지 않자 화가 치밀었다. 에이스는 8월이면 잎이 떨어질 테니 마음을 편히 가지라고 했지만, 호프만은 그때면 보니가 이미 죽어 있지 않을까 하는 걱정이 앞섰다. 그로서는 받아들이기 힘든 상황이었다. 루스앤 윌슨이 경찰에 신고하는 바람에 이제 윌슨 부부네로 가서 그 집 지하실을 들여다보는 것도 못하게 된 터였다. 협박 편지도 더 이상 보내서는 안 됐다. 윌슨 부부에게 전화를 해서도 안 됐다. 호프만은 다 그리하겠노라고 에이스와 에스터에게 약속했다.

"해코지할 분은 정말 아니에요." 에스터는 루스앤 윌슨에게 말은 그렇게 했지만, 그녀로서도 확신이 서진 않았다.

로널드 윌슨은 호프만이 감옥에 있었다는 사실을 어찌어찌 알게 되면서 가석방 담당관에게 연락을 취했고, 가석방 담당관은 다시 호프만에게 연락해서 윌슨 부부를 가만히 내버려두라고 말했다.

"호프만 씨가 댁에서 토끼를 찾아보게만 해주시면 상황이 금세 마무리되겠지요. 딱 삼십 분만 주시면 어떨까요. 호프만 씨는 보니가 혹 그 댁 지하실에서 덫에 걸렸을까 걱정하는 것뿐입니다." 에이스 더글러스가 윌슨 부부에게 점잖게 의견을 내비쳤다.

"살인자를 집에 들이려고 이 집에 이사 온 게 아닙니다." 로널드 윌슨이 말했다.

"아버지는 살인자가 아니에요." 에스터가 응수했지만, 어딘지 옹색했다.

"저분이 제 아내를 위협했어요."

"난 당신 부인을 겁줄 마음은 없소." 호프만이 말했다.

"정말 누굴 해코지할 분은 아니에요." 에스터가 또 한 번 말했다. "어쩌면 변호사님이 아버지께 새 토끼를 사드릴 수도 있겠죠."

"난 새 토끼는 원치 않는다."

"제 아내를 겁주지 않았습니까." 로널드가 다시 한 번 말했다. "우린 댁한테 빚진 토끼가 없습니다."

그해 늦은 봄, 호프만은 두 집 사이에 있는 가장 작은 참나무를 베었다. 때는 월요일 아침이었다. 윌슨 부부는 일터에 나가 있었고, 에스터는 걸스카우트 행사에서 마술 공연을 하고 있었으며, 에이스는 쇼핑 중이었다. 호프만은 몇 주 전에 톱을 사 숨겨두었다. 참나무는 크지 않았지만, 윌슨네 뒷마당을 가로질러 나무가 대각선으로 쓰러지면서 그 집 정자 한쪽이 좁게 파였고 정원 한쪽 귀퉁이의 꽤 넓은 부분이 망가졌다.

경찰이 도착했다. 긴 협상 끝에 에이스 더글러스는 그 참나무가 두 집 사이에 있기는 하지만 소유권은 자신에게 있으므로 베어낼 권리도 있다는 것을 입증했다. 망가진 부분에 대해서는 넉넉히 보상하겠노라 제안했다. 그날 밤 로널드 윌슨은 또 한 번 에이스의 집에 들렀다. 그는 에이스가 호프만을 방에서 내보내고서야 말문을 열었다.

"우리 상황을 이해하시겠습니까?" 로널드가 물었다.

"이해합니다. 진심으로 그렇습니다." 에이스가 말했다.

두 남자는 부엌 식탁에서 한참을 마주 앉아 있었다. 에이스가 로널드에게 커피를 권했으나, 로널드는 거절했다.

"어떻게 저런 사람과 같이 사시죠?" 로널드가 물었다.

에이스는 대답 대신 그가 마실 커피를 내왔다. 냉장고 문을 열고 우유통을 꺼내 든 에이스는 냄새를 맡고는 우유를 싱크대에 부어버렸다. 그러고는 조금 전 내온 커피 냄새를 맡고 그것 역시 싱크대에 버렸다.

"선생님 남자친구인가요?" 로널드가 물었다.

"리처드가 제 남자친구냐고요? 아니요. 제 가장 친한 친구지요. 제 매제이기도 하고요."

"그래요." 로널드가 말했다. 꽉 조이기라도 하려는 듯, 그는 손가락에 낀 반지를 돌리고 있었다.

"저렇게 멋진 고택을 사다니 꿈이 이루어졌구나 했겠어요?" 에이스가 물었다. 그는 공감하는 심정으로 다정하게 말을 건네려 애썼다.

"네, 그랬었죠."

"그런데 지금은 악몽이 됐겠군요. 그렇죠? 우리 옆집에 사는 게."

"네, 그렇습니다."

에이스가 소리 내어 웃자 로널드 윌슨도 따라 웃었다.

"실은, 환장하게 끔찍한 악몽이지요."

"아내 분이 우릴 무서워하시니, 정말 면목이 없습니다."

"거 참."

"정말 죄송합니다."

"그렇게 말씀해주시니 고맙습니다. 힘들어요. 아내가 가끔 피해망상일 때가 있거든요."

"흠." 에이스는 이번에도 공감을 표하며 다정하게 말하려고 애썼다. "생각해보십시오. 피해망상이라니! 이게 어디 이웃지간입니까?"

두 사람은 다시 소리 내어 웃었다. 그사이 다른 방에서는 에스터가 아버지와 이야기를 나누고 있었다.

"아빠, 왜 그러셨어요? 정말 예쁜 나무였는데." 그녀가 물었다.

호프만은 울고 있었다.

"너무 슬퍼서 그랬다. 그 사람들도 그 기분을 느껴보라고." 한참 만에야 호프만이 입을 열었다.

"아빠가 얼마나 슬픈지 느껴보라고요?" 에스터가 말했다.

"내가 얼마나 슬픈지 느껴보라고. 내가 얼마나 슬픈지." 호프만이 딸에게 말했다.

어찌 됐든 7월부터 호프만은 탑을 쌓기 시작했다.

에이스는 오래된 픽업트럭을 한 대 가지고 있었는데, 호프만은 매일 오후 그 트럭을 몰고 시에서 운영하는 쓰레기처리장으로 가서 나무며 고철 따위를 뒤졌다. 그는 소나무로 탑의 기초를 쌓은 다음 오래된 철제 침대틀로 보강했다. 7월 말에 이르자, 탑 높이가 3미터를 넘어섰다. 안에 계단을 만들 계획은 없었으므로 탑은 속이 꽉 찬 정육면체 모양을 띠었다.

윌슨 부부는 관할 관청에 전화를 넣었다. 관청에서는 에이스 더글러스에게 집에 무허가 구조물을 지었으니 벌금을 내고 당장 설치를 중단하라고 통보했다.

"그냥 나무 옆에 지은 작은 오두막이에요." 에스터는 관청 감독관에게 거짓말을 했다.

"그건 망루요." 호프만이 에스터의 말을 바로잡았다. "그래야 옆집을 들여다볼 수 있거든."

관청 감독관은 한동안 멍하니 호프만을 바라보았다.

"그렇소. 그건 사실 망루요." 호프만이 말했다.

"철거하십시오. 당장 철거하세요." 감독관이 에스터에게 말했다.

에이스 더글러스는 오래된 마술책을 꽤 많이 가지고 있었다. 개중 몇 권은 제2차 세계대전 중 호프만이 헝가리에서 직접 사서 가져온 책이었는데, 당시로서도 값진 고서였다. 호프만은 유럽 전역을 돌며 마지막 남은 호프만 가의 돈으로 집시들과 거래상들에게서 그 귀한 책들을 사들였다. 어떤 책은 독일어로 쓰여 있었고, 어떤 책은 러시아어나 영어로 쓰여 있었다.

그 장서에는 세기 말과 초를 전후해 교육받은 신사층 사이에서 유행했던 객실 마술, 혹은 응접실 마술의 비밀이 적혀 있었다. 책이 알려주는 것은 기술이 아니라 '전환'이었다. 그것은 때로 마술적 조작이었지만, 그저 단순한 과학 실험인 경우가 많았다. 간혹 이러한 전환에는 최면, 또는 최면처럼 보이는 것도 있었고, 청중의 의심을 불식시킬 만한 훈련된 공모자가 객석에 끼어 있지 않고서는 도저히 성공할 수 없는 마술도 있었다. 마술을 하는 사람은 피어오르는 연기와 거울을 이용해 응접실로 유령을 불러낼 수도 있었다. 또 손금을 보거나 차 쟁반을 공중에 띄울 수도 있었다. 달걀이 저 혼자 서 있거나, 자석이 다른 극끼리 서로 밀어내거나, 전류가 모터 달린 작은 발명품으로 바뀌는 것도 보여줄 수 있었다.

책에 적힌 설명은 더할 나위 없이 훌륭했다. 한때 잃어버린 유럽의 마술을 피츠버그에서 재현하겠다는 희망을 품었던 호프만은 1950년대에 이 장서를 에이스 더글러스에게 주었다. 호프만은 파라오의 궁전에 작은 공간을 따로 할애하여 과거 헝가리 중산층 가정의 응접실 분위기로 꾸미고 싶어했으며, 에이스에게는 발목 조금 위까지 올라오는 각반을 채우고 염소가죽 장갑을 끼게 할 생각이었다. 실제로 에이스 또한 그 책들을 연구했다. 하지만 대부분의 전환은 정확히 재현할 길이 없었다. 이런 옛날 마술을 하려면 가정에서 흔히 쓰던 물건이 필요했는데, 그 물건들은 더 이상 흔하지 않았다. 등유 상자, 타고 남은 양초심지 자투리, 소량의 밀랍, 타구(唾具), 바지에 차는 시계주머니, 공 모양의 코르크, 길쭉하게 생긴 가죽 닦는 비누 등이었다. 설사 이런 물건을 모아들인다 해도, 현대의 관람객들에게는 그 물건이 아무런 의미가 없을 것이었다. 그러니 박물관 마술인 셈이다. 이런 마술로는 누구도 감동시킬 수가 없었다.

그 사실에 호프만은 크게 상심했다. 풋풋했던 청년 시절, 호프만은 어머니의 응접실에서 러시아 출신의 주술사이자 사기꾼 강령술사인 카타놉스키가 이 같은 전환을 연기하던 모습을 본 적이 있었다. 막 남편을 잃은 그의 어머니는 그 유명한 호프만 장미수의 푸른 호리병 색과 똑같은 색조의 밝은 녹청색 실크 리본으로 장식된 짙은 색 가운을 입고 있었다. 그녀의 표정은 결의에 찬 섭정왕의 얼굴 같았다. 유치한 원피스 차림의 여동생들은 놀라 넋이 나간 얼굴로 카타놉스키를 쳐다보았다. 가족 모두가 응접실에 모여 있었고, 모두가 그 소리를 들었다. 호프만—그는 인이 섞인 연기 탓에 눈이 아렸다—도 들었다. 카타놉스키의 어둠의 입을 빌려 나오던 그 소리는 분명 얼마 전 돌아가신 아버지의 목소리였다. 아버지의 전언—말의 높낮이가 전혀 없는 헝가리어였다!—은 가족들의 마음을 달래주었다. 믿을 수밖에 없는, 가슴 벅차게 친밀한 아버지의 부름이었다.

그러했으므로 에이스 더글러스가 전환을 재현할 수 없다는 것은 호프만에게는 애석한 일이었다. 그는 전환의 순간을 다시금 보고 싶었을 터였다. 그 기술은 고래로부터 내려온 것이긴 하나 아주 단순한 속임수일 것임에 분명했다. 호프만은 죽은 아버지의 날조된 목소리를 다시 한 번 듣고 그 비밀을 모두 풀고, 그리고 필요하다면 또 한 번 아버지의 목소리를 들을 수 있기를 바랐을 것이다.

9월의 첫째 날, 새벽녘에 잠에서 깬 호프만은 트럭을 준비하기 시작했다. 그로부터 몇 달 뒤 열린 법정재판에서 윌슨 부부 측 변호사는, 에이스와 에스터가 혐의를 강력히 부인했음에도 불구하고, 호프만이 트럭 짐칸에 무기를 쌓아두었다는 사실을 입증하기 위해 노력하게 된다. 트럭에는 분명 삽 몇 자루, 큰 망치 하나, 도끼 한 자루가 있긴 했으나, 설사 그런 도구가 위협적이었다 하더라도 그것이 호프만이 의도한 바는 아니었다.

얼마 전 호프만은 검정색 절연테이프 수십 통을 사두었다. 그리고 9월 첫째 날 그는 동틀 녘부터 이 테이프를 트럭 몸체에 감기 시작했다. 한 번 테이프를 감고 덧입히기를 수차례 반복하며 트럭을 무장했다.

그날 일찍부터 플루트 교습이 있던 에스터는 아침에 일어나 시리얼을 먹으러 부엌으로 갔다. 부엌 창문 너머로 픽업트럭에 테이프를 감는 아버지의 모습이 보였다. 이미 전조등과 미등에 테이프가 감겨 있었고, 차문도 단단히 봉해져 있었다. 그녀는 밖으로 나갔다.

"아빠?" 에스터가 불렀다.

그러자 미안하다는 듯 호프만이 말했다. "저기로 가려고."

"윌슨 씨 댁은 아니죠?"

"보니를 찾으러 가야지." 호프만이 말했다.

다시 집 안으로 들어설 때 에스터는 몸이 조금 떨리는 것을 느꼈다. 그녀는 에이스 더글러스를 깨웠다. 에이스는 차량진입로에 있는 호프만의 모습을 침실 창문에서 확인하고 경찰에 전화를 걸었다.

"아, 경찰은 안 돼요. 경찰은 안 돼요……." 에스터가 말했다.

에이스는 잠깐 동안 그녀를 꼭 껴안았다.

"우니?" 에이스가 물었다.

"아니요." 에스터는 거짓말을 했다.

"우는 거 아니지?"

"아니에요. 그냥 슬퍼서요."

테이프는 바닥이 났고, 호프만은 트럭 주위를 한 바퀴 돌고서야 차 안으로 들어갈 구멍이 없다는 걸 깨달았다. 그가 짐칸에서 대형 망치를 꺼내 보조석 창문을 가볍게 치자, 차창 위로 거미줄 모양의 금이 고르게 퍼져나갔다. 그는 부드럽게 유리를 밀고 안으로 들어갔다. 유리 조각이 조용히 운전석 위로 떨어졌다. 차 안으로 들어가고서야 자동차 열쇠가 없다는 것을 깨달은 호프만은 깨진 창문 밖으로 다시 기어 나와 집 안으로 들어갔다. 그는 부엌 식탁 위에서 열쇠를 찾아냈다. 에스터는 아래층으로 내려가 아버지와 이야기해보고 싶었지만, 에이스 더글러스가 그녀를 보내주지 않았다. 대신 에이스가 직접 아래층으로 내려가 호프만에게 말했다. "죄송해요. 경찰을 불렀습니다."

"경찰?" 에이스의 말에 상처를 받은 호프만이 같은 말을 되뇌었다. "경찰은 아닐세, 에이스."

"죄송합니다."

호프만은 한동안 말이 없었다. 그는 물끄러미 에이스를 바라보았다. "그래도 난 보니를 찾으러 가겠네." 한참 만에야 호프만이 말했다.

"그러지 않으셨으면 합니다."

"그렇지만 그 사람들이 보니를 데리고 있어." 호프만이 눈물을 흘렸다.

"보니는 그 집에 없을 겁니다."

"그 사람들이 보니를 훔쳐갔대도!"

자동차 열쇠를 낚아챈 호프만은 다시 테이프를 감은 트럭 안으로 기어 들어갔다. 그는 여전히 울먹이고 있었다. 차를 몰고 윌슨 부부의 집으로 간 호프만은 몇 바퀴를 휘 돌았다. 그의 차가 뜰에

심어놓은 옥수수를 그대로 쓸고 지나갔다. 뜰로 달려 나온 루스앤이 트럭을 향해 벽돌을 집어던지고 비명을 지르며 호프만을 뒤쫓았다.

호프만은 비스듬히 경사가 진 금속 재질의 지하실 문 앞에 트럭을 멈춰 세웠다. 그는 차로 곧장 문을 밀고 들어가려고 애썼지만 트럭이 그만한 힘을 내지는 못하는 데다, 잔디밭이 젖어 있어 바퀴마저 빠져버렸다. 희망을 잃은 배의 무중호각이 오랫동안 경적을 울렸다.

경찰이 도착했을 때도 호프만은 차 밖으로 나오려 하지 않았다. 그렇지만 무기가 없음을 보여주기 위해 양손은 운전대 위에 올려놓고 있었다.

"총은 가지고 있지 않아요." 에이스 더글러스의 집 안에서 에스터가 소리쳤다.

경찰관 두 명이 트럭 주위를 돌며 안을 살폈다. 그중 나이 어린 경찰관이 트럭 창문을 두드리며 창유리를 내려달라고 했으나 호프만은 그의 말을 듣지 않았다.

"저 사람들더러 보니를 데리고 나오라고 해! 토끼를 데려오지 않으면 트럭에서 나가지 않겠어! 이 지독한 놈들!" 호프만이 소리쳤다.

둘 중 나이가 많은 경찰관이 다용도칼로 보조석 문에 감긴 테이프를 잘라냈다. 마침내 문을 연 것과 동시에 그는 호프만을 잡아 밖으로 끌어내렸다. 반짝, 빛을 발하던 깨진 유리창 파편에 두 사람 모두 팔을 베였다. 트럭 밖으로 끌려 나온 호프만은 사지를 벌린 자세로 잔디 위에 엎드려 있었다. 수갑이 채워졌고, 그는 순찰차에 실려 호송되었다.

에이스와 에스터도 호프만의 뒤를 쫓아 경찰서로 향했다. 호프만을 경찰서로 데려온 경찰관들은 그의 허리띠를 압수하고 지문을 찍게 했다. 그는 달랑 러닝셔츠만 입은 채 춥고 텅 빈 좁은 유치장으로 보내졌다.

둘 중 나이가 많은 경찰관에게 에스터가 물었다. "집에 가서 아버지 드릴 재킷을 가져와도 될까요? 아님 담요라도요."

"그러세요." 그는 그렇게 말하며, 사정이 딱하니 허락해주겠다는 듯 그녀의 팔을 토닥였다. "그러셔도 됩니다. 그럼요."

집에 돌아온 에스터는 세수를 하고 아스피린 몇 알을 먹었다. 그리고 플루트 학생의 어머니에게 전화를 걸어 아침 수업을 취소했다. 아이 어머니는 날짜를 다시 잡고 싶어했지만, 에스터는 다시 전화하겠다는 약속밖에 할 수 없었다. 부엌 선반에 우유가 놓여 있는 게 눈에 띄자 에스터는 우유를 다시 냉장고에 넣었다. 그녀는 이를 닦았다. 그리고 좀 더 따뜻한 가을 부츠로 갈아 신은 후 거실 옷장으로 가서 아버지에게 가져다줄 밝은 색 모직 담요 한 장을 꺼냈다. 소란스러운 소리가 귓가에 들려왔다.

그 소리를 따라가자 자동차 엔진 소리가 들렸다. 그녀는 거실 창가로 가서 커튼을 젖혔다. 윌슨 씨 집 차량진입로에 밴이 한 대 서 있었다. 차 옆에 표시된 마크로 보아 동물애호협회의 차량이었다. 차창에는 철망이 쳐져 있었다. 순간, 에스터가 소리쳤다. "아, 이런."

아래위가 연결된 흰색 작업복 차림의 사내가 커다란 철장을 든 채 윌슨 씨 집 현관문을 걸어 나왔다. 철장 안에는 보니가 있었다.

에스터는 이 지역 동물애호협회 건물 안에 한 번도 들어가본 적이 없었고, 그날도 건물 안에는 들어가지 않았다. 에스터는 뒤따라온 밴 가까이에 차를 대고 작업복 차림의 사내가 차 뒷문을 열고 우리 하나를 꺼내는 것을 지켜보았다. 사내는 밴 뒷문을 열어둔 채 회색 새끼고양이 세 마리가 든 우리를 들고 건물 안으로 들어갔다.

사내가 건물 안으로 들어간 걸 확인한 후 에스터는 차에서 나와 밴 뒷문으로 재빨리 걸어갔다. 보니가 들어 있는 철장을 발견한 에스터는 어렵지 않게 문을 열고 보니를 꺼냈다. 마지막으로 봤을 때보다 보니는 훨씬 말라 있었다. 보니는 전혀 모르는 사람이라는 듯 아무 표정도 없이 그녀를 바라보았다. 보니를 데리고 차로 간 에스터는 다시 경찰서로 향했다.

그 주차장에 도착한 에스터는 토끼를 왼팔 밑에 집어넣었다. 차에서 내린 에스터는 아버지에게 주려고 가져온 밝은 색 모직 담요로 몸을 감쌌다. 그리고 경찰서 안으로 빠르게 걸음을 내디뎠다. 그녀는 에이스 더글러스, 로널드 윌슨과 이야기를 나누고 있던 나이 든 경찰관을 지나치며 오른손을 들어 보였다. 그리고 사뭇 엄숙한 목소리로 말했다. "어찌 저리 낯빛이 창백할까."

에이스가 그녀를 향해 미소 지었고, 나이 든 경찰관은 들어가라고 손짓했다.

호프만이 있는 유치장은 통로 제일 끝이었고 어둠침침했다. 그는 몇 주째 잠을 제대로 못 잔 데다 지금은 추위에 떨고 있었고 상처까지 나 있었다. 쓰고 있던 안경테도 깨져 있었다. 게다가 그는 아침부터 줄곧 흐느끼고 있었다. 그런 그를 향해 에스터가 다가갔다. 밝은 회색 모직 담요로 몸을 감싼 그 모습에서 호프만은, 부다페스트의 겨울에 맞서 망토를 두르고 지금의 에스터처럼 자신만의 품위를 지키며 걷던 어머니의 모습을 보았다.

유치장 앞에 다다른 에스터가 아버지와의 사이에 놓인 철창 틈으로 손을 뻗자 호프만은 딸의 손을 잡기 위해 기우뚱 몸을 일으켰다. 반쯤은 제정신이 아니었던 바로 그 순간, 어머니의 정령이 딸에게 들어온 것이 아닐까 하는 반신반의한 상상이 그의 머릿속에 떠올랐다. 그의 손이 딸의 손에 닿자 에스터의 얼굴에 미소가 어렸다.

에스터의 미소가 호프만의 시선을 그녀의 손에서 그녀의 얼굴로 가져간 바로 그 순간, 철창 사이에서 팔을 뺀 에스터는 몸에 두르고 있던 담요자락 사이로 손을 넣어 우아하게 토끼를 꺼냈다. 그녀는 보니—물론, 예전보다 날씬했다—를 철창 사이로 밀어 넣은 후, 바로 조금 전 아버지가 허공을 향해 손을 뻗었던 바로 그곳으로 보니를 공중에 띄웠다. 에스터의 미소 띤 얼굴에서 그제야 아래로 시선을 향한 호프만은 조금 전까지만 해도 토끼라고는 없던 곳에서 토끼를 발견했다. 정말 마법처럼, 아무것도 아니던 허공에서 뭔가가 나타난 것이다.

"보시라." 에스터가 말했다.

보드라운 털의 토끼에게로 시선을 향한 리처드 호프만은 그 녀석이 보니임을 알아보았다. 그는 그 네모진 손으로 보니를 감쌌

다. 그러고서야, 그런 뒤에야 비로소, 호프만은 자기 딸 에스터를
바라보았다.

그 누구보다 큰 재능을 타고난 한 젊은 여인을.

더없이 참한 아내
The Finest Wife

　열여섯 살이자 임신 오 개월이던 때, 로즈는 근사한 네이비블루 수영복을 입고 무대에서 멋진 워킹을 선보임으로써 사우스 텍사스 미인대회에서 우승했다. 전쟁이 나기 직전이었다. 한 해 전 여름만 해도 그녀는 무릎이 까진 비쩍 마른 어린애였으나, 임신을 하자 갑자기 표창장이라도 받은 것처럼 훌륭한 몸매를 갖게 되었다. 마치 그녀의 배가 아니라 허벅지와 엉덩이와 가슴에서 생명이 자라는 것 같았다. 엄마가 되면서 불어난 그 부드러운 살들은 그녀의 몸 전체에 완벽하고 고르게 퍼져나간 듯했다. 푸른 수영복으로는 다 감싸지지 않던 그녀의 살은, 몇몇 심사위원과 관중들의 마음을 흔들어놓을 딱 그만큼만 수영복 밖으로 흘러내렸다. 그녀는 견줄 후보가 없는 최고의 미인이었다.

딸의 몸매가 브로마이드 속 여자와 같아진 것을 본 로즈의 아버지는 임신을 한 지 다섯 달이나 지나서야 딸아이의 품위 유지를 걱정하기 시작했다. 미인대회가 끝나고 얼마 후부터는 로즈의 몸 상태가 더욱 확연히 드러났다. 아버지는 오클라호마에 있는 한 시설로 딸을 보냈고, 그녀는 나흘간의 진통 끝에 사내아이를 사산할 때까지 그곳에 머물렀다. 그 후 로즈는 더 이상 아이를 갖지 못했지만 그 사랑스러운 자태만큼은 그녀의 것으로 남았다. 다시 한 번 아름다운 수영복 차림의 워킹에 힘입어 그녀는 마침내 결혼에도 성공했다.

하지만 전쟁이 끝날 때까지 그녀는 아직 남편을 만나지 못했다. 그사이 그녀는 오클라호마에서 지내며, 큰 키와 미소 띤 얼굴, 짙은 색 모자의 그곳 사내들에게 눈을 떴다. 또 교회에 다니는 남자와 왼손잡이 남자, 군인, 어부, 우체부, 의원, 소방관, 노상강도, 엘리베이터 수리공에게도 눈떴고, 그녀가 일하던 레스토랑의 웨이터 조수였던 멕시코 사내들에게도 눈을 떴다(그들은 악명 높은 강도나 타짜꾼을 대하듯 로즈를 떠받들며 그녀를 '금발'이라는 뜻의 '라 루비아'라고 불렀다).

로즈가 남편과 결혼한 이유는 그 사람들 중에서 그를 가장 사랑했기 때문이었다. 남편은 여자 종업원과 개에게 친절했고, 그녀의 유명한 편력에 대해서는 일말의 궁금증도 갖지 않았다. 그는 덩치가 엄청났고, 엉덩이는 그 근육이며 털이 꼭 커다란 짐승의 둔부 같았다. 회전식 구멍에는 손가락이 들어가질 않아 전화 다이얼을 돌릴 땐 펜 끝을 사용했다. 그 큰 입으로 담배를 피울 땐 담배가 이쑤시개 같아 보였다. 남편은 로즈의 엉덩이가 그의 배를 따뜻하게 지그시 눌러주지 않으면 잠들지 못했다. 남편은 강아지를 안듯 그녀를 품곤 했다. 텔레비전이 생긴 뒤로는 부부가 함께 소파에서 저녁 퀴즈쇼를 보곤 했는데, 남편은 자동차나 보트를 획득한 참가자에게 진심 어린 갈채를 보냈다. 자신도 덩달아 행복해하며, 크고 뻣뻣한 팔을 쭉 뻗어 마치 훈련된 물개처럼 그들을 위해 박수를 쳤다.

결국 로즈 부부는 미네소타로 이사를 갔다. 남편은 사향 냄새가 나는 양떼와 작고 답답한 집 한 채를 샀다. 그렇게 43년을 부부로 지내다 남편은 심장마비로 세상을 떠났다. 그는 로즈보다 나이가 제법 많았으므로 오래 산 편이었다. 로즈는 남편이, 이를테면 "그래! 바로 이거였어!"라고 할 만한 삶을 살다 갔다고 믿었다. 그녀는 진심 어린 애정을 담아 남편을 애도했다.

남편이 떠나자 양떼를 돌보기가 버거워진 그녀는 양떼를 한 번에 조금씩, 결국에는 모두 팔아치웠다. 양—애완동물, 뜨개실, 개 사료, 민트젤리 편육으로 몇몇 주로 퍼져나갔다—이 다 없어지자 그녀는 동네 유치원에서 통원버스 운전사로 일했다. 그녀의 나이도 얼추 일흔이었다.

이제 로즈는 이름은 잘 기억을 못했지만 시력만큼은 짱짱했다. 그녀는 늘 그래왔듯 조심스럽게 운전을 했다. 유치원에서는 그녀에게 아주 좋은 노선을 배정해주었다. 우선 그녀는 기차가 양방향으로 교차하는 선로 너머 자갈 구덩이 뒤편에 있는 통원버스 차고지에서 차를 꺼내온다. 그리고 그녀의 집 근처 주유소 옆에 사는 이웃집 소년을 차에 태운다. 그다음에는 울보 소년을 태우고, 그다음에는 아기 엄마가 늘 코르덴 조끼를 입혀 내보내는 여자아이를 차에 실으며, 그 후엔 오손 웰스(미국의 배우 겸 영화감독—옮긴이)를 닮은 사내아이를 태운다. 그러고 나서 늘 못마땅한 표정의 소녀, 노래를 흥얼거리는 소년, 여기저기 반창고를 붙인 소녀 순으로 차에 태운다. 반창고 소녀의 집 옆에 있는 다리를 타고 강을 건너 언덕길을 올라간 뒤에는 흑인 소녀, 늘 감사해하는 표정의 소년, 밀치락달치락하는 사내아이, 또 다른 흑인 소녀, 숨을 할딱이는 여자아이를 태운다. 마지막은 늘 정거장에 나타나지 않는 사내아이였다.

승객은 그렇게 열셋이었다. 로즈가 평소에 그러하듯 결석생 소년을 셈에서 빼면, 총 열둘이었다.

그런데 이 이야기가 펼쳐진 그날 아침에는 이웃 소년도, 울보 소년도, 코르덴 소녀도 모두 나타나지 않았다. '감기인가?' 하고 로즈는 생각했다. 그녀는 계속 차를 몰았으나 오손 웰스 소년과 못마땅한 표정의 소녀, 노래를 흥얼거리는 소년의 모습도 보이지 않자 이번에는 '수두인가?' 하고 생각했다. 다리 건너 정거장에서도 여자아이가 나타나지 않았다. 단 한 명의 아이도 보지 못한 채 언덕길을 지나오자 그녀는 당혹스러운 마음에 '오늘이 일요일이었나?' 하고 생각했다. 되짚어보면, 자갈 구덩이 차고지에도 다른 운전사는 한 명도 없었고, 양방향 선로에도 지나가는 통원 버스 한 대 보이지 않았다. 지나온 길이 고속도로가 아니라 분명 일반도로였는데도 차가 한 대도 없었다. 원래는 다들 이용하는 도로였다. 그러자 로즈는 그다지 심각하지는 않게 '아마겟돈(「요한계시록」에 나오는, 선과 악이 싸우는 최후의 전쟁터—옮긴이)인가?' 하고 생각했다.

그래도 로즈는 정류장을 끝까지 돌았다. 그건 탁월한 선택이었는데, 결석생 소년의 집 차량진입로 끝에 드디어 누군가가 서 있었던 것이다. 사실 두 명이 그녀를 기다리고 있었다. 버스를 세운 그녀는 합법적이고 적절하게 비상등을 켠 후 출입문을 열어 두 사람을 차에 태웠다. 하나는 키가 작고 하나는 큰, 나이가 아주 많은 남자들이었다. 두 노인네는 낑낑대며 계단을 올랐다.

"오늘은 두 신사분을 태워드릴까요?" 로즈가 물었다.

두 사람은 그녀가 앉은 운전석 바로 뒤에 앉았다.

"깨끗하고 정갈한 향이 나는군요. 참 다행입니다." 둘 중 한 사내가 말했다.

"욕조나 타일 닦는 세정제를 쓰거든요. 매주 한 번씩." 로즈가 대답했다.

키 큰 사내가 말했다. "사랑하는 로지. 당신 참 좋아 보여."

실제로도 그녀는 그래 보였다. 그녀는 교회나 중요한 소풍에 아이들을 데려가는 사람처럼 매일 모자와 흰 장갑을 착용하고 차를 몰았다.

"당신은 영부인감인데. 대통령하고도 결혼할 수 있었을 거야." 키 큰 노인이 말을 이었다.

넓찍하고 보기 편한 백미러로 사내의 얼굴을 확인한 로즈는 그가 누구인지를 알아보고는 사뭇 놀란 표정을 지었다. 키 작은 사내를 봤을 때도 마찬가지였다. 두 사람은 테이트 팰린커스와 데인 래드였다. 테이트는 전쟁 전에 사우스 텍사스에서 그녀를 임신시킨 사내였다. 데인은 로즈가 오클라호마 미혼모 시설에서 사산하고 몸을 추스르던 때에 가끔 그녀가 입맞춤을 하고 애무를 했던, 그곳의 허드렛일꾼이었다.

"어떻게 이런 일이 다 있지? 두 사람 중 누군가를 다시 만나게 되리라곤 생각도 못했어. 게다가 여기 미네소타에서 말이야. 정말 반가워." 로즈가 말했다.

"이 테이트 팰린커스란 놈은 천벌을 받을 늙다리더군. 방금 이 놈한테서 당신을 임신시켰단 얘길 들었어." 데인이 말했다.

"로즈. 그때는 당신이 임신한 걸 몰랐어. 당신 소식을 여기저기 묻다가 여러 해가 지나서야 그 얘길 들었어. 정말 그랬어, 로즈." 테이트가 말했다.

"테이트 팰린커스, 이 호색한." 로즈가 말했다.

"열다섯 살짜리 여자애를 데리고 놀다니. 내가 들어본 중에 최고로 나쁜 짓이야." 데인이 말했다.

"데인 래드, 이 나쁜 인간." 로즈가 웃으며 말했다.

"로즈가 너무 예뻤던 걸 어떡하나." 테이트의 말에 데인이 대꾸했다. "그거야 나한테 새삼 알려줄 필요도 없지."

로즈가 기어를 바꾸며 모퉁이를 돌았다.

"당신네 둘 때문에 하도 놀라서 몸뚱이에서 얼굴이 달아날 것 같아." 그녀가 말했다.

"그 고운 얼굴이 달아나면 안 되지. 그 예쁜 몸도 잃어버리면 안 되고 말이야." 데인이 말했다.

세 사람은 계속 차를 타고 달렸다. 숨을 헐떡이는 소녀의 집 앞에 이르자 누군가가 우편함에 기대어 서서 차를 기다리고 있었다. 그 역시 나이가 아주 많은 사내였다. 로즈가 차를 세우고 그를 태웠다.

"내 소중한 사람." 사내가 로즈를 부르며, 쓰고 있던 모자의 챙을 만졌다. 그는 장로교회 집사인 잭 랜스 하이니였다. 그는 한때 오클라호마 상원의원에 출마한 적도 있었다. 1940년 무렵에 그는 그의 아내가 가지고 있던 진짜 도자기와 진짜 은을 바구니 가득 챙긴 뒤 로즈를 데리고 소풍을 가곤 했었다. 그는 섹스 중에 남자의 몸 위로 올라가는 방법과 호텔 방에서 전화기를 들고 "랜스 하이니 부인이에요. 머리가 너무 지끈거리는데, 토닉 한 병 올려다주겠어요?" 하고 말하는 법을 로즈에게 가르쳐주었다.

통로를 사이에 두고 두 사내의 건너편에 자리를 잡은 잭은 모자를 벗어 옆자리에 내려놓았다.

"래드 씨." 잭이 고개를 끄덕였다. "아름다운 아침입니다."

"그렇다마다요." 데인 래드가 맞장구를 쳤다. "우리가 참 좋은 나라에 살고 있어요."

"좋은 나라지요." 그렇게 말하며 잭 랜스 하이니가 한마디 덧붙였다. "당신도 좋은 아침이요, 테이트 팰린커스. 새끼나 만들어대는 이 호색한 뱀 같으니라고."

"그때는 로즈가 임신한 걸 몰랐소, 잭. 여러 해가 지나서야 알았지. 진작 알았으면 기꺼이 로즈와 결혼했을 거요." 테이트가 말했다.

그러자 로즈가 낮은 목소리로 말했다. "흠, 흠, 흠……. 그것 참 **새로운** 소식이네요, 팰린커스 씨."

그렇게 그녀가 그대로 지나쳐온 노선을 다시 돌자 버스는 그녀의 옛 애인들로 가득 찼다. 그녀는 모든 정류장마다 옛 연인을 태웠다. 흑인 소녀의 집에서는 추수감사절 모임 때 숙모의 침대에서 만났던, 미시시피에 살던 사촌 칼이 차에 올라탔다. 밀치락달치락 소년네 우편함 옆에는 노인들이 작은 무리를 이루고 그녀를 기다리고 있었다. 똑같이 유니폼을 입은 그들은 그녀의 집 우편배달부들이었다. 그들 모두 한때 배달 트럭을 몰며 뒷좌석에 그녀가 누울 수 있게 여분의 캔버스 배낭을 쌓아놓고 다니던 사내들이었다. 그녀는 배달부들의 이름을 기억할 수 없었지만, 버스에 타고 있던 남자들은 그 집배원들을 잘 아는지 정중하고 반갑게 서로를 맞이했다.

또 다른 흑인 소녀의 집에서는 나이 든 퇴역군인 두 명이 차에 올랐다. 그녀의 기억 속 그들은 박박 민 분홍색 두피를 드러낸 청년들이었고, 그 커다란 귀를 잡아당겨 요리조리 방향을 틀어보고 싶었던, 복무 중인 사내들이었다. 두 퇴역군인은 데인과 테이트 뒤에 앉아 경제에 대해 이야기를 나눴다. 둘 중 한 명은 팔 하나가 없었고, 다른 한 명은 다리 하나가 없었다. 팔이 없는 사내가 멀쩡한 팔로 느닷없이 테이트에게 주먹을 날리며 말했다. "당신이 그 임신이나 시켜대는 난잡하고 아무짝에도 쓸모없는 빌어먹을 잡놈이군. 그렇지?"

"로즈가 임신한 걸 몰랐다고 주장하더군요." 잭 랜스 하이니가 말하자, 믿을 수 없다는 듯 집배원들이 일제히 웃음을 터뜨렸다.

"그때는 로즈가 임신한 걸 몰랐소. 몇 년이 지나고서야 알았지." 테이트가 참을성 있게 말했다.

"세상에, 나도 잘 몰랐던 일을 가지고들 참." 로즈가 말했다.

"그 아이 덕분에 당신이 멋진 몸매를 갖게 됐잖아." 테이트가 말하자, 그건 맞는 말이라며 다들 중얼대는 소리가 버스 여기저기에서 들려왔다.

늘 감사해하는 여자아이의 집에서 차에 오른 사내는 워낙 살이 많이 붙어서 새삼스레 자기소개를 들어야 했다. 그는 로즈 언니의 첫 번째 남편이라고 했다. 그러자 로즈가 소리쳤다. "코치! 이 말썽쟁이!" 엘리베이터 수리공이었던 그는 밤에 가게에서 그녀를 만나 카드패를 섞는 속임수와 눈을 뜬 채 키스하는 법을 가르쳐주었다.

"이 계단이 사람 잡는군." 코치가 계단을 오르느라 벌게진 얼굴로 말하자 다리 하나가 없는 퇴역군인이 말했다. "코치, 지금 누구한테 말하는 건가?"

반창고 소년의 집에서는 한때 로즈가 홀딱 반했던 각기 다른 세 개 주의 바텐더들이 차에 탔다. 노래를 흥얼거리는 소년의 집에서는 둘 다 청춘남녀이던 시절 그녀가 오클라호마시티에서 하룻밤을 함께 보냈던 고속도로 순찰대원이 차에 올랐다. 그는 새우잡이 어부, 소방차 운전사와 함께 있었다. 지위가 있는 사람을 대접해주듯, 어부와 운전사는 순찰대원을 먼저 차에 오르게 했다.

"부인." 고속도로 순찰대원이 그녀를 부르며 싱긋 미소 지었다. 그러고는 테이트 팰린커스에게 빌어먹을 놈, 종자가 글러먹은 놈, 저질, 무례한, 너 같은 콩가루 집안 잡놈 따위는 알지도 못했던, 그저 어린애에 불과했던 로즈를 임신시킨 쓰레기 같은 놈이라고 말했다.

못마땅한 표정의 소녀네 집 진입로 끝에서는 애리조나 순회법원 판사가 그녀를 기다리고 있었다. 그는 버스 앞줄, 잭 랜스 하이니 옆에 자리를 잡았다. 그는 로즈에게 일주일 내내 자신의 법복 밑에서 기어 올라올 수 있을 만큼 얼굴이 좋아 보인다고 말했다.

"존경하는 재판장님, 이제는 우리 둘 다 늙었어요." 그녀가 말했다.

"당신은 최고요, 로즈." 그가 말했다.

오손 웰스 소년의 집 앞에서는 행크 스펠먼이 돌을 발로 툭툭 차고 있었다. 그가 버스에 오르자, 만나서 진심으로 반갑다는 듯 다른 사내들이 탄성을 질렀다. "행크!" 난로를 팔고 설치하는 일을 했던 행크는 늘 인기가 좋았다. 그는 로즈네 지하실에서 그녀와 춤을 추곤 했는데, 박자를 맞출 땐 그녀의 엉덩이를 손으로 톡톡 두드렸다. 또 그 큰 손으로 그녀의 엉덩이를 거머쥐며 이렇게 속삭였다. "혹시 내가 실종돼서 당신이 날 찾아야 한다면 말이야, 내가 요기 요 엉덩이에 가 있지 않나, 그것부터 먼저 확인해봐."

코르덴 조끼를 입는 소녀가 평소 버스를 기다리던 정류장에는 짙은 색 모자를 쓴 키 큰 사내가 있었다. 그는 한때 로즈의 치과 의사였다. 그의 집에는 실내 수영장과 가정부가 있었는데, 가정부는 매일 밤 두 사람에게 말없이 수건과 칵테일을 내오곤 했다. 지팡이를 짚고 버스에 오른 그는 빵 조각처럼 두툼한 안경을 쓰고 있었다. 그는 로즈에게 아름답다고, 또 그녀의 자태가 지금도 경이롭다고 말했다.

그러자 로즈가 말했다. "고마워요. 내가 외모 운이 있나 봐요. 우리 집 여자들은 나이가 들면 둘 중에 하나예요. 담배를 너무 많이 피운 사람 같거나 도넛을 너무 많이 먹은 사람 같거나. 대개는 그 둘 중 하나죠."

"당신은 굉장히 많은 소년과 키스한 사람 같아 보여." 엘리베이터 수리공이 말했다.

"당신은 영부인감인데." 데인이 또 한 번 말하자 테이트가 깊은 생각에 잠긴 듯 말했다. "당신은 내 첫 여자였어."

울보 소년네 집 울타리에는 전직 웨이터 조수였던 멕시코 사내 네 명이 서 있었다. 어느새 그들도 나이가 들어 똑같은 모습을 하고 있었는데, 네 사람 모두 근사한 백발에 하얗게 샌 콧수염을 기르고 다림질한 흰색 정장을 입고 있었다.

"라 루비아." 그들이 한 사람씩 돌아가며 로즈를 불렀다. 영어 실력은 예전보다 전혀 나아진 게 없었지만, 스페인에서 파시스트들과 싸운 전력이 있는 팔 없는 퇴역군인이 중간에서 꽤 훌륭하게 통역을 해주었다.

로즈의 버스는 그 어느 때보다 북적였다. 그다지 큰 버스도 아니었다. 그저 유치원생들이 타는 차량인 데다, 사실 유치원 아침반 수업용으로만 쓰이는 통원버스이기도 했다. 물론 버스 회사가 로즈에게 아주 좋은 노선을 주긴 했지만, 일이 고된 노선도 아니었다. 대개 정오면 일이 끝났다. 그녀는 몸이 약하거나 정신이 없진 않았지만, 그래도 나이가 일흔에 가깝다 보니 피로한 건 당연했다. 그래서 회사에서는 로즈의 집 근처에 사는 딱 열세 아이만 그녀에게 배정했다. 그녀는 아주 훌륭하다고 할 만큼 일을 썩 잘해냈다. 그 점은 다들 동의하는 바였다. 그녀는 사려 깊고 예의 바른 운전사였다. 그녀는 운전사로서 우수한 편이었다.

그날 그녀는 모든 노선을 다시 거슬러 올라갔고, 로즈의 유치원 통원버스는 그녀의 옛 애인들로 가득 찼다. 운전하는 내내 로즈는 평소 자기가 모는 차에 타던 아이들을 단 한 명도 보지 못했고, 지나가는 차도 없었다. 좀 창피한 일이긴 했지만, 그녀는 오늘이 아마 일요일인가 보다고 결론을 내렸다. 예전에는 이런 실수를 한 적이 한 번도 없었지만, 굳이 그런 말을 옛 애인들에게 하고 싶진 않았다. 그랬다가는 그녀의 정신이 흐려져간다고 생각할 터였다. 그렇게 그녀는 모든 노선을 거슬러 올라가 맨 처음 정류장인 자신의 집 근처 주유소 옆 이웃 소년의 집에까지 이르렀다. 그곳에서도 한 노인이 기다리고 있었다. 덩치가 꽤 큰 사내였는데, 그는 바로 그녀의 남편이었다. 버스에 탄 옛 애인들은 자기네끼리는 서로 잘 아는 눈치였지만, 로즈의 남편은 전혀 몰랐다. 남편이 버스에 오르자 그들은 모두 조용하고 공손하게 그를 맞았다. 남편이 차에 타자 버스 문을 닫은 후 로즈가 말했다. "여러분, 제 남편이에요."

남편은 다들 반가이 맞아주는 깜짝 파티에라도 초대받은 사람 같은 표정을 짓고 있었다. 그는 허리를 숙여 로즈의 이마에 입맞춤을 했다. 그날 그녀의 몸에 손길이 닿은 사람은 남편이 처음이었다. "우리 사랑스러운 강아지 로즈." 남편이 말하자 그녀는 사향 냄새와 양 냄새가 배어 있는 익숙한 그의 뺨에 입을 맞추었다.

그녀는 다시 차를 몰았다. 로즈의 남편은 보트처럼 요동치는 버스 안 통로를 걸어 내려갔다. 그는 귀빈이었다. 옛 애인들은 남편에게 자신을 소개했고 그럴 때마다 남편은 놀랍고 반가운 마음으로 왼손을 가슴에 얹고 "아, 네, 그렇다마요. 만나서 반갑습니다" 하고 대답했다. 그녀는 널찍하니 보기 편한 백미러를 통해 그들이 남편의 등을 두드리며 활짝 미소 짓는 모습을 지켜보았다. 퇴역군인은 남편에게 경례했고, 고속도로 순찰대원도 그에게 경례를 했으며, 잭 랜스 하이니는 그의 손에 키스했다. 테이트 팰린커스는 사우스 텍사스의 어린애에 불과했던 로즈를 임신시켜 죄송하다 말했고, 백발의 전직 웨이터 보조 멕시코 사내들은 영어로 반가움을 전하느라 애를 먹었다. 순회법원 판사는 로즈와 남편 분이 오랫동안 거짓 없는 결혼 생활을 한 것이 자기로서도 너무나 기쁘다며 자신은 이런 얘기를 누구에게라도 거리낌 없이 한다고 말했다.

로즈는 계속 차를 몰았다. 곧 그녀의 차는 자갈 구덩이 차고지 바로 앞 양방향 선로에 다다랐다. 그녀의 작은 버스는 두 선로 사이에 정확히 맞아 들어갔다. 양쪽에서 기차가 오고 있었으므로 그녀는 그 좁은 틈새에 차를 세웠다. 그녀의 남편과 옛 애인들은 버스 창문을 내리고 어린 유치원생들처럼 차창으로 몸을 빼 밖을 바라보았다. 열차는 어린아이들의 목제 장난감처럼 밝은 색으로 칠해져 있었다. 각 차량의 양쪽 끝에는 굵기가 일정한 장식 없는 글씨체로 화물의 내용물이 무엇인지가 찍혀 있었다. '사과(APPLE)', '담요(BLANKETS)', '사탕(CANDY)', '다이아몬드(DIAMONDS)', '폭약(EXPLOSIVES)', '천(FABRIC)', '육즙(GRAVY)', '이발(HAIRCUTS).' 그렇게 삶의 모든 요소가 알파벳순으로 이어졌다.

그들은 오랫동안 기차를 바라보았다. 하지만 한 량 한 량 더디게 지나갔고, 외국어 알파벳순으로도 반복되었다. 한참 뒤 지루해진 노인들은 조용히 있을 생각으로 버스 창문을 다시 올렸다.

그 더디게 움직이는 두 열차 사이에 낀 채 그들은 쉬면서 기다렸다. 그날 아침 일찍 일어났던 로즈는 버스 열쇠를 빼서 시동을 끄고 모자와 장갑을 벗은 후 잠을 청했다. 옛 애인들은 뭔가에 한껏 매료된 사람들처럼 그녀의 남편에 대해 자기네끼리 이런저런 이야기를 나누었다. 목소리를 낮추긴 했지만 몇 마디 말은 그녀에게까지 전해졌다. "조용", 그녀의 귓가로 줄곧 옛 애인들의 목소리가 들려왔다. "쉿", "그녀", "그리고". 그렇게 여럿이서 중얼거리는 말의 편린들이 하나로 합쳐지면서 만들어낸 단어는 꼭 "남편"처럼 들렸다. 그녀를 만난 것만으로도 너무나 기뻐하는 그 많은 옛 애인들을 모두 뒷좌석에 태운 채 버스에서 선잠이 든 사이 그녀의 귓가에 들려온 말은 어쨌거나, 그 단어였다.

| 『순례자들』에 쏟아진 찬사 |

"길버트는 그녀의 소설에 등장하는 많은 인물들이, 가능하다면 가장 참신한 방식으로, 최대한 구원에 이르는 모습을 보고 싶어한다. (……) 그녀는 허영과 거만함을 덜어내고 인물들 저마다의 말과 표현 으로 그들의 이야기를 들려주는 부러운 재주를 가졌다."

– 『뉴욕타임스』 북리뷰

"신중하고 빈틈없이 정확한 글이다. 그녀의 문장은 건장하고 견고하 다."

– 『타임아웃 뉴욕』

"넘치는 상상력, 힘 있는 유머, 유려한 대화체는 진정 탁월하다. (……) 흥미롭지만 현실에서 유리되지 않은 결연한 구도자들과 공감 할 때는 재능 있는 소설가로서의 면모를, 결코 디테일에 매몰되지 않 는 데서는 기자로서의 철두철미함을 갖추었다. (……) 민첩하고 예리 한 그녀의 글은 타고난 마술사의 손놀림 같다."

– 『필라델피아 인콰이어러』

"소설마다 힘과 유머, 낯선 경험이 가득하다. (……) 길버트는 과거와 장 소를 넘나들며 사람들과 조우하고, 그녀만의 상상력이 지닌 긴 생명력 과 빛을 인물들에게 불어넣는다."

– 『시카고 트리뷴』

"길버트는 그녀의 소설 속 인물들을 훌륭하게 그려내며, 그녀의 문장 은 예리하고 영리하다."

– 『로스앤젤레스 타임스』

"길버트의 글은 정직하고 우회하지 않으며, 묘사는 재미있고 적절하 다. (……) [그녀는] 지극히 미국적인 곳에서 발이 묶인, 너무나 현실 적이고 있을 법한 인물들에게 목소리를 선사한다. 그들은 어딘가를,

혹은 다른 누군가를 향해 가는 중이다."

— 『디트로이트 프리 프레스』

"희망을 품고 착각에 빠지고 도취되고 놀라워하는 길버트의 소설 속
등장인물들은 하늘을 가로지르며 날아오른다. 그들이 어딘가에 충돌
하거나 물에 빠지거나 생명력을 잃거나 완전히 사라지기 전, 반짝 하
고 날아오른 그 찰나의 순간을 그녀는 숙련된 사진작가처럼 포착해
낸다. (……) 그녀의 소설에는, 최고의 보도기사가 그러하듯, 예리하
고 놀라운 디테일이 생생하게 살아 있다."

— 『클리블랜드 플레인 딜러』

"이 재능 있는 이야기꾼의 글을 읽다 보면 마치 곡예를 보는 듯하다.
자칫 실수라도 했다가는 치명적이다. 깃털처럼 가벼운 마무리는 보
는 이를 홀린다. 이 이야기꾼의 또 다른 이야기가 기다려진다."

— 호텐스 캘리셔(소설가)

"이 소설들은 마음의 어두운 곳, 심장의 언저리를 파고드는 강렬한 이
야기들이다. 엘리자베스 길버트는 진실을 깨달아 형편없이 깨지면서
도 여전히 희망과 사랑을 놓지 않고 버텨내는 이들을 너무나 근사하
게 그려낸다."

— 프레더릭 바슬미(소설가)

"눈부신 재능을 가진 젊은 작가."

— E. 애니 프루(『브로크백 마운틴』의 작가)

"갓 등단한 이 작가는 위대한 작가의 자질을 모두 갖추었다. 공감, 위
트, 귓가에 들려오는 듯한 유려한 대화."

— 『하퍼스 바자』

"외모만큼이나 강인한—그러나 스스로의 생각만큼 강하지 않을 수도
있는—여성들에 관한 뛰어난 소설집."

— 『글래머』

순례자들 Pilgrims

초판 인쇄   2013년 8월 26일
초판 발행   2013년 9월 9 일

지은이   엘리자베스 길버트
옮긴이   박연진
펴낸이   홍정완
펴낸곳   솟을북
주간   홍정균

편집   이은영 배성은
영업   한충희
관리   황아롱

121-874 서울시 마포구 염리동 161-3 한국컴퓨터빌딩 별관 5층

전화 706-8541~3(편집부), 706-8545(영업부)   팩스 706-8544
이메일 hkmh73@hanmail.net
출판등록 2004년 6월 28일 제300-2004-218호

ISBN 979-11-85297-00-2 03840